EINE FAHRT INS UNGEWISSE

SPANNENDE FLUCHT DURCH DIE SOWJETISCH BESETZTE ZONE

SCHICKSALHAFTES BERLIN
BUCH VIER

MARION KUMMEROW

Übersetzt von
TORA VON COLLANI

Impressum

Eine Fahrt ins Ungewisse: Spannende Flucht durch die sowjetisch besetzte Zone

Schicksalhaftes Berlin, Band 4

ISBN der Printausgabe: 978-3-948865-48-1

Herstellung und Verlag:

Marion Kummerow
Weißtannenweg 7
80939 München

Übersetzung: Tora von Collani

Titelbildgestaltung: JD Smith Design

Bildnachweise

Hintergrund: Public Domain

Frau: Shutterstock

Dieses Buch basiert auf historischen Begebenheiten, historische Persönlichkeiten und Vorfälle wurden sorgfältig recherchiert und wiedergegeben.

Die Namen der Hauptpersonen und die Handlung sind frei erfunden. Ähnlichkeiten mit lebenden oder realen Personen sind rein zufällig.

KAPITEL 1

Berlin, Weihnachten 1948

Die eisige Winterluft wirbelte um Brunis Beine und sie zog die Schultern hoch, als sie aus der überfüllten Bar in die klare Nacht trat. Victor zog sie an sich, um sie vor einem kalten Windstoß zu schützen. „Wartet hier. Ich hole den Jeep. Bin gleich wieder da", schlug er nach einem vielsagenden Blick auf die hohen Absätze von Bruni und ihren Freundinnen Marlene und Zara vor.

„Ich komme mit", sagte Bruni.

„Nichts da." Victor nahm seinen Arm weg und küsste sie auf den Mund. „Du machst dir nur die Schuhe schmutzig und bekommst kalte Füße. Ich bin im Handumdrehen zurück."

Insgeheim war Bruni erleichtert, dass sie es nicht mit dem frisch gefallenen Schnee aufnehmen musste. Sie betrachtete die tanzenden Flocken zwar gerne durchs Fenster einer warmen Stube, aber sie hasste es, den Launen des Wetters ausgesetzt zu sein.

Es machte ihr nichts aus, die ganze Nacht in so hohen Absätzen zu gehen und zu tanzen, in denen die meisten Frauen nicht einmal aufrecht stehen konnten, doch sie konnte definitiv darauf verzichten, der Natur zu trotzen. Natur war schmutzig, und Bruni hasste es, schmutzig zu werden.

„Was für ein herrlicher Auftritt!", schwärmte Brunis Freundin Zara von der Bob-Hope-Veranstaltung, zu der Glenn und Victor, beide amerikanische Soldaten, die drei Frauen eingeladen hatten. Dank seiner Verbindungen hatte Victor für alle fünf Karten beschaffen können.

„Und diese Bar! Die Tanzmusik war wirklich fantastisch!" Marlene, die einzige der drei jungen Frauen, die ohne männliche Begleitung gekommen war, fügte hinzu: „Woher wusstest du davon?"

Bruni schürzte ihre knallroten Lippen zu einem heiseren Glucksen. „Es gehört zu meinem Beruf zu wissen, wo in Berlin die beste Musik gespielt wird. Derzeit schießen solche Bars im französischen Sektor wie Pilze aus dem Boden. Diese hier wurde mir von einigen meiner Stammgäste wärmstens empfohlen."

Sie hatte bewusst vorgeschlagen, nicht ins Café de Paris zu gehen, wo sie als Sängerin und Unterhaltungskünstlerin arbeitete. Dort hätte man sie gedrängt, auf der Bühne zu singen, doch heute war ein Abend zum Feiern.

Es war nicht nur der erste Weihnachtstag, sondern Zara war es auch gelungen, als Glenns Passagier in das abgeriegelte Berlin zu fliegen. Zum ersten Mal seit über neun Monaten waren die drei Freundinnen wieder vereint.

Wenn man bedachte, wie hartnäckig die sowjetischen Schurken alle Verkehrswege in die Stadt blockierten, würden vermutlich viele weitere Monate vergehen, bis sie sich das nächste Mal wiedersahen.

„Ist er das?", fragte Marlene und deutete auf die Scheinwerfer eines Jeeps, der auf sie zukam.

„Oh, ja." Eine angenehme Wärme rauschte durch Brunis Adern und raubte ihr den Atem, als sie Victors markantes, gut aussehendes Gesicht hinter der Windschutzscheibe erspähte. Eine andere Person zu lieben statt nur sich selbst, war neu für Bruni. Das Gefühl war so still und heimlich in ihr herangewachsen, dass sie sich seiner Ausmaße lange nicht bewusst gewesen war. Nicht, bis Victor ihr eröffnet hatte, dass er in die Staaten zurückkehren würde.

Nach den Feiertagen wollte er seinen Vorgesetzten um die Erlaubnis bitten, sie zu heiraten, damit sie ihm nach Amerika folgen konnte – ein wahr gewordener Traum. Sie wollte den Rest ihres Lebens mit Victor verbringen. Für ihn war sie sogar bereit, ihr geliebtes Berlin zu verlassen. Ebenso wenig konnte sie die Verlockungen des Broadways oder gar Hollywoods leugnen. Zu gerne wäre sie in die Fußstapfen ihres berühmten Idols Marlene Dietrich getreten.

Victor fuhr auf der anderen Straßenseite in ihre Richtung, als plötzlich ein Halbkettenfahrzeug, das mit laufendem Motor am Bordstein gestanden hatte, losfuhr und frontal auf den Jeep zusteuerte.

Brunis Herz schlug ihr bis zum Hals. Von Angst gepackt ging sie unwillkürlich mehrere Schritte nach vorn.

„Victor! Pass auf!", schrie sie in die klare Nacht, obwohl keiner der beiden Fahrer sie hören konnte. Auf- und abspringend fuchtelte sie wild mit den Armen, um Victor auf sich aufmerksam zu machen, während sie die Szene entsetzt beobachtete.

Erst als Victor die Gefahr endlich erkannte und nach links auswich, um einen Zusammenstoß mit dem entgegenkommenden Fahrzeug zu verhindern, atmete sie erleichtert auf. Doch statt seine Richtung beizubehalten, tat der andere Fahrer dasselbe und raste einige quälende Sekunden später seitlich in Victors Jeep hinein.

Ein ohrenbetäubendes Kreischen durchschnitt die Luft. Metall schrammte gegen Metall und das Halbkettenfahrzeug schob den viel kleineren Jeep vor sich her wie ein Pflug den Schnee. Beide Fahrzeuge kamen schließlich an der Böschung des Nieder Neuendorfer Sees, der die Grenze zwischen dem französischen Sektor Berlins und der sowjetischen Besatzungszone markierte, knirschend zum Stehen.

„Victor!", schrie Bruni und machte einen weiteren Schritt nach vorn. Zaras Hand auf ihrer Schulter hielt sie zurück, sodass ihr nichts anderes übrig blieb, als die surreale Szene mit schreckgeweiteten Augen zu beobachten. Die Zeit schien sich in die Länge zu dehnen, während das Halbkettenfahrzeug einige Meter zurücksetzte, dann wieder den Vorwärtsgang einlegte und erneut in Victors Jeep krachte, der daraufhin die Böschung hinunterrumpelte. Außer ihr und Zara schien niemand etwas davon mitbekommen zu haben.

Augenblicke später hörte Bruni einen schrillen Schrei, der womöglich ihr eigener war, gefolgt von einem hässlichen Platschen, als der Jeep auf der eisigen Wasseroberfläche aufschlug. Wie erstarrt rührte sie sich nicht vom Fleck, selbst als die Hand von ihrer Schulter verschwand. Glenn hingegen besann sich blitzschnell und sprintete zum Wasser hinunter, wo der Jeep von der Böschung wegglitt, ganz so als würde er noch fahren, bevor er langsam versank.

Bruni konnte ihren Blick nicht abwenden, bis sie jemanden etwas Unverständliches rufen hörte. Sie riss den Kopf gerade noch rechtzeitig herum, um zu sehen, wie das Halbkettenfahrzeug rückwärts auf die Straße fuhr, wendete und kurz darauf in der Nacht verschwand. Dann beobachtete sie, wie die roten Rücklichter immer kleiner wurden, bis sie am Ende des Sees nach links abbogen und außer Sichtweite gerieten. Wo das Fahrzeug hinfuhr, gab es nichts – außer der geschlossenen Grenze zur sowjetischen Besatzungszone. Plötzlich wurde ihr klar, dass es kein Unfall gewesen war.

Zitternd vor Kälte und Angst wandte sie ihre Aufmerksamkeit wieder Victors Jeep zu, der bereits halb im Wasser versunken war. Nur die Fenster des Fahrgastraums ragten noch heraus. Victor selbst war nirgends zu sehen, nicht einmal im Inneren des Fahrzeugs. Sie presste die Hand auf den Mund bei der Vorstellung, wie er in dem kalten, trüben Wasser ertrank.

„Nein!“ Bestürzt rannte sie los und erreichte die Böschung, gerade als Glenn sich in die Fluten stürzte.

„Glenn!“, schrie nun Zara entsetzt und packte Brunis linke Hand. Marlene ergriff ihre rechte. Gemeinsam standen die drei

Freundinnen reglos da und sahen zu, wie Glenn durch das tödlich kalte Wasser halb rannte und halb schwamm, bis er das Fahrzeug erreichte und an der Tür rüttelte.

„Gott sei Dank. Er ist bei Victor", sagte Marlene. Als sie bemerkte, dass ihre beiden Freundinnen immer noch zu Salzsäulen erstarrt waren, ergriff sie die Initiative. „Wartet hier! Ich rufe einen Rettungswagen."

Sie hatte kaum zu Ende gesprochen, als Bruni spürte, wie sich Marlenes Hand aus ihrer löste. Bis sie es endlich schaffte, ihren Kopf zu wenden, hetzte Marlene bereits in Richtung Bar. Durch den dichten Nebel in ihrem Gehirn erkannte Bruni, dass ihre Freundin auf dem Weg sein musste, um Hilfe zu holen. Unfähig, einen klaren Gedanken zu fassen, blickte sie wieder auf das Wasser, wo der Jeep vollends unterging.

Die Dunkelheit wurde nur durch die Reflexion des Schnees erhellt, weshalb sie nicht genau erkennen konnte, was Glenn tat. Doch mit einem erleichterten Seufzer beobachtete sie, wie er Victor gerade noch rechtzeitig aus dem Jeep zog, seine Arme um ihn schlang und den offenbar Bewusstlosen zum Ufer schleppte.

Endlich bewegten sich ihre Füße und sie kämpfte sich in ihren hohen Absätzen die Böschung hinunter. Neben Glenn und dem zerschrammten, blutenden Victor fiel sie auf die Knie. Ihre schlimmste Angst verflog, als sie sah, dass sich sein Brustkorb hob und senkte. Seine Augen jedoch waren geschlossen und Blut sickerte aus einer Wunde an seiner Stirn.

„Victor, mein Schatz, wach auf!" Sie gab ihm einen sanften Klaps auf die Wange, wie sie es auf der Leinwand gesehen hatte, doch plötzlich schob ein junger Mann in Uniform sie grob zur Seite.

Bruni wollte gerade losschimpfen, als Marlene neben ihr erschien und sie an der Schulter fasste. „Lass ihn, er ist Sanitäter. Der Rettungswagen sollte bald hier sein."

„Was ist los mit ihm?" Brunis berühmte sinnliche Stimme war nicht mehr als ein bedauerliches Krächzen.

Der Sanitäter ignorierte sie. Stattdessen brüllte er einigen amerikanischen Soldaten Befehle zu, die in der Bar gefeiert hatten und nun herausgeeilt waren, um ihrem Landsmann zu helfen. Jemand packte den heftig zitternden Glenn und sagte: „Komm mit, du musst die nassen Klamotten ausziehen."

Bruni war zu erschüttert, um sich zu wehren, als Marlene sie ein paar Schritte wegführte, damit sie sich auf einen Felsbrocken setzen konnte. „Lassen wir den Sanitäter seine Arbeit machen. Er wird sich gut um Victor kümmern", versuchte Marlene sie zu beruhigen.

Bruni nickte schwach. Tränen standen in ihren Augen. Noch nie im Leben hatte sie so viel Kummer empfunden wie in diesem Moment, als sie befürchtete, Victor für immer zu verlieren.

Marlene schien ihre Gedanken lesen zu können und fügte hinzu: „Er wird bestimmt wieder gesund. Sie bringen ihn ins amerikanische Krankenhaus. Dort ist er in den besten Händen."

Verstohlen blinzelte Bruni ihre Tränen weg. Um dem drohenden Nervenzusammenbruch zu entgehen, fokussierte sie ihre Aufmerksamkeit auf einen eingerissenen Fingernagel. „Schau dir das an! Was soll ich denn nur mit diesem Nagel machen?"

Bruni war dankbar dafür, dass Marlene diesen selbstsüchtigen Ausruf unkommentiert ließ. Doch die nächsten Worte ihrer Freundin ließen sie beinahe in Tränen der Rührung ausbrechen.

„Sieh dir nur deine teuren Schuhe an. Ich fürchte, du hast sie gänzlich ruiniert."

„Victor hat sie mir erst vor zwei Wochen geschenkt", schniefte Bruni und begann daraufhin hysterisch zu lachen. „Danke für die Aufmunterung. Ich habe solche Angst um ihn. Was ist, wenn ..."

„So etwas darfst du nicht denken." Marlene wurde vom Geplärr herannahender Sirenen unterbrochen. Wenige Sekunden später tauchten zwei Sanitäter mit einer Tragbahre auf und trugen Victor zum Rettungswagen.

Endlich kehrte etwas Leben in Brunis Glieder zurück. Sie stand auf, just als ein Jeep mit zwei Militärpolizisten eintraf, um die Zeugenaussagen der Anwesenden aufzunehmen. Bruni hatte kein Interesse daran, Fragen zu beantworten. Stattdessen wollte sie

Victor ins Krankenhaus begleiten, doch einer der Sanitäter hielt sie zurück. „Tut mir leid, Miss, hier dürfen nur Patienten mitfahren."

„Aber er ... er ist mein ..." Sie verstummte. Als Zivilistin und noch dazu Deutsche hatte sie keinerlei Recht, auch nur Informationen über seinen Zustand zu erhalten. Sie waren schließlich nicht verheiratet.

„Sind Sie nicht die Sängerin aus dem Café de Paris?", fragte der Sanitäter.

„Ja." Obwohl ihr nicht danach zumute war, schenkte sie ihm das berühmte Lächeln, für das die Männer so schwärmten.

Er schien Mitleid mit ihr zu haben und sagte: „Hören Sie. Kommen Sie morgen früh zum amerikanischen Krankenhaus und warten auf mich. Wenn ich irgendetwas weiß, gebe ich Ihnen Bescheid."

„Danke."

„Meine Schicht endet um acht. Warten Sie am Eingang auf mich, in Ordnung?"

„Das werde ich." Innerlich stöhnte Bruni auf. Normalerweise stand sie nicht vor Mittag auf, schon gar nicht nach einer durchzechten Nacht. Doch um Informationen über Victors Zustand zu bekommen, würde sie die bittere Pille schlucken und auf ihren Schönheitsschlaf verzichten.

Sie sah sich nach Marlene um, die mit einem der Militärpolizisten sprach. Glenn stand in einem geliehenen Mantel neben ihr, aber Zara war nirgends zu sehen. Bruni ging zu der kleinen Gruppe hinüber. Der Polizist war gerade dabei, Namen und Adressen aufzuschreiben.

„Was genau ist passiert?", fragte er und notierte sich Glenns Schilderungen des Unfallhergangs.

„Es war kein Unfall", unterbrach Bruni.

„Wie das?" Der Polizist sah sie aufmerksam an.

„Zuerst dachte ich, es sei ein Unfall. Aber dann hat das andere Fahrzeug zurückgesetzt und ist mit Anlauf noch einmal direkt in den Jeep gekracht."

„Hat das noch jemand von Ihnen beobachtet?"

Glenn und Marlene schüttelten den Kopf. „Nein, tut mir leid. Ich war einige Meter weiter weg, weil meine Freundin gestolpert war. Es ging alles sehr schnell. Als ich wieder hochgeschaut habe, ist der Jeep gerade die Böschung hinuntergerollt. Dann bin ich ins Wasser gerannt."

Der Polizist wandte sich wieder an Bruni: „Sind Sie sicher, dass es sich so zugetragen hat? Das ist eine sehr schwerwiegende Anschuldigung."

„Ja, ganz sicher." Trotz ihrer Sorge um Victor war sie wütend. Wie konnte dieser Mann es wagen, ihre Aussage anzuzweifeln? „Der Fahrer hat sogar sein Fenster heruntergekurbelt und etwas gerufen."

„Haben Sie verstanden, was er gerufen hat?"

„Leider nicht." *Es klang wie eine Drohung*. Sie sprach den Gedanken nicht aus, denn selbst in ihrem Kopf klang er nach hysterischer Frau, die sich Dinge einbildete, weil ihr Freund in einen Unfall verwickelt war.

Obwohl der Polizist versuchte, sich nichts anmerken zu lassen, entging ihr sein Augenrollen nicht. Natürlich nahm er ihre Bedenken nicht ernst. „Hat sonst jemand gehört, was der Fahrer gerufen hat?"

Glenn und Marlene schüttelten den Kopf und Glenn ergänzte: „Es hörte sich an wie Deutsch. Deshalb habe ich kein Wort verstanden."

„Gut, das wäre alles für den Moment." Der Polizist musterte Glenn, der wie ein begossener Pudel vor ihm stand. „Sind Sie sicher, dass es Ihnen gut geht? Wir können Sie ins Krankenhaus bringen."

„Nein, mir gehts gut. Aber könnten Sie mich in der Kaserne absetzen? Eine heiße Dusche wäre jetzt nicht schlecht."

„Gerne. Sobald wir hier fertig sind, nehmen wir Sie mit." Der Polizist wandte sich ab, um weitere Zeugen zu befragen, doch niemand hatte etwas gesehen oder gehört. Die anderen waren erst nach draußen gelaufen, nachdem Marlene darum gebeten hatte, einen Rettungswagen zu alarmieren.

„Wo ist Zara?“, fragte Bruni.

„Sie ist verschwunden, kaum dass die Militärpolizei aufgetaucht ist“, antwortete Marlene. Zara hatte eine tief sitzende Furcht vor sämtlichen Vertretern der Obrigkeit, seit sie vor einiger Zeit vom sowjetischen NKWD entführt worden war.

Der Polizist winkte Glenn zu sich. Offenbar war er bereit, in die Kaserne zurückzukehren.

„Ich gehe jetzt besser“, sagte Glenn. „Bitte richtet Zara aus, dass wir uns morgen früh in Tempelhof treffen.“ Dann blickte er Bruni an. „Ich bin sicher, das hat schlimmer ausgesehen, als es ist. Ich besuche Victor gleich morgen früh und gebe dir Bescheid, wie es ihm geht.“

Irgendwie gelang es Bruni zu nicken. Sie konnte nur mit Mühe die Tränen zurückhalten, die sie auf keinen Fall vergießen durfte. Seit sie vor vielen Jahren als Kind missbraucht worden war, hatte sie sich geschworen, nie wieder um eines Mannes willen zu weinen.

Kaum war der Jeep der Militärpolizei verschwunden, linste Zara aus der Bar.

„Sie sind weg. Gehen wir nach Hause“, sagte Marlene. Mit Bruni in der Mitte, die Arme untergehakt, steuerten sie deren nahe gelegene Wohnung im französischen Sektor an.

KAPITEL 2

Victor holte mühsam Luft. Der Geruch von Desinfektionsmittel stach in seiner Nase. Seine Augenlider flatterten. Was für ein Unterschied zu Brunis verführerischem Parfüm. Und das war auch nicht ihr weicher Körper, der sich da an ihn schmiegte.

Stattdessen presste etwas Schweres auf ihn und machte ihm das Atmen schwer. Mühsam öffnete er die Augen, sah aber nichts als Schwärze. War er in einem seltsamen Albtraum gefangen? Doch seit wann empfand er in seinen Träumen Schmerzen?

Er versuchte, den Lichtschalter anzuknipsen, konnte sich jedoch nicht rühren. Unfähig, sich zu bewegen oder auch nur die Augen zu öffnen, lag er stocksteif da, während ihn ein riesiges Gewicht zerquetschte und bei lebendigem Leib zu Staub zermalmte. Panik kroch sein Rückenmark entlang und er versuchte verzweifelt, die Beine zu bewegen, um wegzulaufen, aber nichts geschah.

Ein kleiner Teil seines Verstandes erkannte, dass dies nicht real sein konnte. Er war in einem schlimmen Albtraum gefangen. Doch er konnte nichts tun, als zu hoffen, bald aufzuwachen.

Plötzlich fuhr ein entsetzlicher Schmerz durch sein Bein. Er stieß einen markerschütternden Schrei aus, der ihn schließlich so weit weckte, dass er die Augen aufschlug. Schnell schloss er sie wieder. Er lag gar nicht in Brunis Bett.

„Haben Sie nicht gesagt, dass er bewusstlos ist?“, fragte eine männliche Stimme.

„Das war er.“

„Na, jetzt ist er jedenfalls wach.“

„Brauchen Sie noch lange?“

„Wir müssen noch die andere Tibia richten.“

„Ich hole das Morphium.“

Victor riss die Augen auf und schrie aus Leibeskräften. „Hände weg von mir!“

„Ganz ruhig. Sie hatten einen schweren Autounfall. Wir geben Ihnen Morphium, dann kümmern wir uns um Ihr anderes Bein.“

Mein Bein? Konnte er deshalb nicht weglaufen? Oder war dies nur eine weitere Schicht seines Albtraums, aus dem er immer noch nicht aufgewacht war? Victors Kopf schmerzte zu sehr, um weiter über die Situation nachzudenken. Sekunden später spürte er einen Stich und bald darauf angenehmerweise gar nichts mehr. Seine Gesichtsmuskeln entspannten sich, und er driftete zurück in einen Dämmerzustand.

„Er ist gleich weg“, sagte die jüngere der beiden Stimmen.

„Na dann, zurück an die Arbeit.“

Irgendwann spürte Victor zwei große Hände um seinen Unterschenkel, dann ein dumpfes Stechen. Es war stark genug, dass er die Augen wieder öffnete und sich der Nebel verzog, der sich um sein Gehirn gelegt hatte.

Victor vermied jede schmerzende Bewegung und ließ lediglich seinen Blick durch den Raum schweifen. Es dauerte eine Weile, bis er die verschiedenen elektrischen Geräte und Kabel entdeckte, die darauf hindeuteten, dass er sich in einem Krankenhauszimmer befand.

Ganz langsam kehrten Erinnerungsfetzen zurück. Er war mit dem Jeep in Richtung Bar gefahren. Es lag frischer Schnee, trotzdem war die Straße nicht rutschig gewesen. Victor hatte zur wartenden Bruni geblickt, die plötzlich wie verrückt zu winken begonnen hatte. Nur Sekunden später war ein Halbkettenfahrzeug direkt auf ihn zugefahren.

Ein Bild blitzte in seinem Kopf auf, war aber wieder verschwunden, bevor er es fassen konnte. Das Nächste, woran er sich erinnerte, war, dass er hier im Krankenhaus aufgewacht war.

„Oh, sehr gut, Sie sind endlich wach." Es war dieselbe Stimme, die zuvor „zurück an die Arbeit" gesagt hatte, weshalb Victor annahm, dass sie dem Arzt gehörte.

„Mehr oder weniger." Victor versuchte, seinen Kopf zu drehen, um die Person zu erspähen, schaffte es jedoch nicht.

„Nicht bewegen. Wir haben Ihnen eine Halsmanschette angelegt. Sie haben bei dem Unfall ein schweres Schleudertrauma erlitten." Der Arzt trat in Victors Blickfeld.

„Wie schlimm ist es?", krächzte Victor.

„Wenn man bedenkt, dass Ihr Jeep von einem Halbkettenfahrzeug gerammt wurde und Sie fast ertrunken sind, würde ich sagen, dass es Ihnen besser geht, als man erwarten kann."

„Ertrunken?" Victor konnte sich nicht daran erinnern, im Wasser gewesen zu sein.

„Ja. Sie haben es allein Captain Davidson zu verdanken, dass es nicht dazu gekommen ist. Er hat sich in den See gestürzt und Sie herausgezogen."

„Glenn ..." Ein Gedanke erschreckte ihn. Was, wenn Bruni auch verletzt worden war? „War außer mir noch jemand in den Unfall verwickelt?"

Der Arzt schüttelte den Kopf. „Nur Sie und der andere Fahrer, aber der hat Fahrerflucht begangen."

Ein weiteres Bild schoss Victor durch den Kopf und ließ ihn zusammenzucken. „Ich kann mich nicht an viel erinnern. Ich bin gefahren, dann kam dieses Fahrzeug auf mich zu. Das ist alles."

„Das ist nicht ungewöhnlich. Außer dem Schleudertrauma und einer leichten Unterkühlung haben Sie eine schwere Gehirnerschütterung sowie ein paar gebrochene Rippen davongetragen. Außerdem wurden beide Unterschenkel von den

Pedalen zertrümmert. Aber nichts, was nicht mit der Zeit heilen würde. Soweit wir das sehen können, gibt es keine inneren Blutungen."

Victor fand nicht, dass sein Zustand besser war als erwartet.

„Ihr Gedächtnis wird zu gegebener Zeit zurückkehren. Unfallopfer verdrängen oft das Geschehene, weil es zu traumatisch ist."

Victor wollte nicken, aber nicht einmal das konnte er. „Kann ich bitte etwas Wasser haben?"

„Natürlich. Ich schicke die Krankenschwester. Warten Sie hier, ja?" Der Arzt schmunzelte und verließ das Zimmer.

Sehr witzig. Dank der blöden Halskrause konnte Victor lediglich die Zimmerdecke und das obere Drittel der Wände sehen.

Nach einer Weile brachte eine Krankenschwester eine Schnabeltasse und hielt sie ihm an die Lippen. „Ihre Arme sind nicht gebrochen, nur geprellt. In ein oder zwei Tagen können Sie die Tasse selbst halten", sagte sie mit einem fröhlichen Lächeln, als sei das ein Grund zur Freude. Vermutlich hatte sie während des Kriegs weitaus schlimmere Verletzungen gesehen.

Es war eine Ironie des Schicksals, dass er den Krieg mit kaum mehr als ein paar Kratzern überstanden hatte, um dann in Friedenszeiten in einen beinahe tödlichen Autounfall verwickelt zu werden. Das Schlucken war anstrengender als erwartet, deshalb fielen ihm die Augen wieder zu und er döste ein, noch bevor die Krankenschwester gegangen war.

In seinen Träumen war er bei Bruni, streichelte ihre weiche Haut und drückte Küsse auf ihren begehrenswerten Körper. Er hatte sich von dem Moment an Hals über Kopf in sie verliebt, als er sie das erste Mal auf der Bühne des Café de Paris singen gehört hatte.

Ihre sinnliche Stimme hatte ihn von der ersten Strophe an in den Bann gezogen: *I'm in the Mood for Love.* Selbst ein knappes Jahr später hatte er Schmetterlinge im Bauch, wenn er sich daran erinnerte, wie der Blick ihrer wunderschönen blauen Augen seinem begegnet war. Damals war es ihm plötzlich so vorgekommen, als würde sie ausschließlich für ihn singen.

Seitdem konnte er sie nicht mehr aus seinen Gedanken verbannen, auch wenn sie anfangs wenig Interesse an einer Beziehung gezeigt hatte, denn diese Frau wollte von Liebe nichts wissen. Umso wundervoller war es, dass sie sich trotzdem in ihn verliebt hatte. Nach den Weihnachtsfeiertagen wollte er bei seinem Vorgesetzten eine Heiratserlaubnis beantragen.

Bei diesem Gedanken wachte er auf und starrte ängstlich in die Dunkelheit. Bruni durfte ihn im amerikanischen Krankenhaus nicht besuchen. Sein Magen verkrampfte sich, als er überlegte, wie lange es dauern würde, bis er wieder ihr hübsches Gesicht sehen, ihre hinreißende Stimme hören und ihre seidige Haut streicheln konnte.

Verzweifelt stöhnte er auf, doch zum Glück verhinderte das Morphium, dass er lange in Selbstmitleid schwelgte. Schon bald döste er erneut ein und kehrte zu dem Augenblick zurück, in dem das andere Fahrzeug in ihn gekracht war. Ein Mann saß am Steuer ... in Zivil. Doch das Gesicht konnte er beim besten Willen nicht erkennen. Jedes Mal, wenn er die Augen zusammenkniff, um besser zu sehen, verblasste das Bild.

KAPITEL 3

Zum hundertsten Mal durchquerte Bruni das Wohnzimmer und hielt erst an, als Zara ihre Hand ergriff und sie auf die abgenutzte Couch zog.

„Tut mir leid", murmelte sie.

„Das braucht es nicht. Ich weiß, dass du dir Sorgen machst. Mir ging es genauso, als Glenn nach seinem Flugzeugabsturz im sowjetischen Lazarett war und ich nicht wusste, wie es ihm geht", sagte Zara.

Bruni nickte und schlang ihre Arme um sich selbst im Versuch, sich zusammenzureißen. Sie war dankbar für die Gesellschaft ihrer Freundinnen. Zara und Marlene hatten sie nach Hause begleitet und angeboten, über Nacht zu bleiben. Vielleicht konnten sie Bruni am nächsten Morgen sogar zum Krankenhaus begleiten, wenn sie versuchte, etwas über Victors Zustand zu erfahren. Sie klammerte sich voller Hoffnung an das Versprechen des Sanitäters, ihr Bericht zu erstatten.

„Du solltest besser schlafen gehen. Du musst morgen nach Wiesbaden zurückfliegen", sagte sie zu Zara.

„Mach dir um mich keine Gedanken. Ich kann im Flugzeug schlafen, so viel ich will."

„Danke", flüsterte Bruni. Es war ungewöhnlich für sie, auf den

Beistand anderer angewiesen zu sein. Normalerweise war sie es, die um Rat – oder etwas zu essen – gebeten wurde.

Schon in jungen Jahren hatte Bruni geschworen, sich nie wieder von anderen abhängig zu machen, ganz besonders nicht emotional. In der Folge hatte sie ein ausgesprochen unabhängiges Leben geführt und jegliche Gefühlsduselei auf Abstand gehalten. Sie hatte auf ihre Talente vertraut – ihre Stimme und ihr Aussehen – um zu bekommen, was sie wollte. Sie hatte Arbeit, und auch wenn diese miserabel bezahlt war, war es mehr, als viele Berliner von sich behaupten konnten. Außerdem hatte es eine Reihe mächtiger Männer in Brunis Leben gegeben, die ihr den Hof gemacht und sie mit Lebensmitteln, Kleidung, einer Unterkunft und anderen Geschenken überschüttet hatten – als Gegenleistung dafür, dass sie mit ihnen das Bett teilte.

Keiner von ihnen hatte sie geliebt und auch sie hatte sich keinen unnützen Sentimentalitäten hingegeben. Für sie waren Beziehungen ein lukratives, wenn auch angenehmes Geschäft gewesen – bis Victor aufgetaucht war. Obwohl sie sich mit Händen und Füßen gegen eine Beziehung mit ihm gesträubt hatte, weil sein Rang zu niedrig und er nicht wohlhabend genug war, hatte sie sich nach und nach in ihn verliebt. Schließlich hatte sie einsehen müssen, dass sie sich der Liebe nicht länger widersetzen konnte.

Sie war ihm mit Herz, Leib und Seele verfallen. Nur die Vorstellung, ihn zu verlieren, bereitete ihr körperliche Schmerzen.

„Hier, trink das." Marlene kam mit drei Tassen dampfenden Tees aus der kleinen Küche; eine davon reichte sie Bruni.

Bruni nahm einen Schluck und starrte die leere Wand an. Ihr ehemaliger Liebhaber Dean Harris, der Kommandant des amerikanischen Sektors in Berlin, hatte ihr diese Wohnung besorgt. Auch nachdem er sie abserviert hatte, weil seine Frau und Kinder ihm nach Berlin gefolgt waren, durfte sie weiter hier wohnen. Der Stachel saß immer noch tief, denn normalerweise war sie diejenige, die die Männer abservierte, nicht umgekehrt.

Sie holte tief Luft und zwang ihre aufsteigende Wut nieder.

Weder sein Verrat, wie sie es nannte, noch ihr verletzter Stolz hatten sie davon abgehalten, das Domizil zu behalten. Wo sollte sie denn sonst wohnen? Sicherlich nicht in einer Wohnung mit Rissen in den Wänden und einem Gemeinschaftsbad wie Marlene oder in dem Rattenloch im Keller, das Zara ihr Zuhause genannt hatte, bevor sie nach Wiesbaden gezogen war.

Ihr Blick wanderte zu dem kleinen Beistelltisch in der Ecke mit dem Telefon sowie einem Bild von ihr und Victor bei der Eröffnung des Flughafens Tegel. Deans Verrat hatte wenigstens eine gute Sache mit sich gebracht: Andernfalls hätte sie nie mit Victor geflirtet ... Tränen rannen ihr über die Wangen. Nie zuvor in ihrem Leben hatte sie solch quälenden Herzschmerz verspürt.

„Bruni, was ist los?“ Zaras Stimme konnte den Schock nicht verbergen, den Brunis Tränen in ihr auslösten. Nicht umsonst wurde sie von den Kolleginnen im Kabarett *die Eiskönigin* genannt.

„Ach, nichts.“ Bruni wischte die Tränen weg und versuchte, ihre unwillkommenen Emotionen unter Kontrolle zu bringen.

„Ich verstehe nicht, wie das passieren konnte.“ Marlene setzte sich neben Bruni, beide Hände um die dampfende Tasse gelegt. „Hat er das andere Auto nicht kommen sehen?“

„Das andere Fahrzeug ist quer über die Straße direkt in ihn reingefahren.“ Bei der lebhaften Erinnerung lief Bruni ein Schauder über den Rücken.

„Als wollte der Fahrer Victors Auto absichtlich rammen“, fügte Zara hinzu.

„Das kann ich mir nicht vorstellen. Wieso sollte jemand so etwas tun?“ Marlene pustete auf den heißen Tee.

Zara, die vor dem Sofa kniete, verzog keine Miene, als sie leise erzählte: „Es ging so schnell, trotzdem habe ich gesehen, wie der flüchtige Fahrer nach dem Zusammenstoß ein Stück zurückgesetzt ist und dann wieder vorwärtsfuhr und den Jeep über die Böschung geschubst hat. Während ihr alle zum See gerannt seid, stand ich wie versteinert da, nur deshalb habe ich mitbekommen, wie der Fahrer seinen Kopf herausgestreckt und geschrien hat:

‚Lass uns in Ruhe, verdammter Ami! Niemand hindert uns daran zu senden.'"

„Lass uns in Ruhe? Wie seltsam", sinnierte Marlene und legte einen Arm um Brunis Schultern. „Hat Victor irgendwelche Feinde?"

„Nicht, dass ich wüsste." Bruni schniefte und eine weitere Träne kullerte ihre Wange herab. Wenn sie nicht damit aufhörte, würde sie ihr ganzes Make-up verschmieren und wie ein Clown aussehen. Sie blinzelte ein paar Mal und dachte über Marlenes Frage nach. Voller Schrecken stellte sie fest, dass sie kaum etwas über den Mann wusste, den sie liebte.

Sie hatten selten über seine Arbeit gesprochen, weil sie den Bau eines Flughafens langweilig fand. Auch von seinem Leben in der Kaserne hatte er so gut wie nie erzählt, weil so gut wie alles Militärgeheimnis war.

Nicht mal seine Freunde hatte sie kennengelernt. Zum Teil lag es daran, dass er in Berlin aufgrund seiner erst kürzlich erfolgten Versetzung kaum jemanden kannte, doch der Hauptgrund war, dass sie jede freie Minute allein miteinander verbrachten.

„Und was soll das überhaupt bedeuten ‚zu senden'?" Marlene wunderte sich immer noch über den Ausruf. „Er war für den Bau des neuen Flughafens in Tegel verantwortlich. Müsste es nicht heißen ‚zu fliegen'? Mal davon abgesehen, dass er niemanden daran gehindert, sondern das Fliegen erst ermöglicht hat."

„Was hast du gerade gesagt?" Bruni riss den Kopf herum und starrte Marlene an.

„Dass er den Flughafen Tegel gebaut hat."

„Nein, davor."

Marlene kniff nachdenklich die Augen zusammen. „Nur, dass es seltsam ist zu sagen, dass er jemanden daran gehindert hat ‚zu senden'."

Heiß und kalt lief es Bruni über den Rücken, bevor sie in sich zusammensackte wie ein Häufchen Elend. „Das ist alles meine Schuld."

„Sei nicht albern. Wie kann das deine Schuld sein?", fragte Zara mit großen Augen.

„Weil ... er es für mich getan hat."

„Wer hat was für dich getan?", hakte Zara nach.

„Na, Victor. Er hat den Sendemast in Tegel in die Luft gesprengt, weil ich ihn darum gebeten habe." Die daraus resultierenden Konsequenzen verschlugen ihr den Atem. Sollte Victor sterben, war es ganz allein ihre Schuld. Sie hatte diesen Schlamassel verursacht.

„Bruni, bitte beruhige dich. Du glaubst doch nicht wirklich, dass du der Grund für die Sprengung der Funktürme warst? Sie haben den Flugverkehr gefährdet."

„Das ist nur die offizielle Begründung. Victor wird bald aus der Armee entlassen und hat mich gebeten, ihn zu heiraten. Er liebt mich und will, dass ich mit ihm nach Amerika ziehe." Zara und Marlene sahen sie beide an, als hätte sie den Verstand verloren, unterbrachen sie jedoch nicht. „Ich war mir nicht sicher, ob ich ihm glauben soll. Also hat er mich gefragt, was er tun kann, um mir zu beweisen, dass er es ernst meint. Ich habe ihm gesagt, er soll etwas Schwieriges, aber nicht völlig Unmögliches tun." Ein schwaches Lächeln überzog ihr Gesicht, als sie sich an den stürmischen Streit jener Nacht erinnerte und an ihr noch stürmischeres Liebesspiel im Anschluss. „Er hat versprochen, den russischen Radiosender für mich zum Schweigen zu bringen. Und ich habe ihm gesagt, dass ich alles tue, um mit ihm zusammen zu sein, wenn ihm das auch nur für einen Tag gelingt. Etwa zwei Wochen später wurden die Funktürme gesprengt. Offiziell auf Wunsch des französischen Kommandanten, doch in Wahrheit war es Victors Idee. Er hat es mir gesagt."

„Ach Bruni, das ist doch nicht deine Schuld. Es ist einzig und allein die Schuld dieser sowjetischen Schufte, die uns ihrem Reich einverleiben wollen. Sie sind sogar noch schlimmer als die Nazis!", sagte Zara. Sie wurde beim Sprechen immer aufgeregter, was für die sanftmütige, gertenschlanke Frau mit den hüftlangen schwarzen Haaren, die oft mit Schneewittchen verglichen wurde, recht ungewöhnlich war.

Zaras Vater war ein hochrangiger Nazi gewesen, weshalb sie unter Hitlers Regime unbehelligt geblieben war. Nach dem Krieg jedoch hatte sie für die schändlichen Taten ihres Vaters teuer bezahlt und war verständlicherweise wütend auf die Sowjets.

„Doch, ist es", jammerte Bruni bekümmert. Tief im Herzen wusste sie, dass dieser *Unfall* mit Fahrerflucht auf ihre Kappe ging. Sie würde es sich nie verzeihen, wenn Victor nicht überlebte.

„Was hat eigentlich der Sanitäter gesagt?", fragte Marlene und stellte ihre leere Tasse auf dem Couchtisch ab.

„Welcher?"

„Der mit der Trage. Der hat doch mit dir gesprochen."

Plötzlich erinnerte sich Bruni wieder und sprang auf, wobei sie Tee über ihr blassgrünes Satinkleid verschüttete. Normalerweise hätte sie geflucht und den Fleck sofort entfernt. Doch heute war ihr die teure Kleidung egal. „Wie spät ist es? Ich muss sofort zum Krankenhaus."

Sie war gerade dabei, ihren Hut aufzusetzen, als sie eine Hand auf ihrer Schulter spürte. „Es ist vier Uhr in der Früh. Du kannst jetzt nirgendwo hingehen."

„Wieso ist es erst vier?", fragte sie, denn es kam ihr vor, als wären seit dem Unfall schon viele Stunden vergangen.

„Also, was hat er gesagt?", insistierte Marlene.

„Er hat gesagt, dass keine Zivilisten in das amerikanische Krankenhaus dürfen. Aber ich kann auf ihn warten, bis seine Schicht zu Ende ist. Vielleicht hat er dann Neuigkeiten über Victor für mich."

„Glenn hat gesagt, dass er Victor besucht, bevor wir abfliegen. Wenn du mit mir zum Flughafen kommst, kann er dir vielleicht gute Nachrichten überbringen", schlug Zara vor.

Bruni seufzte. Es gab zu viele Optionen. Sie stand da, mit dem Hut in der Hand, und sah ihre Freundinnen an, als wären sie Fremde. Zara hatte sich nach ihrer Tortur in den Händen der Sowjets verändert. Sie sah immer noch wie eine nette und schüchterne junge Frau aus, doch darunter verbarg sich nun ein Kern aus Stahl.

Marlene hingegen wollte es immer allen recht machen und stellte die Bedürfnisse anderer vor ihre eigenen. Sie war brünett, konservativ und trug die eintönigsten Kleider, die man sich vorstellen konnte. Ihre hübschen Gesichtszüge hatten nach ihrer unglücklichen Beziehung mit Werner Böhm einen permanenten Anflug von Wehmut angenommen.

„Du solltest versuchen, etwas zu schlafen." Marlene stand auf, nahm Bruni den Hut aus der Hand und führte sie ins Schlafzimmer, wo sie ihr half, den Reißverschluss des hautengen Kleides zu öffnen. Dann deckte sie ihre Freundin fürsorglich zu. „Zara und ich bleiben über Nacht. Hast du einen Wecker?"

„Ja. Schau mal in den anderen Nachttisch." Bruni benutzte keinen Wecker, weil sie normalerweise bis in den Nachmittag schlief. Ihre Arbeit im Kabarett begann erst am Abend. Doch seit Victor so oft wie möglich bei ihr übernachtete, hatte er einen für sich gekauft.

Marlene fand den Wecker und stellte ihn. „Macht es dir etwas aus, wenn ich hier schlafe und Zara auf der Couch?"

„Natürlich nicht. Das Bett ist groß genug." Bruni war es egal, wer neben ihr lag. Sie machte sich viel zu viele Sorgen um Victor.

Gleichzeitig mit dem Klingeln des Weckers klopfte es an der Tür. Schon wollte Bruni den Idioten beschimpfen, der zu dieser unchristlichen Tageszeit zu Besuch kam, als sie sich an die Ereignisse der Nacht erinnerte. Sie sprang aus dem Bett und rannte zur Tür, um sie aufzureißen.

„Guten Morgen, Fräu–" Glenns Kinnlade klappte nach unten, weil sie in nichts als ihrer Spitzenunterwäsche vor ihm stand. „Soll ich draußen warten?"

„Nur, wenn ich die erste Frau bin, die Sie so sehen", gluckste sie. „Ich gehe ins Schlafzimmer und ziehe mich an."

Er nickte sprachlos, die Augen auf ihre nackte Haut geheftet, bis sie Richtung Wohnzimmer nickte, wo Zara auf dem Sofa schlief. „Ihre Freundin ist dort drüben."

„Es ... es ... tut mir leid“, stotterte er mit einem purpurrot angelaufenen Gesicht.

Bruni liebte die Macht, die sie auf Männer ausübte. Daran erinnert zu werden, wie sehr sich das andere Geschlecht zu ihr hingezogen fühlte, war genau das Richtige, um ihre Stimmung nach Victors schrecklichem Unfall zu heben. Sie stolzierte ins Schlafzimmer, trat vor den Kleiderschrank und holte das figurbetonte rote Kleid mit dem fast schon unanständigen Dekolleté heraus, das Victor so sehr an ihr liebte.

Es war der perfekte Aufzug, um irgendeinen armen Schlucker davon zu überzeugen, sich nicht an die Regeln zu halten und sie ins Krankenhaus zu lassen. Falls sie bis zu Victor vordrang, würde der Anblick sicherlich seine Laune heben und seine Genesung beschleunigen.

Als sie ins Wohnzimmer zurückkehrte, saß Glenn auf dem Sofa und hatte einen Arm um eine sehr schläfrig wirkende Zara geschlungen. Er warf einen Seitenblick auf Bruni, um sich zu vergewissern, dass sie inzwischen angezogen war, bevor er sich ihr zuwandte.

„Wo wollen Sie denn in dem Kleid hin?“, fragte er mit leicht schockiertem Blick.

„Ich begleite Sie zum Krankenhaus.“

„Auf gar keinen Fall.“

„Wieso nicht?“

„Damit erregen Sie viel zu viel Aufsehen.“

„Das ist Teil meines Plans.“ Sie kämpfte mit sich, ob sie ihn darüber aufklären sollte, wie die Welt und vor allem die Männer tickten, entschied sich aber dagegen. „Wenn auch nur die geringste Chance besteht, Victor zu besuchen, möchte ich, dass er sieht, was er verpasst. Dann wird er alles dafür tun, so schnell wie möglich gesund zu werden.“

Zara kicherte. „Was für seltsame Vorstellungen du hast.“

„Überhaupt nicht seltsam. Das ist gesunder Menschenverstand. Wer kommt mit?“ Bruni schaute zu Zara, die immer noch in eine Decke eingewickelt war.

„Ich würde lieber hierbleiben, wenn es dir nichts ausmacht."

Marlene kam aus dem Schlafzimmer in demselben smaragdgrünen Kleid wie am Abend zuvor, ein Erbstück von Bruni. „Ich komme mit, wenn du möchtest, aber ich würde mir lieber erst etwas Passenderes anziehen."

Bruni stieß einen theatralischen Seufzer aus. Ihre Freundinnen verstanden einfach nicht, wie man sich Vorteile verschaffte. Mit einem Augenzwinkern wandte sie sich an Glenn: „Solange Sie keinen Anstandswauwau brauchen, macht es mir nichts aus, wenn wir nur zu zweit sind."

Wieder errötete er und Zara fragte: „Was ist zwischen euch beiden vorgefallen?"

„Nichts", versicherte ihr Glenn eilig.

„Sagen wir, er war ein bisschen überrascht, als ich die Tür aufgemacht habe."

„Du hast sie doch nicht etwa mit geöffnetem Morgenmantel aufgemacht, oder?" Marlene sprach aus eigener Erfahrung. Jeder, der es wagte, vormittags an Brunis Tür zu klopfen, musste mit ihrem ewigen Zorn rechnen und manchmal mit einem viel zu intimen Anblick.

„Ich hatte vergessen, den Morgenmantel überzuwerfen", kicherte Bruni amüsiert über Glenns Verlegenheit.

Zara schüttelte missbilligend den Kopf: „Kaum zu glauben."

„Das ist meine Wohnung. Ich kann an die Tür gehen, wie ich will."

„Wir müssen wirklich los. Ich muss pünktlich für den Flug in Tempelhof sein", sagte Glenn.

„Na dann, auf gehts." Bruni zog Mantel, Hut und Handschuhe an und winkte ihren Freundinnen zum Abschied zu. „Bis später! Macht euch Frühstück, ja?" Sie stieg die Treppe hinab und kletterte behände in Glenns Jeep. „Danke, dass Sie mich mitnehmen."

Als sie das Krankenhaus erreichten, durfte sie wie erwartet nicht passieren, selbst dann nicht, als sie dem Wachposten ihr Dekolleté direkt vor die Nase hielt. Glenn hingegen wurde ohne

Probleme hineingelassen und versprach ihr, sie über Victors Zustand zu informieren.

„Sagen Sie ihm, dass ich ihn liebe und dass er bald wieder gesund werden muss! Und geben Sie ihm einen Kuss von mir."

„Ich werde den Kerl ganz bestimmt nicht küssen!" Glenns angewidertes Gesicht entlockte Bruni ein Kichern.

Während sie wartete, schnorrte sie sich eine Zigarette von einem der Sanitäter, die ein und aus gingen. Die ganze Zeit über hielt sie Ausschau nach dem Mann, der versprochen hatte, sich für sie nach Victor zu erkundigen. Doch leider entdeckte sie ihn nicht und konnte auch nicht nach ihm fragen, weil sie in ihrer Benommenheit vergangene Nacht vergessen hatte, nach seinem Namen zu fragen.

Etwa eine halbe Stunde später kehrte Glenn zurück, und sie musterte ängstlich seine besorgte Miene, als er sich am Tor aus einer Liste austrug. Ihr Herz zog sich schmerzhaft zusammen, doch als er in ihre Richtung schaute, hielt er einen Daumen hoch.

„Wie geht es ihm?", fragte sie, kaum dass er das Tor durchquert hatte.

„Es geht ihm besser als erwartet, aber er wird mehrere Wochen im Krankenhaus bleiben müssen. Beide Beine sind gebrochen und mussten operiert werden. Außerdem hat er mehrere gebrochene Rippen und muss eine Halsmanschette tragen. Er lässt Sie grüßen und hofft, dass er bald das Bett verlassen darf und Sie außerhalb des Krankenhauses treffen kann."

„Danke." Bruni seufzte. Das waren gleichzeitig gute und schlechte Neuigkeiten. Zumindest schwebte Victor nicht in Lebensgefahr, doch es konnte Wochen oder sogar Monate dauern, bis sie ihn wiedersah.

Sie runzelte die Stirn. Das passte ihr ganz und gar nicht in den Kram! Irgendwie musste sie einen Weg finden, sich ins Krankenhaus einzuschleichen, selbst wenn sie Himmel und Erde dafür in Bewegung setzen musste.

„Kommen Sie, so schlimm ist es nicht. Er kann Sie vom öffentlichen Telefon im Besucherbereich aus anrufen, sobald er das

Bett verlassen darf", sagte Glenn aufmunternd. Dann blickte er auf seine Armbanduhr. „Ich bringe Sie besser nach Hause. Zara und ich müssen in einer Stunde am Flughafen sein."

Zurück in ihrer Wohnung erstatteten sie Marlene und Zara Bericht, dann umarmten sich die Freundinnen zum Abschied. „Versprichst du zu schreiben?"

„Ganz bestimmt", antwortete Zara. Ein paar Minuten später waren sie und Glenn auf dem Weg zum Flughafen, um nach Wiesbaden zurückzukehren.

„Ehrlich gesagt bin ich ein bisschen neidisch", gab Marlene zu.

„Worauf?"

„Na ja, Zara kann einfach abhauen, während wir in diesem Loch eingesperrt sind."

„Wer will schon weg aus Berlin? Es ist die Hauptstadt, hier ist ordentlich was los." Bruni ließ sich aufs Sofa fallen, schlüpfte aus ihren hochhackigen Schuhen und legte die Füße auf einen der Sessel.

Marlene setzte sich in den anderen Sessel. „Aber was, wenn die Amerikaner im Laufe des Winters nicht genug Kohle und Lebensmittel einfliegen können und Berlin den Sowjets überlassen?"

„Das wird niemals passieren."

„Wie kannst du dir da so sicher sein?"

Bruni machte einen Schmollmund. „Weil Dean es gesagt hat. Und so sehr es mir auch missfällt, dass er mir wegen seiner Frau den Laufpass gegeben hat, er steht immer zu seinem Wort."

„Vielleicht hat er keine andere Wahl. Wenn er vor die Entscheidung gestellt wird, eine Million Menschen erfrieren und verhungern zu lassen oder den russischen Forderungen nachzugeben, muss er vielleicht das kleinere Übel wählen."

„In dem Fall bestünde das kleinere Übel eindeutig darin, im Schlaf zu erfrieren", meinte Bruni sarkastisch, bevor sie die Augen schloss. Nach einer Weile sagte sie: „Ich muss Victor unbedingt sehen."

„Lottes Schwester arbeitet im amerikanischen Krankenhaus, vielleicht kann sie helfen?", schlug Marlene vor.

„Das glaube ich nicht. Glenn hat gesagt, ich brauche eine Sondergenehmigung vom Büro des Kommandanten." Bruni rieb sich die Schläfen.

„Du willst Dean fragen?"

„Oder seinen Stellvertreter." Bruni atmete tief aus. Sie würde niemals aufgeben. Dazu hatte sie schon viel zu viel Schlimmes erlebt.

KAPITEL 4

Otto Krause fuhr mit seinem Lastwagen an die Straßensperre heran und kurbelte trotz der klirrenden Kälte das Fenster herunter. In letzter Zeit waren die Kontrollen zwischen der sowjetischen Besatzungszone und Ostberlin verschärft worden, deshalb war es von Vorteil, proaktiv guten Willen zu zeigen.

Ein sowjetischer Soldat in langem Mantel und der typischen Pelzmütze, das Maschinengewehr an der Schulter, trat heran. Obwohl Otto mehrmals täglich die Kontrollpunkte der Alliierten passierte, beschleunigte sich sein Puls. Bei den Russen wusste man nie so genau. Er verbarg seine Nervosität und legte die Hände flach aufs Lenkrad, wo der Soldat sie sehen konnte.

„Steigen Sie aus", kam der Befehl, woraufhin Otto langsam die Tür öffnete, immer darauf bedacht, keine hastige Bewegung zu machen. Ein halbes Jahr nach Beginn der Berliner Blockade lagen die Nerven blank. Er wäre nicht der erste Lastwagenfahrer, der erschossen wurde, weil er angeblich eine Bedrohung darstellte.

Er kletterte die Trittstufen hinunter, ohne dabei den Soldaten aus den Augen zu lassen. Dann reichte er ihm die Frachtpapiere, die er sorgfältig in einer Pappmappe aufbewahrte, noch bevor der Befehl dazu kam. Ottos Mantra lautete: *Niemals aus der Ruhe bringen lassen und immer kooperieren.* Ihm schrieb er es zu, dass er an den Grenzen nur selten langwierigen Durchsuchungen unterzogen wurde – und seinem Talent, die richtigen Leute bei Bedarf zu schmieren.

Mit seinen knapp dreißig Jahren hatte er den Großteil seines Lebens Lastwagen gefahren, zunächst für die Wehrmacht, dann für die Amerikaner während seiner Zeit als Kriegsgefangener. Seit seiner Entlassung fuhr er für sich selbst. Seinen getreuen Laster hatte er herrenlos neben der Autobahn aufgesammelt. In unzähligen Arbeitsstunden, mithilfe von Tauschgeschäften und dank seiner schieren Entschlossenheit hatte er ihn wieder zum Laufen gebracht.

Mithilfe seiner Kontakte aus der Zeit in der Wehrmacht und im Kriegsgefangenenlager hatte er sein Ein-Mann-Unternehmen aufgezogen. Nun transportierte er alles überall hin – ohne Fragen zu stellen. In einem durch den Krieg in Mitleidenschaft gezogenen Deutschland, in dem es an praktisch allem mangelte, waren seine Dienste sehr gefragt. So konnte er ein bescheidenes Einkommen erzielen, mit dem er nicht nur sich selbst ernährte, sondern auch seine kränkliche Mutter unterstützte.

Da er die meiste Zeit unterwegs war, betrachtete er seinen Lastwagen als sein Zuhause, obwohl er auch ein Zimmer im Haus seiner Mutter am Stadtrand von Wittenberg hatte. Für einen Junggesellen wie ihn war dies ein angenehmes Arrangement: Er brachte Geld und Lebensmittel nach Hause und sie versorgte ihn mit einer festen Adresse, einem Bett zum Schlafen, selbstgekochten Mahlzeiten und frischer Wäsche.

„Wohin sind Sie unterwegs?“, fragte der Soldat, obwohl das Ziel fett auf den Transportpapieren aufgedruckt war.

„Ein Lagerhaus in Pankow.“

„Fracht?“

„Kartoffeln.“ Auch dies hätte der Soldat dem Formular entnehmen können, auf dem jedes Detail auf Deutsch, Russisch, Englisch und Französisch angegeben war.

„Lassen Sie mich mal sehen.“

„Natürlich.“ Otto wusste, was nun kam. Er hatte das Glitzern in den Augen des Soldaten bemerkt, als der das Wort *Kartoffeln* hörte. Dieser Tage waren Lebensmittel kostbarer als Gold und wurden auf dem Schwarzmarkt zu exorbitanten Preisen gehandelt.

Er öffnete den Laderaum, ließ den Soldaten die Fracht begutachten und schaute beflissentlich woanders hin, als der Mann den kleinen Fünf-Kilo-Sack herausnahm, der für genau diesen Zweck direkt hinter der Tür stand. Der übliche Zentner wäre nicht nur zu teuer gewesen, sondern auch zu schwer für eine unauffällige Übergabe.

„Alles in Ordnung, Sie können weiterfahren."

„Danke und einen schönen Tag noch." Otto kehrte in die Fahrerkabine zurück und startete den Motor. Wie immer wartete er, bis er den Kontrollposten hinter sich gelassen hatte, bevor er es sich erlaubte aufzuatmen.

In Pankow angekommen fuhr er in einen leeren Hinterhof, wo er die Nummernschilder und die Transportpapiere austauschte. Die alten schlug er sorgfältig in Wachspapier ein und versteckte sie in einem ausgehöhlten Ziegelstein.

Sein neues Ziel war ein Lagerhaus im Ortsteil Wedding im französischen Sektor. Wegen der Blockade wurden in den westlichen Sektoren Berlins Höchstpreise für Grundnahrungsmittel bezahlt, und für den Transport wurde Otto sehr gut entlohnt. Er verließ den Hinterhof und fuhr in Richtung der Sektorengrenze. Dabei pfiff er ein Liedchen, hoffend, dass es keine weiteren Straßensperren gab. Normalerweise wurde man innerhalb der Stadt nicht angehalten, doch je länger die Blockade sowie die Luftbrücke andauerten, desto härter gingen die Sowjets gegen Schieberei vor.

Kürzlich hatten sie sogar damit begonnen, die Hamsterfahrten verzweifelter Berliner ins Umland zu unterbinden, die bei den Bauern alle möglichen Wertgegenstände eintauschten, um ihre Kinder zu ernähren. Erst in der vergangenen Woche hatte ihm ein Bekannter erzählt, dass die Sowjets neuerdings stichprobenartige Kontrollen innerhalb der Hauptstadt durchführten.

Seine neuen Papiere waren wasserdicht; dennoch fürchtete Otto die Verzögerung, die eine weitere Überprüfung verursachte, sowie die Notwendigkeit zusätzlicher Bestechungsgelder, die seinen stattlichen Gewinn schmälern würden.

Mit dem Schmuggel von Lebensmitteln nach Westberlin verdiente er nicht nur einen komfortablen Lebensunterhalt, sondern widersetzte sich gleichzeitig den verhassten Sowjets. Anders als die Amerikaner oder Briten waren sie keine wohlwollenden Besatzer, oh nein. Ihnen stand der Sinn nach Rache, sie wollten die Deutschen das Fürchten lehren. Außerdem erwies Otto den Bürgern Berlins einen Dienst, die seit Beginn der Blockade nur noch minimale Rationen erhielten. Ohne ihn und die anderen Blockadebrecher wäre ihre Lage um einiges schlimmer. So profitierten beide Seiten.

Er grinste, hörte auf zu pfeifen und sang lauthals ein Lied in seiner vollen Baritonstimme. Als Kind hatte er gerne gesungen, war sogar im Chor gewesen, bis sein Vater eines Tages diesem *unmännlichen Zeitvertreib* ein Ende gesetzt hatte. Otto hatte dem Chor nachgetrauert, nicht nur wegen des Gesangs, sondern auch wegen der Kameradschaft unter den Chorknaben.

Auch als sein Vater einige Jahre später an Tuberkulose gestorben war, war Otto nie wieder in den Chor zurückgekehrt. Dieser Tage sang er nur noch in der Einsamkeit seiner Fahrerkabine.

Kaum hatte er das Lagerhaus im Wedding erreicht, tauchte auch schon sein Käufer auf. Er wurde von drei Helfern begleitet, die den Laster in Windeseile entluden. In seiner Branche wurde niemand gern bei der Arbeit gesehen, daher schätzte er die Schnelligkeit.

„Hallo, Franz“, sagte Otto und folgte seinem Geschäftspartner in ein kleines Büro, wo eine beträchtliche Geldsumme den Besitzer wechselte und die beiden Männer sich auf eine weitere Fuhre einigten.

Otto erhielt einen doppelten Satz Papiere, um die verschiedenen Kontrollpunkte zu passieren, und wollte gerade wieder gehen, als Franz sagte: „Ein Freund braucht eine Tour nach Fulda."

„Nach Fulda? Liegt das nicht in der amerikanischen Zone?"

„Ja."

Otto rechnete im Kopf. „Das ist eine ganz schöne Strecke. Da brauche ich einen Tag für die Hinfahrt und einen zurück."

„Er bezahlt gut dafür."

Trotz seines Grundsatzes, keine Fragen zu stellen, konnte er seine Neugier nicht im Zaum halten: „Was gibts denn in Fulda, was man in der sowjetischen Zone nicht bekommt?"

„Geht dich nichts an. Du wirst dafür gut entlohnt, und es gibt in beide Richtungen Fracht."

Das war neu. Niemand schaffte jemals etwas aus Berlin *hinaus.* Lebensmittel, Kohle, Medikamente und andere Dinge des täglichen Bedarfs wurden immer nur in die Stadt *hinein*geschmuggelt.

„Also, bist du interessiert?"

„Ja, klar. Wann?" Solange die Bezahlung stimmte, war Otto dabei. Die Zeiten waren hart und die Medizin seiner Mutter teuer, weil man sie nur auf dem Schwarzmarkt kriegen konnte.

„Mein Freund kann die Papiere morgen früh fertig haben."

Selbst für Franz' Verhältnisse war das schnell. Otto kam es seltsam vor, aber er wollte ein so lukratives Geschäft nicht ausschlagen; der Gesundheitszustand seiner Mutter verschlechterte sich von Tag zu Tag.

„Und die Fracht?", fragte er.

„Die auch."

„In Ordnung. Wann und wo?"

Franz reichte ihm einen Zettel, auf dem eine Adresse stand. „Sei morgen früh um sieben Uhr dort."

„Wird er mich direkt bezahlen?"

„Ja."

Auch das war ungewöhnlich, denn normalerweise ging alles Geld über Franz' Schreibtisch, damit er seinen Anteil einbehalten konnte.

„Und wann?"

„Die Hälfte bekommst du morgen. Die andere Hälfte, wenn du zurück bist."

„Gut. Dann erledige ich diese Fuhre zuerst. Deine Sachen mache ich, wenn ich wieder zurück bin. Wir sehen uns nächste Woche."

„Ruf mich an, falls es länger dauert."

Otto zuckte mit den Schultern. Franz und die anderen Schwarzhändler arbeiteten gerne mit ihm, weil er zuverlässig war und sich nie verspätete. Er kalkulierte immer ausreichend Puffer ein und wusste, wie man mit den sowjetischen Soldaten umging.

Draußen zündete er sich eine Zigarette an und beobachtete, wie die Arbeiter die letzten Kartoffelsäcke ausluden. Eigentlich hatte er vorgehabt, die Nacht bei seiner Mutter in Wittenberg zu verbringen, zwei Autostunden von Berlin entfernt. Dort wollte er ein dringend benötigtes Bad nehmen, sich rasieren und frische Wäsche holen. Weil er schon in aller Frühe beim Treffpunkt sein musste, entschied er sich dagegen.

Stattdessen fuhr er in den Bezirk Schöneberg, wo er den Laster auf einem leeren Parkplatz abstellte, um ein paar Stunden in einer Bar zu verbringen. Keiner der Gäste fiel ihm besonders ins Auge. Also kehrte er bald – allein – zurück, um im Laster zu übernachten, schließlich musste er in aller Herrgottsfrühe aufstehen und hatte zwei lange Tage hinter dem Steuer vor sich.

Er kramte ein Kissen sowie einen Armeeschlafsack hinter dem Sitz hervor, zog seine Stiefel aus und kroch zwischen die Federn, um sich ein paar Stunden aufs Ohr zu hauen. Die Scheiben des Lasters waren zugefroren, doch der Schlafsack war warm, sodass er sofort einschlief.

KAPITEL 5

„Bitte, Bruni. Kannst du nicht einfach warten, bis es Victor gut genug geht, dass er das Krankenhaus verlassen darf?“, sagte Marlene in dem Versuch, Bruni von ihrem Vorhaben abzubringen.

„Nein, das kann ich nicht. Wenn dein Werner im Krankenhaus läge, würdest du ihn auch besuchen wollen, oder?“

„Ganz bestimmt nicht. Vielleicht erinnerst du dich, dass wir uns getrennt haben. Und da er nie wieder einen Fuß nach Berlin setzen darf, ist deine Frage rein hypothetisch.“ Marlene schüttelte den Kopf, aber an der Art, wie sie die Stirn runzelte, erkannte Bruni, dass ihre Freundin noch immer in den Mann verliebt war, der sie hatte verlassen müssen, um ihrer beider Leben zu retten.

„Nun, Victor *ist* in Berlin und ich werde ihn besuchen.“ Bruni trat vor den Spiegel, um ihren rubinroten Lippenstift aufzufrischen. Sie trug ein smaragdgrünes Satinkleid mit einer riesigen applizierten Rose aus demselben Material, die sowohl ihre schlanke Taille als auch ihren vollen Busen betonte.

„Was genau willst du mit diesem Aufzug erreichen, außer dass du erfrierst?“, fragte Marlene.

Die schmalen Träger waren für die winterlichen Temperaturen völlig ungeeignet, aber auf solche Kleinigkeiten achtete Bruni nie.

Praktische Kleidung war etwas für andere Frauen. Brunhilde von Sinnen würde man nur über ihre Leiche in festem Schuhwerk oder einem kratzigen Wollpullover zu sehen bekommen.

„Einen Passierschein fürs Krankenhaus bekommen. Dean mag mich verlassen haben, aber er ist immer noch ein heißblütiger Mann, der schöne Frauen schätzt. Genau wie sein Stellvertreter Jason Gardner."

„Du bist fest entschlossen, zur Kommandantur zu gehen?"

„Ja, klar ..." Bruni bückte sich, öffnete eine Schublade und fischte ein Paar schwarze Seidenhandschuhe heraus, die ihr bis zu den Ellbogen reichten. „So besser?" Sie vollführte eine halbe Pirouette, damit Marlene sie begutachten konnte.

„Diese Handschuhe werden dich mit Sicherheit vorm Erfrieren retten", kommentierte Marlene trocken. Ihre Miene zeigte deutlich Missbilligung und wieder einmal fragte sich Bruni, wie sie beste Freundinnen sein konnten, wenn sie sich nicht einmal in den grundlegendsten Modefragen einig waren.

Sie setzte sich, um Nylonstrümpfe anzuziehen – ein Geschenk von Victor –, gefolgt von dem knöchellangen Pelzmantel, den ihr erster Nachkriegsgönner Fjodor Orlowski ihr geschenkt hatte. Sie zog die Nase kraus. Man konnte über die Russen sagen, was man wollte; Fjodor war nicht nur ein ausdauernder Liebhaber gewesen, sondern hatte sie außerdem vor *dem* bewahrt, was die Mehrheit der Berlinerinnen, einschließlich Marlene und Zara, hatte erdulden müssen. Leider war er wenige Tage nach dem katastrophalen Wahlergebnis für die Sowjets spurlos verschwunden.

Sie zuckte die Achseln. Victor war der erste Mann, der nicht nur ihren Körper, sondern auch ihr Herz besaß. Sie hatte sich mit Händen und Füßen gegen ihre Gefühle gewehrt, hauptsächlich, weil er ein einfacher Sergeant gewesen war, als sie sich kennengelernt hatten – außerstande ihr den Lebensstil zu bieten, den sie gewohnt war.

„Sehen wir uns heute Abend?" Bruni warf Marlene eine Kusshand zu und machte sich auf den Weg zum amerikanischen Hauptquartier, wo Dean und sein Stellvertreter ihre Büros hatten.

Ihr Stolz ließ es nicht zu, Dean um einen Gefallen zu bitten, deshalb entschied sie, ihr Glück stattdessen bei seinem Stellvertreter zu versuchen. Beide hielten Sprechzeiten ab, damit die deutsche Öffentlichkeit eine Anlaufstelle hatte, wo sie Beschwerden vorbringen durfte.

Es war eine nette Geste – etwas, das der sowjetische Kommandant General Sokolow niemals tun würde. Es ärgerte Bruni immer noch, dass sie, obwohl sie die offizielle Geliebte eines seiner ranghöchsten Offiziere gewesen war, nie ein Wort mit dem General selbst gewechselt hatte. *Alter Griesgram!*

An der Rezeption zeigte sie ihren Ausweis vor und wurde in den Wartebereich gelassen. Drei schäbig gekleidete Hausfrauen saßen bereits auf den abgenutzten Kunststoffstühlen. Sie wartete lieber im Stehen, als Gefahr zu laufen, ihren Pelzmantel zu beschmutzen, weil jemand etwas auf die Stühle geschmiert hatte.

Jason Gardners Büro lag zu ihrer Linken, doch gerade als sie darauf zuging, öffnete sich eine andere Tür, und unvermittelt stand sie vor Dean.

„Bruni! Was machst du denn hier?"

„Oh, hallo Dean. Ich brauche eine Erlaubnis, jemanden im amerikanischen Krankenhaus zu besuchen", sagte sie und machte sich auf eine Ablehnung gefasst, noch bevor sie eine Erklärung abgeben konnte.

„Geht es um Lieutenant Richards?"

Bruni nickte und Dean musterte sie einige Sekunden lang eingehend, bevor er auf seine Bürotür deutete. „Komm mit. Ich habe von seinem Unfall gehört. Falls es dich beruhigt, die Ärzte rechnen mit seiner vollständigen Genesung."

Bruni folgte Dean, überrascht davon, wie normal, ja sogar hilfsbereit er sich verhielt. „Bitte, nimm Platz."

Sie setzte sich auf den Stuhl vor seinem Schreibtisch und sah sich um. Auf einem Bücherregal stand ein Foto seiner Familie. Sie konnte nicht umhin zu bemerken, wie glücklich sie wirkten.

Dean folgte ihrem Blick. „Meine Frau und die Kinder."

„Gefällt es ihnen hier?"

„Ja. Auch wenn es seit Beginn der Blockade selbst für uns schwierig geworden ist."

Ein peinliches Schweigen folgte. Für seinen Stellvertreter hatte sie eine Rede einstudiert, aber als sie nun vor dem Mann saß, mit dem sie über Monate das Bett geteilt hatte, fehlten ihr die Worte. Schließlich holte sie tief Luft und sagte: „Du hast vermutlich mitbekommen, dass Lieutenant Richards und ich heiraten wollen."

Seine Augenbrauen schossen nach oben. „Ich habe keinen Antrag auf Heiratserlaubnis erhalten."

Jetzt musste sie improvisieren. Victor hatte zwei Wochen vor dem Unfall um ihre Hand angehalten. Sie hatten geplant, dass sie ihm nach seiner Entlassung aus der Armee nach Amerika folgen sollte.

„Er wollte damit bis nach den Feiertagen warten, und ..." Sie faltete die Hände im Schoß, froh darüber, dass sie ihren Mantel nicht geöffnet hatte, um ihr Dekolleté zu enthüllen. Dean hatte sie zu oft nackt gesehen, um sich von ein bisschen Haut beeindrucken zu lassen. „Ich weiß, dass es angesichts unserer Vergangenheit überraschend klingen mag, aber ich liebe Victor wirklich und kann mir nicht vorstellen, jemals wieder auch nur einen einzigen Tag ohne ihn zu verbringen."

„Du hast recht, das kommt überraschend. Immerhin bist du die Frau, die Liebesbeziehungen lediglich als ein angenehmes Geschäft betrachtet."

Sie konnte nicht sagen, ob er verärgert oder amüsiert war oder sie einfach nur aufziehen wollte. „Ich habe mich geändert."

„Das hast du in der Tat." Er zündete sich eine Zigarette an und bot ihr dann ebenfalls eine an, die sie dankend annahm. „Die Bruni, die ich kannte, wäre hier aufgedonnert in einem tief ausgeschnittenen Fummel aufgekreuzt und nicht züchtig verhüllt in einem Pelzmantel."

Ein Stein fiel ihr vom Herzen. Es war die richtige Entscheidung gewesen, den Mantel zugeknöpft zu lassen. Sie legte eine Hand aufs Herz und das richtige Maß an Sehnsucht in ihre Stimme, als sie fragte: „Gibt es eine Möglichkeit, dass ich einen

Besucherausweis bekomme, um Victor zu sehen? Er muss nach diesem grausamen Anschlag große Schmerzen haben und würde sich sicher freuen, mich zu sehen."

Auf Deans Stirn erschien eine steile Falte. „Was weißt du darüber? Du bist die Einzige, die behauptet, es sei kein Unfall gewesen."

Sie entschied, Zara aus dem Spiel zu lassen. „Das liegt daran, dass die anderen weiter weg standen und nichts sehen konnten."

„Und du bist dir ganz sicher? Das ist eine schwerwiegende Anschuldigung."

„Ja, bin ich." Sie spürte, dass sie Dean im Austausch für die Besuchserlaubnis etwas geben musste. „Als die Polizisten mich befragt haben, war ich zu erschüttert und konnte mich nicht daran erinnern, was der andere Fahrer geschrien hat. Inzwischen ist die Erinnerung zurückgekehrt. Er hat gesagt: ‚Lass uns in Ruhe, verdammter Ami!'" Bruni hielt es für das Beste, den Teil ‚Niemand hindert uns daran zu senden' für sich zu behalten. Sie wollte keinesfalls preisgeben, welche unselige Rolle sie bei der Sache gespielt hatte.

Dean legte die Fingerspitzen aneinander, antwortete aber eine ganze Weile lang nicht. Sie kannte diese Minuten des stillen Nachdenkens aus ihrer gemeinsamen Zeit und wartete geduldig, bis er wieder das Wort ergriff.

„Er ist nicht der Einzige, der von den Kommunisten Morddrohungen erhalten hat. Allerdings ist es das erste Mal, dass diese Schufte es wahr gemacht haben", sagte er schließlich. „Ich frage mich, ob mehr dahintersteckt."

„Ich habe mir seit dem entsetzlichen Vorfall den Kopf darüber zerbrochen", sagte Bruni, „und bin zu dem Schluss gekommen, dass jemandem der Bau Tegels nicht gepasst hat. Die Sowjets wollen unsere Stadt aushungern; diesen Plan vereitelt der neue Flughafen."

„Hm. Das könnte stimmen. Ich werde jemanden beauftragen, das Ganze zu untersuchen, und werde außerdem die Sicherheit im Krankenhaus erhöhen." Dean musterte sie wieder einige

Sekunden lang, bevor er sich sichtlich entspannte. „Ich freue mich, dass du in Lieutenant Richards die wahre Liebe gefunden hast. Deshalb werde ich dir ausnahmsweise eine Besuchserlaubnis ausstellen."

„Vielen, vielen Dank!" Fast wäre Bruni ihm um den Hals gefallen, so dankbar war sie. Doch im letzten Moment zwang sie sich still zu sitzen, ganz sittsam und anständig. Als sie noch seine Geliebte war, hatte er ihre wilde Seite geliebt, doch für seinen Untergebenen schien er sich eine zurückhaltende Frau zu wünschen.

„Ich werde meine Sekretärin bitten, die Genehmigung zu tippen, aber wegen der Feiertage wird es ein paar Tage dauern. Soll ich sie zu dir nach Hause schicken lassen?"

„Das wäre außerordentlich nett." Sie schenkte ihm ein angemessenes Lächeln – dankbar, aber nicht zu freundlich –, bevor sie aufstand, um sein Büro zu verlassen. Gerade als sie die Hand auf die Türklinke legte, rief er: „Bruni?"

„Ja?"

„Ich hoffe, dass ihr beide zusammen sehr glücklich werdet."

„Ich auch." Diesmal setzte sie ihr strahlendstes Lächeln auf.

KAPITEL 6

Nachdem Bruni sein Büro verlassen hatte, hing Dean seinen Gedanken nach. Er mochte ihren Biss und ihre Entschlossenheit, das zu bekommen, was sie wollte. Wäre sie ein Mann gewesen, hätte er nicht gezögert, sie in der Militäradministration einzustellen.

Ein Klopfen an der Tür riss ihn aus seinen Gedanken. „Herein!"

Jason betrat den Raum mit einem Stirnrunzeln und schloss die Tür hinter sich.

„Was haben die Sowjets jetzt schon wieder angestellt?", fragte Dean.

„Nichts. War das gerade Fräulein von Sinnen, die hier herausspaziert ist? Du denkst doch nicht etwa daran, deine Beziehung zu ihr wieder aufzuwärmen?"

„Ganz sicher nicht, meine Frau würde mich umbringen. Fremdgehen ist eine Sache, wenn sie Tausende Kilometer weit weg ist, aber solange sie und die Kinder bei mir sind, habe ich kein Bedürfnis nach einer anderen."

„Sehr gut."

„Steht sonst noch etwas für heute auf der Tagesordnung?" Dean schmunzelte. Jason war zwar sein Untergebener, aber auch sein bester, vielleicht sogar sein einziger Freund. Der Posten als Kommandant in Berlin war einsam, vor allem seit sein Erzfeind, General Sokolow, die Stadt von der Außenwelt abgeriegelt hatte.

„Nicht wirklich. Wegen der Feiertage ist es ziemlich ruhig. Übrigens ... Die Jungs waren begeistert von Bob Hopes Auftritt. Das hat die Moral der Truppe ungeheuer gehoben."

„Das Lob gebührt General Tunner. Er hatte die Idee, den Soldaten, die zu Weihnachten keinen Heimaturlaub bekommen, etwas Gutes zu tun." Nach einer kurzen Pause schimpfte Dean: „Diese verdammten Sowjets! Wenn ich Sokolow jemals in einer dunklen Gasse begegne, erwürge ich ihn mit bloßen Händen!" Dean steigerte sich in einen seiner berüchtigten Wutausbrüche hinein, doch Jason kannte ihn lange genug, um ihn nicht zu unterbrechen, bis er sich Luft gemacht hatte.

„Wenn es sonst nichts mehr gibt, dann sehen wir uns zum Abendessen?", fragte Jason.

„Meine Frau ist schon seit Wochen auf der Jagd nach den nötigen Zutaten, also komm bloß nicht zu spät."

Jason ging wieder und Dean kümmerte sich um die restlichen Besucher, die vor seinem Büro warteten. An diesem Tag waren nur wenige Bittsteller gekommen. Als die öffentliche Sprechstunde fast vorbei war, kam seine Sekretärin mit einer Tasse heißen Kaffees herein.

„Wie viele Besucher sind es noch?", fragte er.

„Nur noch ein Mann. Ich habe die Eingangstür bereits abgeschlossen."

„Dann lassen Sie ihn bitte rein, ja?" Dean lehnte sich zurück und schnupperte am Kaffee, bevor er einen Schluck nahm. Das amerikanische Hauptquartier war vermutlich der einzige Ort in Berlin, an dem man richtigen Kaffee bekam, worüber er sehr froh war. Einmal hatte er den sogenannten Muckefuck probiert und entschieden, dass er lieber Pfützenwasser trinken würde, als sich das noch einmal anzutun.

Kurz darauf trat ein Mann Anfang dreißig ein. Er trug einen

eleganten dunkelbraunen Geschäftsanzug und teure Lederschuhe. Er kam Dean vage bekannt vor.

„Heinz Schuster", stellte sich der Besucher vor. „Ich bin der Neffe des Besitzers des Café de Paris."

„Bitte, nehmen Sie doch Platz. Was führt Sie heute zu mir?"

„Erst mal vielen Dank, dass Sie mir ein paar Minuten Ihrer kostbaren Zeit schenken. Ich will Ihnen einen Vorschlag unterbreiten." Schuster faltete seine langen schlanken Hände im Schoß. Die ordentlich manikürten Finger waren mit Sicherheit noch nie für harte Arbeit benutzt worden.

Dean ließ sich seine Überraschung nicht anmerken. Normalerweise wollten die Deutschen, die vorsprachen, etwas von ihm. Heinz Schuster war der erste, der Dean ein Angebot machte. „Worum geht es?"

„Darf ich offen sprechen?"

Obwohl ihm nicht gefiel, wie sich das Gespräch entwickelte, nickte Dean.

„Sie sind ein viel beschäftigter Mann, deshalb werde ich Ihre Zeit nicht damit vergeuden, um den heißen Brei herumzuschleichen. Gewisse Elemente schmuggeln Lebensmittel in die westlichen Sektoren der Stadt. Ich könnte dafür sorgen, dass die Lieferungen ausgeweitet werden, doch dazu bräuchte ich Ihre Hilfe."

Daher wehte der Wind also. Dean hatte Heinz Schusters Onkel schon lange im Verdacht, hier und da ein wenig Schieberei zu betreiben. „Wobei genau bräuchten Sie meine Hilfe?"

„Wenn Sie mir ausreichend Lastwagen zur Verfügung stellen, kann ich die Bevölkerung während der Schlechtwetterperioden, in denen die Flugzeuge nicht starten und landen können, mit Lebensmitteln versorgen. Man muss nur wissen, wie man es anstellt." Von Deans Schweigen ermutigt, fuhr Heinz fort: „Also, welche der russischen Wachposten man bezahlen kann und welche man möglicherweise loswerden muss."

Dean schüttelte den Kopf. „Ich vertrete die amerikanische

Regierung. Sie verstehen, dass ich mich nicht an illegalen Aktivitäten beteiligen kann? Wir werden das bis zum Ende durchziehen. General Tunner hat die Luftbrücke in eine effiziente Operation verwandelt und wir sind durchaus in der Lage, alles Nötige einzufliegen."

Einen Moment lang sah Heinz erschüttert aus, doch er fasste sich schnell wieder und sagte: „Es tut mir leid, das zu hören, Herr Kommandant. Darf ich dennoch davon ausgehen, dass Ihnen die Not der Berliner Bevölkerung nicht einerlei ist und Sie diejenigen, die ihr helfen, nicht aktiv verfolgen werden?"

„Herr Schuster, ich denke, Sie kennen meinen Ruf und meine Grundsätze gut genug. Ich habe nicht den Wunsch, der Zivilbevölkerung zu schaden, und für General Sokolow habe ich gewiss nichts übrig. Auch wenn ich Ihr Vorgehen nicht unterstütze, kann ich Ihnen dennoch versichern, dass die Bekämpfung der Schieberei nicht zu meinen Prioritäten gehört."

„Vielen Dank für Ihre Zeit." Heinz erhob sich. „Ich weiß Ihre Offenheit zu schätzen."

Dean sah ihm nach und blickte dann aus dem Fenster auf die vom Krieg zerstörte Stadt, wo die meisten Gebäude noch immer von Bombeneinschlägen und Brandspuren gezeichnet waren. Draußen auf dem Bürgersteig standen keine Straßenhändler mehr, die ihre Waren anpriesen. Es gab schlichtweg nichts zu verkaufen.

Wenn Heinz Schuster und andere wie er Grundnahrungsmittel in die Stadt schmuggeln wollten, würde Dean sie nicht daran hindern.

KAPITEL 7

Um Punkt sieben Uhr morgens traf Otto an der angegebenen Adresse ein, die sich als baufälliges Gebäude mit mehr Löchern als Ziegelsteinen im Mauerwerk herausstellte. Ein Mann in einem eleganten dunkelbraunen Anzug begrüßte ihn. „Hat Franz Sie geschickt?"

„Ja. Otto ist der Name." Nachnamen wurden in seinem Metier selten ausgetauscht, denn es war am besten, so wenig wie möglich übereinander zu wissen.

„Gut. Hier sind Ihre Transportpapiere."

Der Mann gab ihm zwei Sätze von Unterlagen, die Otto kurz überflog. „Möbel? Und das ist die Adresse in Fulda?"

„Ja. Bis neun Uhr heute Abend wird man dort auf Sie warten. Wenn Sie sich verspäten, rufen Sie diese Nummer an, um einen Termin für morgen zu machen."

„Wird gemacht." Wenn die Verlader schnell arbeiteten, hatte er mehr als genug Zeit, um vor einundzwanzig Uhr am Zielort einzutreffen.

„Sie müssen vor dem Grenzübertritt Papiere und Kennzeichen austauschen. Fahren Sie nicht über Helmstedt."

„Warum nicht?" Helmstedt war die nächstgelegene Stadt und

Ottos bevorzugter Grenzübergang. Dort kannte er die meisten der Grenzposten einschließlich der Höhe des benötigten Schmiergelds.

Angeblich wurde die Autobahn instandgesetzt; zumindest war das der offizielle Grund für die *vorübergehende* Sperrung, den die Sowjets zu Beginn der Blockade im Juni angegeben hatten. Natürlich war es reiner Zufall, dass zeitgleich mit den Reparaturen der Autobahn auch die Bahnstrecken und Wasserwege, die Berlin mit den westlichen Zonen verbanden, wegen Wartungsarbeiten geschlossen werden mussten.

Was für eine ungeheuerliche Lüge. Diese russischen Halunken konnten nicht einmal dann eine Straße reparieren, wenn sie von ihr in ihre fetten Ärsche gebissen würden. Er war nur wenige Tage vor der Sperrung auf der Autobahn nach Helmstedt unterwegs gewesen und hatte nichts von den angeblichen Schäden gesehen.

Etwa hundert Kilometer vor Helmstedt war die Autobahn abgeriegelt, und der gesamte Verkehr musste auf den kleinen gewundenen Nebenstraßen weiterfahren. Das war lästig und verlängerte die Reisezeit um mindestens zwei Stunden, doch es war immer noch die schnellste Route zur Grenze.

Er hatte schon oft mit dem Gedanken gespielt, mit seinem Laster durch die Straßensperren zu brettern, nur um zu beweisen, dass die verdammten Sowjets über die Wartungsarbeiten logen. Aber er war weder verrückt noch lebensmüde genug, um es tatsächlich zu tun. Mit den sowjetischen Soldaten war nicht zu spaßen.

„Weil sie die Kontrollen verschärft haben", antwortete der Mann auf Ottos Frage, wieso er nicht über Helmstedt fahren sollte. „Es ist besser, den Grenzübergang bei Eisenach zu nehmen, vor allem, weil in Ihren Papieren steht, dass die Fracht aus Gotha kommt."

Otto rief sich die Karte der sowjetischen Besatzungszone vor Augen. Für jemanden, der aus Gotha kam, war es ein absurder Umweg, über Helmstedt zu fahren und die Grenze so weit im Norden zu passieren. „Stimmt. Sonst noch Tipps für die Grenzpatrouillen?"

Der andere schüttelte den Kopf. „Die sollten kein Problem darstellen. Der Handel zwischen Ost und West ist weiterhin im Gange, aber erwähnen Sie bloß nicht, dass Sie aus Berlin kommen."

„Ich bin ja nicht blöd."

„Dann hätte Franz Sie auch nicht empfohlen. Ich bin übrigens Heinz. Betrachten wir das Ganze als Probelauf. Wenn alles klappt, gibt es noch mehr lukrative Fuhren für Sie."

„Verstanden." Otto traute dem aalglatten Heinz nicht über den Weg, aber wer war in dieser Branche schon vertrauenswürdig? „Franz hat was davon gesagt, dass es Fracht in beide Richtungen gibt?"

„Ja. Sobald Ihr Laster ausgeladen ist, erhalten Sie Anweisungen und einen Satz Papiere für die Rückfahrt."

„In Ordnung. Mein Geld?"

„Kommen Sie mit in mein Büro."

Otto hasste es, seinen Laster bei Leuten zu lassen, die er nicht kannte. Trotzdem folgte er Heinz in den Keller des Gebäudes, während die Männer begannen, Möbel einzuladen. Es war eine ziemlich merkwürdige Fracht, die da in die amerikanische Zone transportiert werden sollte. Doch was ging es Otto an?

Heinz reichte ihm ein Bündel Geldscheine, das Otto in der Innentasche seiner Jacke verstaute. Später würde er die Scheine auf mehrere Stellen in der Fahrerkabine und an seiner Person verteilen, bevor er bei einer Bank anhielt, um den Rest auf sein Sparkonto einzuzahlen.

„Sonst noch was?"

„Nein."

Otto verließ den Keller und ging zurück auf den Hof, wo er sich vergewisserte, dass die Fracht eingeladen und gesichert war, bevor er sich hinters Lenkrad setzte und losfuhr. An der Berliner Grenze erwartete er keine Kontrolle. Die Sowjets interessierten sich nicht für ausfahrende Fahrzeuge. Solange keine lebenswichtigen Güter zu den Westberlinern hineingelangten, scherte es diese Halsabschneider denkbar wenig, was direkt vor ihrer Nase passierte.

Wie erwartet passierte er den Kontrollpunkt ohne Probleme und war bald darauf auf der Autobahn Richtung Leipzig. Wenn er sich beeilte, konnte er einen Abstecher zu seiner Mutter in Wittenberg machen, sich waschen, saubere Kleidung anziehen und was Leckeres essen. Na ja, für ihn kochen würde sie vermutlich nicht, da er sich nicht angekündigt hatte, aber sie hatte immer Brot und Butter da.

Als er ankam, war seine Mutter nicht zu Hause. Das passte ihm gut in den Kram, weil er nun nicht durch ihren Gesprächsbedarf aufgehalten wurde. Gewaschen, frisch rasiert und mit sauberer Kleidung im Gepäck legte er ihr einen Zettel und etwas Geld auf den Tisch, bevor er sich ein paar Stullen schmierte und sich dann wieder auf den Weg machte.

Nachdem der Grenzübergang reine Formsache gewesen war, kam er pünktlich in Fulda an. Heinz hatte recht gehabt: Hier unten war es viel einfacher als in Helmstedt. Nachdem die Möbel ausgeladen waren, schlief Otto im Lastwagen und fuhr am nächsten Morgen zu einem Bauernhof, wo er Kartoffeln, Mehl und Äpfel für die hungrige Hauptstadt einlud.

Auch die Rückfahrt verlief reibungslos. Wahrscheinlich konnten sich die Grenzer nicht vorstellen, Schmuggelware für Berlin so weit im Süden anzutreffen. Er hatte sogar noch Zeit, auf der Autobahn für ein Bier Rast zu machen, bevor er den Kontrollpunkt in Ostberlin erreichte.

„Frachtbrief?“, fragte ein ihm unbekannter Soldat.

Otto reichte ihm den ersten Satz Papiere. Der Soldat überprüfte sie und warf Otto einen strengen Blick zu, bevor er einen Kollegen heranwinkte. Zu Ottos Erleichterung hatte er mit dem anderen schon oft zu tun gehabt, sehr zu dessen finanziellem Vorteil.

Nach einem kurzen Gespräch ging der erste Soldat weg, sodass Otto mit einem bekannten Feind verhandeln konnte. Deutsche Markscheine wechselten den Besitzer und schon winkte der Russe ihn durch.

Otto nickte kurz, als er den Gang einlegte und durch den Kontrollpunkt fuhr. Zehn Minuten später erreichte er den versteckten Hinterhof, wo er die Nummernschilder und Papiere austauschte.

Wieder einen Auftrag erfolgreich abgeschlossen. Er überschlug die Einnahmen des Monats im Kopf und stellte befriedigt fest, dass er bisher sehr profitabel war.

Was ihn betraf, so konnte diese Blockade ewig weitergehen; sie war das Lukrativste, was ihm je untergekommen war. Es war jedoch auch unverkennbar, dass die Sowjets immer energischer versuchten, der Schieberei Einhalt zu gebieten, und die Kontrollen beinahe täglich verschärften.

Als er sein Ziel erreichte, kam ihm Franz mit der Bezahlung in der Hand entgegen. „Gute Arbeit. Gabs irgendwelche Probleme?"

„Nichts, womit ich nicht schon früher zu tun hatte."

„Verdammte sowjetische Hundesöhne." Franz spuckte auf den Boden. „Kannst du mir einen Gefallen tun, bevor du die Stadt verlässt?"

„Gefallen gehören nicht zu meinem Geschäft."

„Gut, dann betrachte es als Nebentätigkeit. Du wirst gut dafür bezahlt."

„Ich hab gerade zwei lange Fahrten hinter mir, also spuck aus, worum es geht."

„Kannst du was für mich ins Café de Paris liefern? Is' nur Krimsekt und Belugakaviar."

„*Nur*." Otto schüttelte den Kopf. „Ja, kein Problem."

„Gut, dann warte kurz." Franz ging weg und kehrte einige Minuten später mit zwei Holzkisten und einer netten Bezahlung für die zusätzliche Fuhre zurück.

Otto stellte die Kisten in die Fahrerkabine des Lasters und steckte das Geld ein. Als er das noble Kabarett erreichte, war es schon spät und es wimmelte nur so von Militärfahrzeugen und alliierten Soldaten. Da er niemanden auf sein kleines Nebengeschäft aufmerksam machen wollte, suchte er den

Hintereingang, schnappte sich die beiden Kisten und trug sie hinein.

In der Küche fragte er den Koch: „Erwarten Sie eine Lieferung?"

Der Mann blickte auf und nickte. „Sekt und Kaviar von Franz?"

„Genau." Otto starrte ihn an und überlegte, ob er nach einer Bezahlung fragen sollte. Der Mann schien seine Gedanken gelesen zu haben und kam ihm zuvor. „Das ist schon bezahlt. Sie können reingehen und aufs Haus essen und trinken."

„Woher wissen Sie, dass ich einen Bärenhunger habe?", grinste Otto, während er seine Jacke auszog.

„Den habt ihr Lastwagenfahrer doch immer." Der Koch grinste. „Die Jacke können Sie hierlassen. Der passiert nix. Sagen Sie der Bedienung, dass Sie die Lieferung für heute Abend gebracht haben, dann bringt sie Ihnen was zu essen."

„Danke, Mann." Otto hängte die Jacke an einen Haken und krempelte die Hemdsärmel hoch, wobei er zwei Unterarme voller Tätowierungen enthüllte. Er verwarf den Plan, heute noch nach Wittenberg zu fahren. Lieber wollte er die Gelegenheit nutzen, eine Nacht in der schicken Bar zu verbringen, die er sich normalerweise nicht leisten konnte, sich betrinken, vielleicht jemanden für eine schnelle Nummer finden und dann in seinem Laster schlafen.

Die meisten Gäste waren alliierte Soldaten. Es gab nur wenige Zivilisten, mal abgesehen von der üblichen Schar hübscher Frauen, die um die Aufmerksamkeit der Soldaten buhlten. Er fand einen Platz am Tresen und, wie der Koch versprochen hatte, stellte die Bedienung ein Bier und eine warme Mahlzeit vor ihn hin.

Einige Minuten später erschien eine kurvenreiche Blondine auf der Bühne. Aus ihrem Aussehen machte Otto sich zwar nichts, aber ihre Stimme war zum Dahinschmelzen. Insgeheim wünschte er sich, eines Tages mit einer Sängerin wie ihr im Duett zu singen.

Kaum hatte er aufgegessen, stellte sich jemand neben ihn. Er blickte auf und erkannte Heinz, der sich auf einen der Barhocker setzte.

„Otto."

„Heinz. Was für ein Zufall, Sie hier zu sehen."

„Nicht wirklich. Der Laden gehört meinem Onkel."

„Ach so."

„Gut, dass ich Sie treffe. In einer Woche benötige ich eine weitere Fuhre in den Westen."

Otto überschlug, wie viel Zeit er für die bereits geplanten Lieferungen brauchte. „Das sollte klappen." Es spielte keine Rolle, um welche Art von Fracht es ging. Es war ein Auftrag, und für den letzten hatte Heinz ihn reichlich entlohnt.

„Prima. Dieselbe Adresse wie dieses Mal."

Die Sängerin auf der Bühne beendete ihr Lied. Das hauptsächlich männliche Publikum spendete ohrenbetäubenden Applaus. Sie johlten und bettelten, bis sie großzügig eine Zugabe gewährte.

„Eine hervorragende Sängerin", sagte Otto.

„Und nicht nur als Sängerin begehrt. Aber machen Sie sich keine Hoffnungen. Bruni interessiert sich nur für Offiziere der Siegermächte mit viel Geld."

„Danke für die Warnung, aber die Hoffnung stirbt zuletzt", antwortete Otto höflich. Er hatte kein Interesse an der heißen Frau auf der Bühne, doch das brauchte Heinz nicht zu wissen. Otto pflegte gewissenhaft seinen Ruf als taffer, tätowierter Lastwagenfahrer, der hinter jedem vollbusigen Mädel her war.

„Sie können Ihren Wagen ruhig heute Nacht auf dem Parkplatz stehen lassen. Ich sage meinem Onkel Bescheid. Viel Spaß bei der Vorstellung."

„Danke." Otto kippte sein Bier hinunter und schaute sich um. Die meisten Anwesenden hatten nur Augen für die Sängerin, vermutlich gleichermaßen angezogen von ihrer sinnlichen Stimme, die von der wahren Liebe sang, wie von ihren verführerischen Kurven. Otto hingegen ließ seinen Blick schweifen, bis er an einem Prachtstück von einem Soldaten hängen blieb.

Jung, muskulös, gut aussehend und mit einem umwerfenden Lächeln, das Otto tief in den Lenden traf. Der abgedunkelte Zuschauerraum des Kabaretts ermöglichte es ihm, den Mann genauer zu mustern. Zum ersten Mal seit einer gefühlten Ewigkeit ließ er es zu, dass seine niederen Instinkte an die Oberfläche kamen, und überlegte, wie er sich am besten an den Burschen ranmachen konnte.

KAPITEL 8

Bruni tastete nach ihrer Sondergenehmigung, sobald sie sich dem Tor zum Gelände des amerikanischen Krankenhauses näherte. Der Wachposten inspizierte ihre Unterlagen und wies ihr daraufhin den Weg zu einem Empfangsschalter.

„Wie kann ich Ihnen helfen?“, fragte die Frau in Krankenschwesterntracht.

„Ich möchte Victor Richards besuchen.“

Überrascht blickte die Krankenschwester auf. „Wir haben hier nicht viele Besucher aus der Zivilbevölkerung.“

„Ich habe eine Sondergenehmigung.“ Bruni reichte ihr das Dokument und überlegte, ob sie der Krankenschwester sagen sollte, dass sie und Victor verlobt waren, entschied aber, dass es sie nichts anging.

„Einen Moment. Lassen Sie mich nachsehen, in welchem Zimmer er liegt.“ Die Schwester schaute auf ein Klemmbrett und runzelte die Stirn. „Es tut mir leid, Fräulein, dieser Patient darf zurzeit keinen Besuch empfangen.“

Bruni schüttelte den Kopf. „Kommandant Harris hat mir persönlich die Erlaubnis erteilt, Lieutenant Richards zu besuchen. Das ist in Ihren Unterlagen doch sicher nicht berücksichtigt?“

„Da muss ich meinen Vorgesetzten fragen. Bitte warten Sie

einen Moment." Sie wies auf den Wartebereich auf der anderen Seite des Gangs.

„Danke, aber ich stehe lieber", sagte Bruni, nachdem sie die schäbigen Stühle in Augenschein genommen hatte.

Die Krankenschwester nahm den Hörer ab. Nach einem sehr kurzen Gespräch legte sie wieder auf und fragte: „Darf ich fragen, wie Sie mit dem Patienten verwandt sind?"

„Er ist mein Verlobter."

„Sie sind nicht verheiratet?"

„Noch nicht." Bruni unterdrückte einen Seufzer der Frustration.

„Ich bin leider nicht befugt, Auskünfte zu erteilen ..." Sie blickte in Brunis verzweifeltes Gesicht und ihre Miene wurde weicher. „Versprechen Sie mir, es niemandem zu sagen?"

„Ich schweige wie ein Grab."

„Es hat Komplikationen gegeben. Er wird gerade für die Verlegung nach Wiesbaden vorbereitet."

„Wiesbaden? Aber wie denn?" Noch bevor sie ihre Frage ausgesprochen hatte, war Bruni die Antwort klar, denn die einzige Möglichkeit, Berlin zu verlassen, war per Flugzeug. „Aber ... Er hat schreckliche Angst vorm Fliegen. Er hat sogar geschworen, hierzubleiben, bis die Sowjets die Blockade aufheben."

Die Krankenschwester schenkte ihr ein warmes Lächeln. „Es gibt keinen Grund zur Sorge, der Patient wird für den Flug sediert. Ein Arzt und eine erfahrene Krankenschwester werden ihn begleiten. Seien Sie versichert, dass Ihr Verlobter in guten Händen ist und Sie ihn besuchen können, sobald er wieder gesund ist."

„Kann ich ihn nicht jetzt sehen? Bitte. Nur für eine Minute", flehte Bruni.

„Es tut mir wirklich leid, aber das geht nicht." Ein Mann in Uniform kam den Flur hinunter und die Krankenschwester flüsterte eindringlich: „Bitte gehen Sie. Ich habe schon zu viel gesagt."

Die Verzweiflung der gesamten Welt schien sich auf Brunis Schultern zu legen und sie ging unter der schweren Last beinahe in die Knie. „Trotzdem danke", sagte sie mit einer so schwachen Stimme, dass sie kaum glauben konnte, dass es ihre eigene war.

„Gibt es ein Problem?", fragte der Uniformierte, als er sie erreichte.

Die Krankenschwester blieb stumm wie ein Fisch, also setzte Bruni eine freundliche Miene auf und antwortete: „Keineswegs, Sir. Der Patient, den ich suche, ist offenbar nicht hier."

Sie machte auf dem Absatz kehrt und verließ das Krankenhaus mit hängenden Schultern, zu niedergeschlagen, um die Komplimente einiger Soldaten, die ihr auf dem Weg nach draußen begegneten, auch nur zur Kenntnis zu nehmen.

Es ging nicht nur darum, dass Victor nach Wiesbaden gebracht wurde; es drohte eine weit größere Gefahr: Er hatte bereits die Genehmigung erhalten, in die USA zurückzukehren, und sie hatten geplant, dass Bruni nachkommen sollte. Victor hatte außerdem vorgehabt, direkt nach den Weihnachtsfeiertagen bei seinem Vorgesetzten eine Heiratserlaubnis zu beantragen, denn eine Ehe war die einzige Möglichkeit für Bruni, das erforderliche Einreisevisum für die Vereinigten Staaten zu erhalten. Wenn er nach Amerika zurückkehrte, bevor sie miteinander gesprochen hatten, würde sie ihn vielleicht nie wiedersehen.

Ein Blick auf die Armbanduhr verriet ihr, dass es schon spät war und sie sich beeilen musste, um rechtzeitig zu den Proben im Kabarett zu sein. Herr Schuster und sein Neffe Heinz planten eine große Silvesterfeier, zu der auch eine Tanzshow im Stil des Moulin Rouge gehörte. Bruni selbst gehörte zwar nicht der Tanzgruppe an, doch sie hatte einen Solopart in der Vorstellung und musste mit den anderen Mädels proben.

Als sie im Café de Paris ankam, schien die bevorstehende Premiere das einzige Thema unter den Mitarbeitern zu sein. Alle waren in Aufruhr wegen der letzten Details, vom Küchenpersonal bis zu Herrn Schuster selbst.

Heinz war damit beschäftigt, die erlesenen Speisen und Getränke zu beschaffen, die für ein solch spektakuläres Ereignis benötigt wurden. Bruni entging nicht die Ironie, dass die sowjetischen Soldaten zwar von den Feierlichkeiten ausgeschlossen waren, die Delikatessen ihres Landes aber keineswegs. Fast täglich trafen neue Lieferungen Krimsekt, Belugakaviar und Wodka in allen erdenklichen Variationen ein.

„Das Leben geht weiter“, sagte sie zu sich selbst, ging in die Garderobe hinter der Bühne und setzte sich an den Schminktisch, um ihr Haar zu richten und sich für den Auftritt vorzubereiten. Ganz gleich, ob ihr Herz um Victor weinte, sie musste heute Abend auf die Bühne gehen und die glamouröse, schillernde Sängerin sein, nach der alle verlangten.

KAPITEL 9

Irgendetwas stimmte nicht. Victor starrte auf die Ärzte und Militärpolizisten, die sich um sein Bett geschart hatten. Seit wann erhielt ein normaler Patient eine solche Aufmerksamkeit?

Sie hatten ihn mehrfach nach den Einzelheiten des Unfalls gefragt, aber zum Leidwesen aller konnte er sich an kaum etwas erinnern. In seinem Kopf waren nur Bilder des Halbkettenfahrzeugs, das direkt auf ihn zugesteuert war, von Brunis schockiertem Gesicht und ihrem verzweifelten Winken. Auch den Kopf des Fahrers konnte er sehen, der ihm bekannt vorkam ... doch jedes Mal verblasste die Erinnerung, wenn er versuchte, das Gesicht zu erkennen. Es war zum Verrücktwerden.

Einer der Militärpolizisten sagte: „Wir versuchen zu beurteilen, ob Sie sich noch in Gefahr befinden."

„In Gefahr?" Aufgrund der Schmerzmittel fühlte sich sein Kopf an, als wäre er mit Watte gefüllt.

„Ja. Wir vermuten, dass es kein Unfall war. Vielmehr glauben wir, dass die Sowjets es auf Sie abgesehen haben."

„Wir vermuten, dass es sich um einen Mordanschlag gehandelt hat", fügte ein anderer hinzu.

„Warum sollte mich jemand umbringen wollen? Ich bin weder wichtig noch berühmt."

„Es könnte damit zusammenhängen, dass Sie den Bau des Flughafens Tegel beaufsichtigt haben."

„Das ist doch lächerlich. Wir haben Tegel vor sechs Wochen fertiggestellt. Warum sollte jemand so lange warten?"

„Das macht uns ebenfalls stutzig. Was hätten die Sowjets davon, Sie jetzt zu beseitigen, wo die Bauarbeiten abgeschlossen sind? Aber Vorsicht ist oberstes Gebot. Wir wissen alle, wie angespannt das Verhältnis zwischen Ost und West ist."

Victor hatte keinen Schimmer, worauf das alles hinauslief.

„Wir sind der Meinung, dass Sie zu Ihrer eigenen Sicherheit so schnell wie möglich aus Berlin verlegt werden müssen. Offiziell werden wir Sie aus medizinischen Gründen nach Wiesbaden fliegen, weil das dortige Krankenhaus über bessere Möglichkeiten verfügt, Ihre schweren Verletzungen zu behandeln."

„Aber ... Ich habe gedacht ... Hat der Arzt nicht gesagt, dass meine Heilung gut vorangeht?"

„Das tut sie", bestätigte der Arzt. „Dies ist nur eine Vorsichtsmaßnahme, die nichts mit Ihrem Gesundheitszustand zu tun hat, sondern mit der Gefahr eines weiteren Attentats. Wir fliegen Sie in die amerikanische Zone, wo die Sowjets Ihnen nichts antun können. Dort können Sie in Ruhe zu Kräften kommen. Glauben Sie mir, es ist das Beste. Sie wollten doch ohnehin in die Staaten zurück, oder?"

Victor nickte und Brunis Gesicht erschien vor seinem inneren Auge. „Ich muss meiner Verlobten sagen, wohin Sie mich bringen."

„Fräulein von Sinnen, nicht wahr?"

„Ja."

„Sie war heute hier und wollte Sie besuchen, aber das konnten wir nicht gestatten", sagte der Militärpolizist.

„Warum nicht?" Ein stechender Schmerz schoss durch Victors Kopf. „Sie glauben doch nicht, dass sie etwas damit zu tun hat?"

„Zu diesem Zeitpunkt können wir nichts ausschließen."

„Das ist absurd!" Victor setzte sich abrupt in seinem Bett auf, sank aber aufgrund der heftigen Schmerzen in seinem Brustkorb augenblicklich zurück.

„Vorsicht, sonst perforieren Ihre gebrochenen Rippen noch Ihre Lunge." Die Krankenschwester legte ihm eine Hand auf die Schulter und drückte ihn in das Kissen.

„Das würde Bruni niemals tun! Wir wollen heiraten", protestierte er.

„Nun, die Hochzeit muss warten, bis wir den Schuldigen gefunden haben."

„In fünfundvierzig Minuten startet ein Flugzeug mit medizinischer Ausrüstung an Bord. Der Arzt wird Sie für den Transport vorbereiten und wir begleiten Sie zum Flugfeld." Mit diesen Worten verließen die Militärpolizisten den Raum, und nur eine Krankenschwester blieb zurück.

„Können Sie Bruni wenigstens eine Nachricht übermitteln?", fragte Victor.

Sie schüttelte den Kopf. „Mir sind die Hände gebunden, aber ich bin mir sicher, dass Sie sich mit ihr in Verbindung setzen können, sobald Sie in Wiesbaden sind. Betrachten Sie es doch mal so: Tausende von Berlinern würden sich nur zu gerne aus dem Würgegriff des russischen Bären befreien."

Sehr beruhigend, dachte Victor.

„Wir sorgen dafür, dass Sie es während des Fluges so bequem wie möglich haben", versicherte die Krankenschwester.

Erst jetzt dämmerte ihm, dass sie ihn in eine dieser grauenhaften Blechkisten stecken wollten, die jeden Moment abstürzen konnte. Selbst nachdem er Tausende von Starts und Landungen beobachtet hatte, traute er den Dingern immer noch nicht. Deshalb hatte er geschworen, in dieser verfluchten Stadt zu bleiben, bis er sie per Zug verlassen konnte. „Können Sie mich wenigstens bewusstlos schlagen, bevor ich ins Flugzeug steige?"

Die Krankenschwester starrte ihn ungläubig an. „Warum sollte ich so etwas tun?"

„Ich hasse fliegen." Er hielt inne und korrigierte sich: „Oder sagen wir, ich habe panische Angst vorm Fliegen."

„Ich kann den Arzt bitten, Ihnen ein Beruhigungsmittel zu geben, bevor Sie das Krankenhaus verlassen. Sie müssen dann zwar immer noch ins Flugzeug, aber Sie werden kaum etwas mitbekommen, wenn es abhebt." Sie sah ihn mitleidig an.

Auf Victors zustimmendes Nicken hin fügte sie hinzu: „Keine Sorge, wir bekommen Sie schon heil nach Wiesbaden."

„Können Sie für mich eine Nachricht schreiben?" Da beide Hände bandagiert waren, konnte Victor nicht einmal einen Bleistift halten.

„Wenn die Nachricht für Ihre Verlobte ist, muss ich ablehnen. Zu Ihrer eigenen Sicherheit dürfen wir niemandem etwas über Ihren Aufenthaltsort verraten." Sie schenkte ihm ein freundliches Lächeln und verließ den Raum.

Victor hätte seine Frustration am liebsten hinausgebrüllt. Es musste doch einen Weg geben, Bruni wissen zu lassen, wohin er verlegt wurde. Er zermarterte sich das Hirn, aber ihm wollte partout nichts einfallen. Er musste warten, bis er in Wiesbaden war, um sie zu kontaktieren. Hoffentlich machte sie sich nicht allzu viele Sorgen um ihn oder – ein Schauer lief ihm über den Rücken – glaubte, er hätte sie im Stich gelassen.

„Bruni, ich liebe dich so sehr ... Ich verspreche, dass wir uns bald wiedersehen", flüsterte er.

Einige Minuten später kam der Arzt zurück, pikste ihn an verschiedenen Stellen und stellte Dutzende Fragen.

„Herr Doktor, ich weiß nicht mehr viel von dem Unfall", sagte Victor schließlich. „Jedes Mal, wenn ich versuche, mich an das Gesicht des Fahrers zu erinnern, entgleitet es mir. Ich kann die Umrisse sehen und er kommt mir bekannt vor. Aber wenn ich mich auf das Gesicht konzentriere, ist es weg."

„Das klingt nach einer traumainduzierten Amnesie. Das passiert oft nach einem Unfall wie dem Ihren und ist kein Grund zur Sorge. Ihre körperliche Heilung wird dadurch nicht beeinträchtigt, möglicherweise unterstützt es sie sogar."

„Wie das?"

„Ihr Unterbewusstsein will Sie davon abhalten, eine

beunruhigende Entdeckung zu machen oder sich an etwas Traumatisches zu erinnern. Es sagt Ihnen damit, dass Sie sich erst einmal auf die körperliche Heilung konzentrieren sollen."

„Aber ... werde ich mich denn eines Tages erinnern?", fragte Victor, der unbedingt der Sache auf den Grund gehen wollte. Wenn jemand versucht hatte, ihn zu töten, musste er herausfinden, wer und warum.

„Das kann ich nicht sagen. Bei dieser Art von Amnesie kehren die Erinnerungen oft einfach zurück, mit oder ohne ein auslösendes Ereignis, doch in manchen Fällen erinnert sich der Patient nie – oft will er es auch gar nicht."

„Ich will es auf jeden Fall. Gibt es irgendetwas, das helfen könnte?"

„Nicht viel. Am erfolgversprechendsten ist es, wenn Sie ruhig und entspannt sind. Stress verschlimmert den Gedächtnisverlust. Gelassen bleiben und die Erinnerungen nicht erzwingen, das scheint ziemlich effektiv zu sein."

„Man würde das Gegenteil vermuten. Wie kann ich meinem Gedächtnis auf die Sprünge helfen, wenn ich aktiv versuche, nicht an den Unfall zu denken?"

Der Arzt schmunzelte. „So funktioniert unser Unterbewusstsein: durch Dissoziation. Man findet oft die Lösung für ein Problem, wenn man etwas ganz anderes tut. Deshalb haben viele Menschen die besten Einfälle beim Spazierengehen."

Victor seufzte. Er war technischer Ingenieur und arbeitete mit Zeichnungen und Formeln. Die besten Ideen kamen ihm, wenn er eine Situation aus jedem erdenklichen Blickwinkel analysierte. Es war ihm unbegreiflich, wie er den Schlüssel zu dem Unfall finden konnte, indem er nicht darüber nachdachte.

„Ich gebe Ihnen etwas gegen die Schmerzen, das auch gegen Ihre Flugangst hilft", sagte der Arzt und holte eine Spritze hervor. Wenige Minuten später überkam Victor eine willkommene Schläfrigkeit und er merkte kaum, dass er auf eine Bahre gelegt, zum Krankenwagen getragen und anschließend zum Flughafen gefahren wurde.

Schon im Halbschlaf blickte er in den klaren blauen Himmel, während die Sanitäter ihn ins Flugzeug trugen. Seine Augenlider schlossen sich. Er kämpfte nicht gegen die Wirkung des Beruhigungsmittels an, sondern beschwor das Bild von Brunis liebreizendem Gesicht herauf und stellte sich vor, wie ihre schlanken Finger ihn streichelten.

KAPITEL 10

Otto parkte den Laster vor dem Häuschen seiner Mutter und stieg aus. Er nahm sich eine Minute Zeit, um seine vom Fahren steifen Glieder zu dehnen, streckte die Hände weit in die Höhe und rollte den Kopf nach allen Seiten. Das Knacken der Gelenke war ein deutlicher Hinweis auf die vielen Stunden, die er in den letzten Tagen hinter dem Lenkrad verbracht hatte. Schon an der Tür wehte ihm der Geruch von gebratenen Zwiebeln in die Nase.

„Mutti, ich bin zu Hause", verkündete er, als er eintrat und die Jacke sowie seine anderen Habseligkeiten im Flur ablegte.

Sie stand in der Küche, ein Kopftuch über dem grauen Haar, und hatte sich eine Schürze mit einem verblassten Blumenmuster umgebunden. Er trat näher und spähte in die Pfanne, wo Kartoffeln, Zwiebeln und Karotten schmorten.

„Riecht gut", sagte er und küsste sie auf die Wange.

„Du warst ganz schön lange weg", erwiderte sie, während sie unbeirrt weiter in der Pfanne rührte.

„Ich musste nach Berlin und hab noch ein paar zusätzliche Fahrten gemacht, bevor ich wieder in Berlin war. In ein paar Tagen muss ich wieder los."

„Ich wünschte wirklich, du würdest dir eine feste Arbeit

suchen. Wie willst du eine Frau finden und eine Familie gründen, wenn du immer unterwegs bist?“

„Mutti ... Ich habe nichts anderes gelernt als Lastwagen fahren und Leute umbringen. Was soll ich deiner Meinung nach tun?“ Sie hatten diese Diskussion schon häufig geführt, aber den wahren Grund, wieso sie keine Enkelkinder haben würde, hatte er nie auch nur angedeutet.

„Du kannst hier in der Mühle arbeiten. Die suchen immer Leute.“

„Ich sitze lieber in meinem Laster, als mich da ausbeuten zu lassen.“ Seine Mutter warf ihm einen strengen Blick zu und er beeilte sich, sie zu beschwichtigen. „Außerdem ist meine Arbeit wichtig. Irgendjemand muss die Lebensmittel von den Bauernhöfen in die Städte transportieren.“

„Das Essen ist fast fertig. Geh dich vorher waschen.“

„Ja, Mutti.“ Noch bevor er in das angrenzende Badezimmer ging, wurde sie von einem heftigen Hustenanfall geschüttelt. Er half ihr auf einen der Holzstühle und brachte ihr ein Glas Wasser. „Hier, trink das.“

Sie nahm das Wasser, nippte daran und wischte sich die Tränen weg, die der starke Husten hervorgerufen hatte. „Es geht mir gut.“

„Das hört sich nicht so an. Warst du beim Arzt?“

„Nein.“ Sie sah ihn störrisch an. „Der kann sowieso nichts machen. Die Medizin, die ich brauche, gibt es nirgendwo zu kaufen.“

Otto griff in seine Tasche, holte ein Bündel Westmark heraus und reichte es ihr. Als sie sich weigerte, das Geld anzunehmen, legte er es auf den Tisch und klopfte nachdrücklich darauf. „Geh und kauf die verdammte Medizin auf dem Schwarzmarkt.“

„Ich werde nichts dergleichen tun. Schieberei ist ein Verbrechen gegen die ehrlichen Arbeiter und Bauern“, sagte sie hochmütig.

Er schüttelte den Kopf und setzte sich auf den anderen Stuhl. „Mutti, deine kommunistische Obrigkeit kann dir die benötigte Medizin nicht verschaffen, aber dieses Geld schon. Warum nimmst du es nicht, um Gottes willen?“

„Lieber sterbe ich als ehrlicher Mensch, als dass ich dein unrechtmäßig erworbenes Geld ausgebe!"

Er hatte seiner Mutter nie genau gesagt, wie er sein Geld verdiente, aber sie war nicht dumm. Er wurde in Westmark und nicht in der ungeliebten und abgewerteten Ostmark bezahlt, also hatte sie offensichtlich ihre eigenen Schlussfolgerungen gezogen.

Sie war eine leicht zu beeinflussende Frau, die glaubte, dass man sich als rechtschaffener Christ ans Gesetz halten müsse. Aus diesem Grund hatte sie sowohl die Nazis als auch die neuen sowjetischen Diktatoren mit offenen Armen empfangen. *Nur wer das Gesetz befolgt, ist ein guter Mensch,* war ihr Mantra. Nicht einmal nach dem Zusammenbruch von Hitlers Reich hatte sie erkannt, dass es auch so etwas wie rechtswidrige Gesetze und Machtmissbrauch gab.

Otto hingegen hatte so seine Probleme mit Autoritäten und war deshalb schon früh in Schwierigkeiten geraten: zuerst mit seinem Vater, dann mit dem Pfarrer und später mit fast allen anderen. Er war einfach nicht bereit, Leuten zu gehorchen, die Menschen wie ihn als eine Abscheulichkeit der Natur betrachteten, als Bedrohung der Menschheit, die es auszurotten, zu unterdrücken oder zu bekehren galt.

Er zuckte mit den Achseln, denn darüber dachte er ungern nach. Lieber rebellierte er gegen die geltenden Gesetze. Seine Fäuste zu gebrauchen, hatte ihm nur Ärger eingebracht, einschließlich eines Abstechers in ein Strafbataillon während des Kriegs. Damals hatte er begonnen, sich den Behörden auf eine geschicktere und profitablere Weise zu widersetzen.

„Überleg doch mal: Ich verdiene dieses Geld, weil ich hungernde Menschen mit Essen versorge. Wie kann das ein Verbrechen sein?"

„Es ist ein Gesetzesbruch, egal welche Absichten dahinterstecken. Ein rechtschaffener Bürger schuldet der Regierung Gehorsam. Es ist weder deine noch meine Aufgabe zu entscheiden, was richtig oder falsch ist."

„Ach, ja? Als ich Soldat war und andere Menschen getötet

habe, war ich also ein rechtschaffener Bürger? Aber jetzt, wo ich hungernden Kindern Essen bringe, bin ich ein Verbrecher?" Er hoffte, ihr die Unsinnigkeit ihres Arguments klarzumachen.

„Otto! Hör auf, so zu reden", schimpfte sie.

„Warum?"

„Weil die Regierung unser Bestes im Sinn hat. Auch wenn wir ihre Gründe manchmal nicht verstehen, wird von uns trotzdem erwartet, dass wir gehorchen."

„So, wie wir den Nazis gehorcht haben?" Hätten die Nazis von seinem dunklen Geheimnis gewusst, wäre er postwendend in einem ihrer KZs gelandet. Was hätte seine Mutter dann gesagt? Hätte sie deren Verleumdungen weiter brav wiedergekäut und ihren eigenen Sohn zur Hölle geschickt? Vermutlich schon.

Ihn schauderte bei dieser Erkenntnis. Sie war bestenfalls eine halbherzige Anhängerin der Naziideologie gewesen, doch sie war eine glühende Anhängerin des „Gesetzes", egal wie grausam oder ungerecht dieses sein mochte.

„Die Nazis sind weg. Sie haben uns alle getäuscht. Die Kommunisten sind viel besser. Ihnen liegt das Wohl der Arbeiter und Bauern am Herzen. Uns, dem einfachen Volk, wird es unter der kommunistischen Herrschaft gut gehen. Nicht wie bei den Bonzen im imperialistischen Westen, die du so sehr zu vergöttern scheinst. Warum kannst du nicht einfach stolz darauf sein, zur demokratischen Vereinigung von Nationen unter der Führung der großartigen Sowjetunion zu gehören? Erkennst du gar nicht, was sie Großartiges für uns getan hat?"

„Riecht es hier verbrannt?", lenkte er ab, da er aus Erfahrung wusste, dass diese Diskussion zu nichts führte. Seine Mutter war zu traditionsverhaftet, um über den Tellerrand zu blicken. Sie sah ohnehin nur das, was sie sehen wollte. Außerdem war sie seit Beginn der Blockade nicht mehr in Berlin gewesen und schon gar nicht in den Westzonen Deutschlands. Woher sollte sie also wissen, wie viel besser es den Menschen dort ging?

KAPITEL 11

Bruni war bereit, zu Kreuze zu kriechen und nötigenfalls sogar auf Knien zu flehen. Sie war zu der Überzeugung gelangt, dass sie unbedingt nach Wiesbaden musste, wenn sie Victor jemals wiedersehen wollte. Doch dank des sowjetischen Würgegriffs um die Hauptstadt gab es nur eine Möglichkeit: per Flugzeug.

In ganz Berlin befanden sich nur zwei Männer, die einem deutschen Zivilisten die Erlaubnis erteilen konnten, ein Militärflugzeug zu besteigen: der britische Kommandant, der sich gerade auf Heimaturlaub in London befand, und Dean Harris.

Es missfiel ihr, dass sie zum zweiten Mal innerhalb weniger Tage betteln gehen musste, doch sie hatte alle anderen Optionen ausgeschöpft. Da ihr die letzte Begegnung mit Dean noch frisch im Gedächtnis war, wählte sie die züchtigste Aufmachung, die ihr Kleiderschrank zu bieten hatte: ein schwarzes Kleid mit Stehkragen und langen Ärmeln, das perfekt zu einer Beerdigung oder dem Eintritt ins Kloster gepasst hätte.

Ihre Lippen bemalte sie in einem bräunlichen Farbton und schmierte sich sorgfältig schwarzen Lidschatten unter die Augen, um so verzweifelt auszusehen, wie sie sich fühlte. Wenn dieses trostlose Gesicht Dean ungerührt ließ, dann blieb ihr keine Hoffnung mehr.

Als sie an der Reihe war, sein Büro zu betreten, straffte sie die Schultern und ging in Gedanken noch einmal durch, was sie sagen wollte.

„Bruni? Was ist passiert?" Dean schien ehrlich erschüttert zu sein. Sie tupfte sich die Augen, um eine nicht vorhandene Träne wegzuwischen.

„Mir geht es gut. Es ist nur ... Victor."

„Was ist passiert?"

„Sein Zustand hat sich verschlechtert und er wurde nach Wiesbaden verlegt, bevor ich ihn besuchen konnte."

Seine Lippen zuckten verärgert. „Das tut mir leid. Woher weißt du das?"

„Die Empfangsdame hat es mir gesagt."

Er seufzte. „Ich habe fest damit gerechnet, dass du ihn vor der Verlegung noch sehen kannst."

„Ich muss zu ihm nach Wiesbaden." Sie berührte ihre Locken mit einer Geste, die sie unzählige Male vor dem Spiegel geübt hatte.

„Das ist leider nicht möglich."

„Wieso nicht? Ich wäre nicht der erste Zivilist in einem eurer Flugzeuge."

„Bitte, nimm Platz." Er deutete auf die Stühle vor dem imposanten Schreibtisch. „Ich verstehe, dass du Lieutenant Richards sehen möchtest, wirklich. Aber worum du bittest, ist unmöglich. Mal abgesehen von der schlechten Presse, sobald das unweigerlich an die Öffentlichkeit kommt, ist einfach kein Platz für dich in einem der Flieger."

Sie blickte in sein attraktives Gesicht und bemerkte das leichte Zucken in einem seiner Augenlider. Es überzeugte sie davon, dass mehr hinter der Geschichte steckte, als er zugeben wollte.

„Was verbirgst du vor mir?"

„Ich? Wie kommst du darauf?" Dean war schon immer ein schlechter Lügner gewesen, und dass er ihre Anschuldigung nicht rundweg bestritt, war Beweis genug, dass er tatsächlich etwas verheimlichte.

„Komm, spuck es schon aus."

„Ich kann nicht ins Detail gehen, also sagen wir einfach, es hat mit den Sowjets zu tun."

Zorn kochte in ihr hoch. „Hier sollte es um Victor und mich gehen! Aber nein, die Russen müssen dazwischenfunken und dafür sorgen, dass sich alles um sie dreht! Ich hasse sie!"

Es war ein ungewöhnlicher Ausbruch für eine Frau mit dem Spitznamen *Eiskönigin*, nicht zuletzt, weil ihr erster Liebhaber nach dem Krieg einer der Russen war, die sie jetzt so sehr hasste.

Dean hob angesichts ihres Wutausbruchs die Augenbrauen. „Es tut mir leid. Ich bin sicher, dass sich zu gegebener Zeit alles aufklärt."

All ihre Hoffnungen zerschlagen, sackte sie auf dem Stuhl zusammen. „Was soll ich denn nur tun?"

„Das, was du immer tust: Geh zur Arbeit und singe. Lieutenant Richards wird bald wieder gesund und ich bin sicher, dass er sich bei dir meldet, sobald er dazu in der Lage ist." Dean warf ihr einen mitfühlenden Blick zu.

Bruni seufzte tief und verließ sein Büro, doch anstatt nach Hause zu gehen, besuchte sie Marlene, denn sie brauchte dringend eine Schulter zum Ausweinen. Glücklicherweise war ihre Freundin zu Hause und lud sie zu einem Gespräch bei lauwarmem Kräutertee ein.

Nachdem sie all ihren Kummer losgeworden war, fühlte sich Bruni schon etwas besser.

„Wieso wartest du nicht einfach ab, wie Kommandant Harris es vorgeschlagen hat? Victor kommt bestimmt nach Berlin zurück, sobald es ihm besser geht, und dann seht ihr euch wieder", schlug Marlene vor.

„So einfach ist das nicht", jammerte Bruni und überlegte, ob sie Marlene reinen Wein einschenken sollte.

„Also, für mich sieht es ziemlich einfach aus."

„Nun ja, zum einen hat er Angst vorm Fliegen."

„Wenn er seine Angst nicht um deinetwillen überwinden kann, dann ist er es definitiv nicht wert", sagte Marlene in wehmütigem Ton. Sie dachte dabei offensichtlich an ihre eigene unglückliche Beziehung zu Werner Böhm, dem ehemaligen SED-Politiker, der übergelaufen war und nun in der amerikanischen Zone lebte.

„Es ist aber nicht nur das ..."

„Was denn noch?"

Bruni biss sich auf die Unterlippe, bevor sie mit der Wahrheit herausrückte. „Victor hat bereits seine Papiere für die Rückkehr nach Amerika erhalten. Hätte er nicht den Unfall gehabt, würden wir jetzt die Heiratserlaubnis beantragen, damit ich nachkommen kann, sobald ich ein Visum habe."

„Was?" Mit lautem Scheppern setzte Marlene ihre Tasse ab. „Ich dachte, ihr hattet es mit dem Heiraten nicht so eilig?"

„Hatten wir auch nicht, bis er von seiner Versetzung erfahren hat. Was, wenn sie ihn wegschaffen und ich ihn nie wiedersehe?"

„Jetzt sei nicht so dramatisch. Er würde doch nicht einfach verschwinden, ohne dich vorher zu kontaktieren. Im Übrigen dauert es vielleicht ein bisschen länger, aber er kann sich immer noch von dort aus um dein Visum kümmern."

„Ich muss ihn sehen. Unbedingt."

„Ach, Bruni ... Ich hätte nie gedacht, dass du dich so sehr in einen Mann verlieben wirst." Marlene legte den Kopf schief und lächelte traurig. „Wenn die Amerikaner dir nicht helfen, wie wäre es, die Russen zu fragen? Sie können dir eine Genehmigung erteilen, ihre Zone zu durchqueren."

Das kleinste Fünkchen Hoffnung erhellte Brunis Herz, als sie über diesen Vorschlag nachdachte. „Ich könnte Wladimir Rubljow fragen, diesen Offizier vom Nachrichtendienst, der Zara geholfen hat ... Aber selbst, wenn er mir eine Genehmigung verschafft, wie soll ich die sowjetische Zone durchqueren, wenn der gesamte Straßen- und Schienenverkehr zwischen Berlin und Westdeutschland unterbrochen ist?"

„Hm, gute Frage. Aber ich bin mir sicher, dass es Wege geben muss. Vielleicht nicht direkt aus Berlin, sondern über eine andere Stadt wie Dresden oder Leipzig?"

„Und wie soll das funktionieren?" Brunis Kopf schwirrte von all den neuen Informationen, die sie an diesem Tag erhalten hatte. Sie konnte sich nicht mehr konzentrieren. „Ich gehe jetzt besser. Ich muss früher zur Arbeit, weil wir Kostümprobe für die große Vorstellung morgen haben. Du kommst doch, oder?"

„Wie könnte ich eine Einladung zur begehrtesten Silvesterfeier der Stadt ablehnen? Essen und Trinken inklusive?", fragte Marlene und beide lachten. Jeder in Berlin war viel zu hungrig, um eine Gelegenheit auszuschlagen, sich den Magen vollzuschlagen.

KAPITEL 12

Bruni vermisste Victor an Silvester, wie sie ihr eigenes Bein vermisst hätte. An diesem Abend wollten sie ihre Heiratspläne bekannt geben. Stattdessen aber saß sie ganz allein in der Garderobe des Kabaretts und bereitete sich auf die Rolle als Verführerin vor, in der die Gäste sie kannten und liebten.

Obwohl ihr zum Weinen zumute war, setzte sie eine muntere Miene auf, malte sich die Lippen knallrot an und machte ein paar Gesangsübungen für ihren bevorstehenden Auftritt. *Das Leben geht weiter.* Wie oft hatte sie diese Worte schon gehört? Heute verstand sie jedoch zum ersten Mal, was sie wirklich bedeuteten.

Obwohl sie am liebsten ins Bett gekrochen wäre und sich in den Schlaf geheult hätte, musste sie auf die Bühne gehen, singen, tanzen und flirten. Die lang erwartete Silvesterfeier war in vollem Gange und sowohl ihr Arbeitgeber als auch die Gäste erwarteten von Brunhilde von Sinnen nichts Geringeres als einen glamourösen Auftritt.

Sie trug eine zusätzliche Schicht Rouge auf ihre blassen Wangen auf, nahm ihre Augen auf verräterische dunkle Ringe unter die Lupe und schmierte solange Schminke auf ihr Gesicht, bis es so perfekt aussah wie immer.

„Gleich bist du dran. Bist du aufgeregt?", fragte Ada, ein Mitglied der Tanzgruppe.

Bruni täuschte freudige Aufregung vor. „Ja, bin ich. Ich glaube, wir hatten noch nie ein so großes Publikum."

„Ich habe gehört, dass sogar Talentsucher vom Broadway hier sind."

„Oh, großartig." Bruni bezweifelte, dass das stimmte, denn wieso um alles in der Welt sollte ein Talentsucher aus New York den weiten Weg ins abgeriegelte Berlin antreten, wo es doch Gesangs- und Schauspieltalente wie Sand am Meer gab? Dennoch entschied sie, dass es nicht schaden konnte, sich bei ihrem Auftritt besonders anzustrengen und ihren Status als unbestrittener Star des nobelsten Kabaretts der Stadt zu untermalen.

„Du bist dran, Bruni! Geh raus und hau sie vom Hocker!", rief der Bühnenmeister in die Garderobe.

Sie schloss die Augen und stellte sich die jubelnde Menge vor, wenn sie die erste Zeile ihres Liedes darbot. Dann betrat sie mit einem strahlenden Lächeln die Bühne. Der Raum lag im Halbdunkel, nur sie und der Pianist standen im Scheinwerferlicht.

Es dauerte nur wenige Sekunden, bis die traurige Realität von ihr abfiel wie ein Mantel, den sie zu Boden warf. Nichts existierte mehr, außer Bruni, dem Star, und ihrem Publikum. Kaum schmetterte sie die erste Zeile ihres Songs *I'm in the Mood for Love*, wurde das Publikum still und lauschte hingerissen.

Sie erinnerte sich daran, wie sie Victor zum ersten Mal begegnet war und er ihr Komplimente über ihre Stimme gemacht hatte, als sie dieses Lied – ihr Lied – gesungen hatte. Etwas rührte sich in ihrem Inneren und sie stellte sich vor, er sei im Publikum. Ihre ganze Seele lag in ihrer Stimme, während sie auf der Bühne herumtänzelte und mit den Männern flirtete, wie sie es schon seit Jahren tat. Als die letzte Note verklang, war sie schon viel besser gelaunt. Heute war sie die heiß geliebte Unterhaltungskünstlerin und ihre Sorgen um Victor waren Teil einer anderen Welt, einer Welt jenseits der Bühne.

Die gesamte Vorstellung war ein durchschlagender Erfolg. Als sie im Laufe des Abends ihre Runden durch den Raum drehte, erhielt sie von allen Seiten Komplimente und Lobeshymnen. Es schien, als wollte jeder in Berlin, oder zumindest diejenigen, die es sich leisten konnten, die Ankunft eines neuen und besseren Jahres im Café de Paris feiern.

„Komm zu uns, Bruni." Herr Schuster winkte sie heran und reichte ihr Champagner. Sie erhob ihr Glas zu der Gruppe hochrangiger Offiziere, wohl wissend, dass von ihr erwartet wurde, mit allen ein wenig zu schäkern. Später wuselten die Bedienungen durch den Raum, schwer beladen mit Tabletts voller Kanapees mit Kaviar, Lachs und anderen Köstlichkeiten, die normalerweise nicht zu haben waren.

Heinz traf ein und Herr Schuster nahm ihn zur Seite, damit die Gäste ihn nicht hören konnten. „Gute Arbeit! Ohne die letzte Ladung hätten wir wie Vollidioten dagestanden."

„Zum Glück gibt es genügend Russen, denen die Westmark wichtiger ist als ideologische Grundsätze."

„Sorg dafür, dass wir bald wieder eine Lieferung bekommen, damit wir im Geschäft bleiben."

„Natürlich, Onkel." Heinz hob sein Glas in Richtung Bruni. „Tolle Vorstellung. Du hast dir dein Gehalt redlich verdient."

Sie nickte ihm liebenswürdig zu, während sie versuchte zu verarbeiten, worüber die beiden gerade gesprochen hatten. Sie hatte sich noch nie Gedanken darüber gemacht, woher die Delikatessen stammten, die den Gästen angeboten wurden, doch jetzt dämmerte ihr, dass es sich um Schmuggelware handeln musste.

Eine schwindelerregende Erkenntnis rauschte durch ihre Adern. Wenn es möglich war, etwas nach Berlin hineinzuschaffen, musste es auch einen Weg geben, etwas – oder jemanden – hinauszuschmuggeln.

Ungeduldig verfolgte sie Heinz mit ihren Blicken, immer auf eine Gelegenheit wartend, mit ihm unter vier Augen zu sprechen. Zu ihrem Leidwesen war er jedoch nie allein. Er mischte sich unter die Gäste, machte den Frauen Komplimente und tanzte mit seiner

Freundin Laura. Es war zu ärgerlich. Sie zerbrach sich schon den Kopf, mit welcher List sie ihn in die Garderobe locken könnte, als er endlich hinter die Bühne ging.

Bruni ließ den Offizier, mit dem sie sich unterhielt, mit einer hastig vorgebrachten Entschuldigung stehen und eilte Heinz hinterher. In der Küche holte sie ihn ein, gerade als der Koch ihn bat, ihm mehr Kaviar zu besorgen.

„Bruni? Was machst du denn hier hinten?“, fragte Heinz.

„Ich würde gerne kurz mit dir sprechen. Allein.“

Er runzelte die Stirn, winkte ihr aber, ihm in den schwach beleuchteten Keller zu folgen. „Was ist denn so wichtig, dass es nicht warten kann?“

Sie nahm all ihren Mut zusammen und platzte heraus: „Kannst du mich aus Berlin rausbringen?“

„Was?“ Er fuhr zurück, als hätte sie ihm eine Ohrfeige verpasst.

„Es tut mir leid ... Ich habe das Gespräch zwischen dir und deinem Onkel gehört und ich weiß, wie du den Nachschub fürs Kabarett besorgst.“ Sie senkte ihre Stimme auf ein leises Flüstern. „Ich dachte, wenn du die Sachen in die Stadt reinschmuggelst, kannst du vielleicht auch jemanden rausschaffen.“ Sie konnte sehen, dass sie Heinz mit ihrer Bitte schockiert hatte.

„Wie viel hast du gehört?“

Bruni winkte ab und zuckte mit den Schultern. „Deine Geschäftchen interessieren mich nicht, aber ich muss in den Westen und mit der Blockade ist das im Moment unmöglich.“

„Dann warte doch. Die Blockade kann nicht ewig dauern.“

„So viel Zeit habe ich nicht. Ich muss sofort jemanden besuchen, bevor es zu spät ist. Kannst du mir helfen? Bitte“, flehte sie und klimperte ohne die geringsten Schuldgefühle mit ihren Wimpern.

Heinz sah sie lange an und nickte dann kurz. „Ich kann nichts versprechen, aber ich werde die Fühler für dich ausstrecken.“

„Danke.“ Beinahe hätte sie gequietscht und ihm einen Kuss auf die Wange gedrückt, besann sich aber eines Besseren.

„Aber kein Wort zu irgendjemandem. Niemals. Hast du verstanden?"

„Natürlich."

„Und jetzt geh wieder rein und überrede die Gäste, mehr Champagner zu trinken", sagte er mit einer scheuchenden Handbewegung.

KAPITEL 13

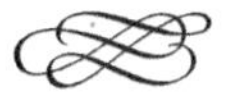

„Otto, wo gehst du hin?“, fragte seine Mutter.

„Ich geh mit ein paar Kumpels weg, ist schließlich Silvester“, antwortete er und schlüpfte in seinen Mantel.

„Du willst dich betrinken.“ Die Missbilligung stand ihr ins Gesicht geschrieben.

„Ja, Mutti, ich will mir heute ordentlich was hinter die Binde kippen.“

„Statt deine Zeit mit deinen Freunden zu vergeuden, solltest du dir ein nettes Mädel zum Heiraten suchen. Es wird Zeit, dass du sesshaft wirst und eine Familie gründest.“

Otto wich einer Antwort auf ihre wiederholte Bitte aus und wechselte das Thema. „Was hat der Arzt gesagt?“

„Dasselbe wie immer. Er hat mir eine Flasche von diesem ekelhaften Sirup gegeben, der nicht gegen meinen Husten hilft, und hat gesagt, dass ich die Medizin, die ich brauche, nur im Westen bekomme.“

„Glaubst du immer noch, dass bei den Kommunisten alles besser ist?“

Sie funkelte ihn an. „Pass auf, was du sagst, Otto. Im Übrigen könnten die Amerikaner ihre Medizin an unsere Ärzte verkaufen, aber ich sag dir, warum sie das nicht tun: Weil sie menschenverachtende Wucherer sind."

Er konnte nicht anders, als den Köder zu schlucken. „Ich denke, es hat mehr mit den Handelsbeschränkungen zwischen den Zonen zu tun."

„Und warum, glaubst du, haben sie diesen völkerrechtswidrigen Wirtschaftskrieg begonnen? Weil sie gierige Schufte sind, die uns hassen! Meinst du nicht, dass es genug Krieg gegeben hat und es an der Zeit ist, in Frieden mit unseren Bruderländern zu leben?"

„Genau genommen haben die Sowjets damit angefangen, indem sie den Verkehr zwischen Berlin und den Westzonen lahmgelegt haben."

Seine Mutter stieß einen aufgebrachten Seufzer aus. „Ich weiß wirklich nicht, woher du diesen Blödsinn hast. Das alles ist die Schuld der Amerikaner. Sie haben ihre illegale Währungsreform durchgezogen, deren einziges Ziel es ist, unsere Wirtschaft zu zerstören. Sie dachten, wir kommen auf Knien angekrochen und flehen sie an, uns vor den Kommunisten zu retten, aber dazu wird es niemals kommen. Du solltest den Sowjets dankbar sein, dass sie unsere Bauern und Arbeiter ehren und uns vor der amerikanischen Knute bewahren."

Otto schwieg, denn mit seiner Mutter konnte man über Politik nicht vernünftig reden. Sie hatte die offizielle kommunistische Propaganda verinnerlicht, die von den Zeitungen und Radiosendern verbreitet wurde. Westliche Zeitungen las sie nie, mit der Begründung, sie seien voller Lügen und verdrehter Tatsachen. In Wahrheit waren es *ihre* Informationsquellen, die Lügen verbreiteten. „Ich geh jetzt besser. Warte nicht auf mich."

Dann machte er sich auf den Weg zu seiner Stammkneipe. Beim Eintreten erspähte er einige ehemalige Klassenkameraden und gesellte sich zu ihnen. „Schön, dass du kommen konntest, Otto." Einer der Männer hob sein Bierglas.

„Ich hatte in letzter Zeit viel zu tun", antwortete Otto und bestellte bei der Kellnerin ein Bier. Dann setzte er sich auf einen leeren Stuhl, bevor er fragte: „Was gibts Neues in der Stadt?"

Daraufhin fingen alle gleichzeitig an zu reden. Er schüttelte den Kopf und hob die Hände. „Tut mir leid, dass ich gefragt habe."

Ein Mann namens Robert ergriff das Wort: „Die Dinge laufen sehr, sehr gut für Wittenberg. Wir haben gerade den neuen Fünfjahresplan für die Produktion bekannt gegeben und ich kann dir sagen, er ist ehrgeizig. Nicht mehr lang, dann werden unsere Bauern und Arbeiter die Früchte ihres Einsatzes ernten. Das bedeutet ein besseres Leben für alle."

„Ich wusste nicht, dass du in der SED bist." Otto achtete darauf, keine Emotionen in seiner Stimme mitschwingen zu lassen. Robert war Offizier in der Wehrmacht gewesen und hatte voll und ganz hinter der antisemitischen, antikommunistischen und anti-jeden-andersdenkenden Mentalität der Nazis gestanden. Offensichtlich hatte er diese neuerdings unvorteilhaften Ansichten genauso mühelos abgestreift wie eine Schlange ihre Haut und sich in einen Vorzeigekommunisten verwandelt.

„Das Beste, was mir je passiert ist. Ich bin der Vorsitzende des Wirtschaftsausschusses." Robert grinste breit.

„Glückwunsch. Wenn du jemals Hilfe brauchst, um die Quoten zu erreichen, weißt du, wo du mich findest." Dass er die Kommunisten verachtete, hielt Otto nicht davon ab, Freunde in sämtlichen Positionen und auf allen Seiten haben zu wollen. Gute Beziehungen waren in seiner Branche das A und O.

„Mach ich. Wir müssen alle an einem Strang ziehen, damit unsere Zone zu einem grandiosen Erfolg wird. Sobald der Westen sieht, wie gut es uns geht, werden sie nicht mehr den schädlichen kapitalistischen Materialismus anbeten. Stattdessen werden sie um die Wiedervereinigung betteln."

Schweigen legte sich über den Tisch, denn niemand wagte es, dem frischgebackenen SED-Funktionär zu widersprechen. In den Gesichtern seiner ehemaligen Klassenkameraden konnte Otto jedoch erkennen, dass sie Roberts Meinung nicht teilten.

„Vielleicht könnten die Sowjets ihr Wohlwollen dadurch zeigen, dass sie den Würgegriff um Berlin lockern", sagte ein anderer, der Klaus hieß, nach einer Weile. „Ich bin sicher, das würde als ein wahrer Akt der Bruderschaft angesehen werden und die Westler für uns gewinnen."

„Hat überhaupt schon mal jemand diese Blockade gesehen, über die ständig geredet wird?", fragte Stefan, ein weiterer Freund aus Ottos Jugend. Stefan war schon Kommunist gewesen, lange bevor es in Mode gekommen war. Die Nazis hatten ihn deshalb sogar in ein KZ gesteckt.

Robert schüttelte den Kopf. „Nein, und das wird auch niemand, denn die gibt es gar nicht. Die Blockade ist ein Mythos, den die Amerikaner erschaffen haben, um bei dieser albernen Luftbrücke mit ihren Flugzeugen anzugeben. Das Ganze ist ein riesiger Betrug und dient nur dazu, Lebensmittel zu Höchstpreisen an notleidende Menschen zu verkaufen. Derweil bereiten sie sich auf den nächsten Krieg vor, den sie dieses Mal gegen die friedliche Sowjetunion und ihre Bruderländer führen wollen."

„Also, ich weiß nicht. Glaubst du wirklich, die Amerikaner machen sich all diese Mühe und Kosten, nur um anzugeben?", fragte Klaus.

„Otto, was ist mit dir? Was denkst du darüber?", lenkte Stefan die Aufmerksamkeit auf ihn. „Du fährst doch mit deinem Laster jede Woche durch unsere Zone und nach Berlin."

„Hast du die Blockade gesehen?", wollte Klaus wissen.

Um nicht damit herauszuplatzen, was er von dem Unsinn hielt, den die SED verzapfte, nahm Otto einen langen Zug von seinem Bier. „Keine Ahnung. Ich seh 'ne Menge Dinge. Wie sieht so eine Blockade eigentlich genau aus?", fragte er schließlich und zog damit das ganze Gespräch ins Lächerliche.

Ein Glucksen hier und da deutete an, dass sein Plan aufgegangen war, doch vorsichtshalber rief er der Kellnerin zu: „Noch eine Runde auf mich!"

„Du hast wohl zu viel Kohle", meinte Klaus grinsend.

„Es ist Silvester und ich bin hier, um mich zu besaufen!" Otto hatte nicht vor, seinen Kameraden zu verraten, dass er jede verdiente Westmark auf dem Schwarzmarkt in vier bis acht Ostmark eintauschte. In der sowjetischen Besatzungszone gab es zwar nicht viel zu kaufen, aber was es gab, war spottbillig, wenn man sein Geld in harter Währung verdiente.

Wenn es nach ihm ging, konnte die Blockade ruhig noch solange andauern, bis er sich ein hübsches Sümmchen angespart hatte. Danach wäre es ihm egal, ob die Amerikaner und Briten beschlossen, mit den Russen den Dritten Weltkrieg zu beginnen. Er wäre ein gemachter Mann und würde sich wohlweislich aus der Sache raushalten.

KAPITEL 14

„Ist Bruni da?"

Als Bruni ihren Namen hörte, hob sie den Kopf und blickte zur Garderobentür. „Ja, hier."

„Kannst du mal kurz in mein Büro kommen?", fragte Heinz, bevor er wieder verschwand.

„Sofort." Sie malte sich die Lippen mit ihrem knallroten Lippenstift fertig an und ging dann zu dem kleinen fensterlosen Raum, den Heinz und sein Onkel ihr Büro nannten. Er war vollgestopft mit Möbeln, Kisten, Papierkram und Ähnlichem, aber sie ließ ihren Blick nicht herumschweifen. Seit fünf Tagen saß sie wie auf glühenden Kohlen, in Erwartung, ob Heinz ihr helfen konnte.

Er kam gleich zur Sache: „Willst du immer noch raus aus Berlin?"

„Ja. Je schneller, desto besser."

„Für wie lange?"

Darüber hatte sie noch nicht nachgedacht und sah ihn verwirrt an.

„Ich meine, wann kommst du wieder zur Arbeit?"

„Oh!" Bruni riet ins Blaue: „Ich denke, ich werde höchstens ein paar Tage brauchen, plus Reisezeit. Ich wäre innerhalb einer

Woche zurück."

Er rieb sich das Kinn. „Meinem Onkel wird das nicht gefallen."

„Ich schaffe es bestimmt in fünf Tagen ... außerdem hatte ich seit Monaten keinen freien Tag mehr."

„Gut, dann bitte ihn um Urlaub, aber erwähne weder mich noch dass du vorhast, Berlin zu verlassen."

„Verstanden." Die Botschaft war eindeutig: Herr Schuster war in die Sache nicht eingeweiht und könnte sie sogar sabotieren, sollte er davon Wind bekommen.

„Es gibt vielleicht eine Möglichkeit, wie du die Stadt verlassen kannst, aber das wird nicht billig."

Sie nickte und schluckte schwer bei dem Preis, den er nannte. „So viel Geld habe ich nicht gespart."

„Du kannst auch in Naturalien bezahlen."

„Was schwebt dir vor?" Es sollte sie nicht überraschen, dass Heinz um sexuelle Gefälligkeiten bat, obwohl sie ihn nie mit einer anderen Frau als seiner Freundin Laura gesehen hatte. Er stand auf und schloss die Tür ab, bevor er auf sie zuging.

„Hier und jetzt?", fragte sie.

Heinz lachte. „Ich bin nicht an verderblicher Ware interessiert."

Wäre sie nicht so verzweifelt auf seine Hilfe angewiesen, hätte sie ihn geohrfeigt. Chef hin oder her, niemandem stand es zu, Brunhilde von Sinnen zu beleidigen.

„Ich dachte da eher an etwas Haltbares. Zum Beispiel die schöne Halskette da."

Ihre Hand flog zu ihrem Hals, wo eine goldene Kette mit einem kleinen Diamanten hing, ein Geschenk von Fjodor Orlowski. Das Schmuckstück hatte zwar keinen sentimentalen Wert für sie, aber sie wusste, wie viel es auf dem Schwarzmarkt erlöste. „Das ist Erpressung."

„Nur, wenn ich dich zu etwas zwinge. Wenn ich mich recht entsinne, bist du zu mir gekommen und hast mich um Hilfe angefleht." Er setzte sich wieder hinter den Schreibtisch und musterte sie. „Also? Wofür entscheidest du dich?"

Sie seufzte, nahm die Kette ab und ließ sie in Heinz'

ausgestreckte Hand fallen. Er besah den Anhänger von allen Seiten, bevor er sagte: „Bei näherer Betrachtung ist sie sogar noch wertvoller als gedacht. Die Vorbesitzerin muss eine sehr reiche und vornehme Frau gewesen sein."

Brunis Lippe zuckte für den Bruchteil einer Sekunde. Sie schwor sich, eines Tages für diese herablassende Bemerkung Rache zu nehmen. Für den Moment jedoch lächelte sie dümmlich und tat so, als hätte sie seine Spitze nicht verstanden. Sollte er doch glauben, sie sei nichts weiter als eine beschränkte Sängerin. Es hatte sich schon oft als nützlich erwiesen, unterschätzt zu werden.

Er steckte die Halskette ein und schob einige Unterlagen über den Schreibtisch, während er erklärte: „Du wohnst in Wittenberg und hast deine kranke Tante in Ostberlin besucht. Mit diesen Papieren kannst du überall in der sowjetischen Besatzungszone reisen."

„Und in den Westen?", fragte sie.

„Da musst du improvisieren. Die Grenzkontrollen im Süden sind sehr oberflächlich. Der kleine Grenzverkehr wird praktisch nicht kontrolliert, und der Lastwagenfahrer, der dich mitnimmt, ist den Grenzern bekannt. Tu so, als wärst du seine Freundin, dann geht alles glatt."

„Fährt er mich bis nach Wiesbaden?"

„Nee. Nur bis nach Fulda."

„Und dann?"

„Dann bist du auf dich allein gestellt."

Sie funkelte ihn an. „Ich hätte gedacht, dass ich für einen Diamantanhänger die ganze Reise bekomme."

„Da hast du falsch gedacht. Die Preise sind seit den letzten Maßnahmen der Sowjets gegen Schmuggel und Schieberei in die Höhe geschossen." Er sah sie vollkommen unbeteiligt an, als ob sie über Bustarife sprachen und nicht darüber, dass sie ihm gerade einen unverschämten Preis für seine Hilfe bei der Durchquerung der sowjetischen Besatzungszone bezahlt hatte.

„Also gut." Sie biss die Zähne zusammen und nahm die

Genehmigungen an sich. Welche Wahl hatte sie schon? Es gab schließlich nicht viele Leute, die einen Transport in die amerikanische Zone anboten. „Wann und wo treffe ich den Fahrer?"

„Otto erwartet dich übermorgen um sieben Uhr in der Früh hier auf dem Parkplatz."

Um sieben Uhr? Heinz musste völlig übergeschnappt sein. Er wusste, dass sie bis spät in die Nacht arbeitete und kaum jemals vor drei oder vier Uhr morgens nach Hause ging.

„Na, dann mache ich mich mal besser für meinen Auftritt fertig." Sie ging zur Tür und schob gerade den Riegel zurück, als er sie erinnerte: „Kein Wort zu niemandem, dass ich etwas damit zu tun habe."

„Keine Sorge." Sie schenkte ihm ein wohlbedachtes Lächeln. „Dein Onkel wäre wohl nicht sehr erfreut, nehme ich an." *Und schon gar nicht die Behörden.* Dann verließ sie hocherhobenen Hauptes den Raum.

Am nächsten Tag packte sie einen kleinen Koffer. Dabei nahm sie sich viel Zeit, ihre Garderobe auszuwählen, denn sie wollte für Victor besonders begehrenswert aussehen. Aufregung ergriff sie, als sie sich vorstellte, wie er reagieren würde, wenn sie an seinem Krankenbett auftauchte. Nichts wollte sie lieber, als ihn all seinen Kummer und Schmerz vergessen zu lassen.

Abgestimmt auf die ausgewählten Kleider packte sie mehrere Paar hochhackige Schuhe ein und für alle Fälle auch ihren Schmuck. Je nachdem, wie sich die Dinge entwickelten, würde sie womöglich eine ganze Weile nicht nach Berlin zurückkehren. Am Nachmittag schaute sie bei Marlene vorbei, um ihr die großartigen Neuigkeiten zu erzählen.

„Was willst du tun, wenn du in Wiesbaden ankommst? Wie kommst du ins Krankenhaus?"

„Das weiß ich noch nicht, aber ich finde schon einen Weg", versicherte ihr Bruni. „Vielleicht kann Zara helfen?"

„Darauf würde ich mich nicht verlassen. Sie konnte sich ja

noch nicht einmal selbst helfen, als Glenn im Krankenhaus war", erinnerte Marlene sie.

„Nun, von so einer Kleinigkeit werde ich mich nicht abschrecken lassen. Eins nach dem anderen. Zuerst muss ich die verdammte sowjetische Zone durchqueren und überhaupt nach Wiesbaden kommen. Um den Rest kümmere ich mich, wenn ich dort bin."

„Solltest du Victor nicht Bescheid sagen, dass du kommst?", fragte Marlene.

„Na ja, es ist ja nicht so, als könnte ich ihn anrufen, oder? Ein Brief wäre viel zu langsam. Ich werde dort sein, bevor die Post Berlin überhaupt verlässt."

„Das stimmt." Marlene starrte ihre Freundin an. „Er wird sich wahnsinnig über die Überraschung freuen."

„Danke." Bruni spürte, wie die Anspannung von ihr abfiel. Insgeheim hatte sie sich gefragt, ob sie das Richtige tat. Victor war nicht der spontane Typ, sondern plante gerne alles wochenlang im Voraus.

„Wann reist du ab?"

„Morgen früh."

„So bald schon?" Marlene runzelte die Stirn. „Ich werde dich vermissen."

„Ich bin ja nicht für immer weg", versicherte ihr Bruni, obwohl sie nicht wusste, wie oder wann sie nach Berlin zurückkehren würde. Oder ob sie das überhaupt wollte.

„Hast du wenigstens Zara angerufen, um sie über deine Ankunft zu informieren?"

„Ich habe es versucht, sowohl vom Kabarett als auch von zu Hause aus, habe aber keine Verbindung bekommen." Die Telefonleitungen zwischen Berlin und der amerikanischen Zone waren extrem unzuverlässig. Die Kupferkabel waren ständig überlastet und gaben zudem den militärischen Gesprächen Vorrang.

„Ich dachte, diese neue Richtantenne, die das Postamt vor einigen Tagen installiert hat, würde die Lage verbessern ..."

Marlene fuhr sich mit der Hand durchs Haar.

„Wahrscheinlich funktioniert sie nicht, weil es zu kalt ist."

„Ich glaube nicht, dass diese Technologie anfällig für Temperaturen ist."

„Was weiß ich. Auf jeden Fall bin ich nicht durchgekommen."

„Victor würde das wissen", sagte Marlene.

„Siehst du? Noch ein Grund, ihn zu sehen. Ich lass dich wissen, was er über die Situation mit der Richtantenne sagt." Bruni kicherte und schenkte sich gerade ein weiteres Glas des mitgebrachten Rotweins ein, als die Tür aufging und Marlenes Mitbewohnerin Lotte eintrat. „He, was gibts denn zu feiern?"

„Ach, nichts." Bruni zuckte die Achseln.

„Wieso dann der Wein?" Lotte kannte Bruni noch nicht lange genug, um zu wissen, dass sie immer Dinge hatte, die sich andere nicht leisten konnten und selten ohne ein Gläschen Wein anzutreffen war.

„Wisst ihr was? Ich finde, wir sollten wirklich feiern." Marlene bedeutete Lotte, sich zu ihnen aufs Sofa zu setzen. „Nimm dir ein Glas."

„Worauf stoßen wir an?", fragte Lotte.

Bruni tauschte einen Blick mit Marlene, der sie daran erinnern sollte, dass ihre Reise nach Westdeutschland streng geheim war. Dann zuckte sie mit den Schultern. „Darauf, dass wir ein schreckliches Jahr überstanden haben und noch am Leben sind?"

Lotte brach in Kichern aus. „Echt? Na, gut. Darauf stoßen wir an. Gott weiß, ich habe sonst nichts zu feiern."

„Noch immer kein Wort von deinem Verlobten?", fragte Bruni. Lotte wartete verzweifelt auf Neuigkeiten über ihren Freund Johann, der in russischer Kriegsgefangenschaft war.

Lotte schüttelte den Kopf. „Nein. Jeden Tag werden weitere Gefangene freigelassen. Ich hoffe, dass er eines Tages plötzlich vor der Tür steht."

„Das wird er bestimmt." Marlene nahm ihre Hand, und Bruni hob ihr Glas. „Trinken wir auf Johanns baldige Rückkehr."

Wenn Bruni darüber nachdachte, war sie in einer viel besseren

Situation als Lotte, die nicht einmal sicher wusste, ob Johann noch lebte, geschweige denn, wo er war und wann er zurückkehren würde.

Nachdem sie ihr Glas geleert hatte, stand Bruni auf und umarmte ihre Freundin. „Ich muss los, ich will nicht zu spät zur Arbeit kommen." Sie musste noch mit Herrn Schuster sprechen und ihn um Urlaub bitten, obwohl sie vorhatte, die Reise in jedem Fall anzutreten, egal, welche Antwort er ihr gab.

„Pass auf dich auf." Marlene umarmte sie fest, während Lotte ihnen einen misstrauischen Blick zuwarf und murmelte: „Ihr zwei führt etwas im Schilde, ich kann es geradezu riechen."

KAPITEL 15

Victor sah zu, wie die Krankenschwester sein Bein nach oben dehnte, was ziemlich schmerzhaft war. „Au!", rief er, als sie es übertrieb.

„Genug für heute." Sie legte sein Bein ab. „Der Arzt sollte in ein paar Minuten hier sein. Ich komme morgen wieder."

„Prima", sagte er ohne Begeisterung. Er hasste es, im Krankenhaus zu sein. Nach seiner Ankunft in Wiesbaden war er mehrmals operiert worden, um die zertrümmerten Knochen in seinen Unterschenkeln zu richten. Damit waren all seine Hoffnungen zunichte, diesen Ort innerhalb weniger Tage verlassen zu können.

Herumzuliegen und nichts tun zu können trieb ihn in den Wahnsinn. Doch die Krankenschwester hatte sich geweigert, ihm einen Zeichenblock bringen zu lassen, damit er an einigen technischen Problemen arbeiten konnte. Der Arzt hatte völlige Bettruhe angeordnet und die Beschäftigung mit Arbeitsproblemen verhinderte angeblich die Heilung seiner Knochen. Gott sei Dank war Victor kein Mediziner, denn sein technischer Verstand machte es ihm unmöglich, einen solchen Aberglauben ernst zu nehmen.

Die Tür öffnete sich und der Arzt kam herein, eine

willkommene Abwechslung in Victors langweiligem Dasein. „Wir mussten einen sogenannten Küntscher-Nagel in Ihren linken Unterschenkel einsetzen, um den Knochen zu stabilisieren."

„Einen Stahlnagel?", fragte Victor ungläubig. Das musste mit das Lächerlichste sein, was er je gehört hatte. Sicherlich wollte der Arzt ihn veräppeln.

„Ja. Eines der wenigen guten Dinge, die Deutschland hervorgebracht hat. 1939 hat ein Arzt namens Gerhard Küntscher einen komplizierten Oberschenkelbruch mit einem Stahlnagel behandelt. Er war damit so erfolgreich, dass sich die Technik nach dem Krieg weltweit verbreitet hat."

„Bin ich jetzt eine Art Automat mit Ersatzteilen aus Metall?", versuchte Victor sich an einem Scherz über seinen Zustand.

„Nur vorübergehend. In einigen Monaten entfernen wir den Nagel wieder."

„Oh." Der Gedanke an einen weiteren langen Krankenhausaufenthalt mit noch mehr Operationen behagte Victor gar nicht, doch anscheinend interessierte sich niemand für seine Meinung. Er wurde ja nicht einmal gefragt.

„Draußen sind zwei Militärpolizisten, die darauf bestehen, mit Ihnen zu sprechen. Soll ich sie hereinlassen?", fragte der Arzt.

„Natürlich", antwortete Victor, der nach jeder Abwechslung von der langweiligen Krankenhausroutine lechzte.

„Gut, aber sie sollen es kurz machen." Der Arzt öffnete die Tür und winkte zwei Männer herein, die an Victors Krankenbett traten.

„Lieutenant Richards, wir haben noch ein paar Fragen", sagte einer von ihnen.

„Schießen Sie los."

„Erinnern Sie sich inzwischen an das Gesicht des Fahrers, der den Unfall verursacht hat?"

Victor schüttelte den Kopf. „Nein. Jedes Mal, wenn ich versuche, es mir in Erinnerung zu rufen, passiert dasselbe: Ich kann das Fahrzeug und den Fahrer sehen, aber wo sein Gesicht sein sollte, ist nur grauer Nebel."

Victor blickte zum Arzt, der im Zimmer geblieben war, um seinen Patienten zu überwachen. „Jede Nacht träume ich davon. Ich steige in den Jeep und sehe helle Lichter direkt auf mich zukommen. Ich höre, wie Metall gegen Metall schrammt, und spüre, wie das Fahrzeug die Böschung hinunter in den See rollt. Ich kann durch die Windschutzscheibe in das andere Fahrzeug sehen. Ich kann sogar erkennen, dass der Fahrer ein dunkles Hemd trägt."

„Kommt er Ihnen bekannt vor?"

„Ich weiß es nicht. Manchmal denke ich, dass ich ihn kenne, aber wenn ich versuche, ihn genauer zu sehen, löst er sich auf", sagte Victor frustriert. „Ich verstehe nicht, wieso ich mich nicht erinnern kann."

„Das kommt mit der Zeit. Auch die Albträume und Schweißausbrüche werden mit der Zeit verschwinden", versicherte ihm der Arzt.

„Wenn Sie sich an irgendetwas erinnern, melden Sie sich im Hauptquartier, dann befragen wir Sie noch einmal", sagte der Militärpolizist.

„Mache ich. Ich will, dass der Schuldige für das bezahlt, was er mir angetan hat."

„Was das angeht: Wir haben Grund zu der Annahme, dass es sich um ein Attentat der Sowjets handelt. Deshalb haben wir Sie aus Berlin ausgeflogen."

„Was?"

„Es war dort nicht mehr sicher für Sie. Und obwohl Sie außerhalb der sowjetischen Zone viel besser geschützt sind, wollen wir Ihren Aufenthaltsort geheim halten. Sie dürfen deshalb mit niemandem sprechen, der keine Sicherheitsfreigabe hat."

Es dauerte einige Augenblicke, bis Victor begriff, dass er nicht nur unter Hausarrest stand, sondern es ihm auch verboten war, Besucher zu empfangen. „Was ist mit meiner Verlobten? Darf ich wenigstens ihr Bescheid sagen?"

„Ist das diese Sängerin in Berlin?"

„Ja, genau."

„Es tut mir leid, aber das geht nicht. Wir sind nicht hundertprozentig sicher, dass sie nicht mit der Sache zu tun hat."

„Das ist doch lächerlich! Bruni würde niemals so etwas tun!" Er wollte sich im Bett aufsetzen, aber der Schmerz in seinen Rippen ließ ihn zurück in die Kissen sinken.

Der Arzt wies die Militärpolizisten zurecht: „Ich sagte, keine Aufregung. Der Patient braucht absolute Ruhe."

„Verzeihung", sagte der Militärpolizist zum Arzt, bevor er sich wieder Victor zuwandte. „Uns sind die Hände gebunden, da sie eine deutsche Zivilistin ist und sich in Berlin aufhält."

„Können Sie ihr wenigstens sagen, dass ich lebe?", fragte Victor mit einem tiefen Seufzer der Resignation.

„Ich bin sicher, das weiß sie schon, denn es ist ihr irgendwie gelungen, eine Besuchserlaubnis für das Krankenhaus in Berlin zu bekommen. Zum Glück kam sie zu spät, weil Sie bereits auf dem Weg zum Flughafen waren."

Victor teilte seine Meinung nicht, dass das ein Glück gewesen sein sollte. Er machte ein niedergeschlagenes Gesicht und der zweite Militärpolizist, der bis dahin nichts gesagt hatte, fügte mitleidig hinzu: „Sie dürfen Ihre Verlobte kontaktieren, sobald wir den Schuldigen gefasst haben."

„Kann ich wenigstens Besuch von einem Kameraden bekommen?", fragte er.

„Von wem?"

„Glenn Davidson, Captain der Air Force und einer der Piloten der Luftbrücke. Er ist hier in Wiesbaden stationiert. Wir waren unmittelbar vor dem Unfall zusammen und er hat mir das Leben gerettet, indem er mich aus dem Wasser gezogen hat. Wenn ich ihn sehe, hilft das vielleicht meinem Gedächtnis auf die Sprünge."

Der Polizist warf dem Arzt einen Blick zu. Dieser nickte und sagte: „Aus medizinischer Sicht könnte das tatsächlich hilfreich sein."

„Gut, dann erteilen wir Captain Davidson die Erlaubnis, Sie zu besuchen."

Mit diesen Worten waren die beiden verschwunden. Victor blieb allein zurück und fühlte sich elend – nicht nur wegen seiner Verletzungen, sondern vor allem, weil er Bruni nicht kontaktieren durfte.

Am nächsten Tag öffnete sich die Tür und Glenn schlenderte herein. „Du schaust ja ganz schön deprimiert aus der Wäsche."

Victor schnaubte. „Würdest du auch, wenn du Hausarrest hättest und keinen Besuch empfangen darfst."

„Bin ich etwa kein Besuch? Die haben sogar den Dienstplan geändert, damit ich herkommen kann." Glenn grinste. „Wie sind die Krankenschwestern so?"

Unter normalen Umständen hätte Victor das Kissen nach Glenn geworfen, aber da jede Bewegung schmerzte, sah er davon ab. „Sie wollen Bruni nicht sagen, wo ich bin."

„Habe ich schon gehört."

„Dann hat man dir also von diesem lächerlichen Verdacht erzählt, dass jemand ein Attentat auf mich verübt hat?"

Glenns Augen verengten sich und sein sonst so fröhliches Gesicht wurde ernst. „Das ist gar nicht lächerlich. Zara hat mir erzählt, dass das Halbkettenfahrzeug direkt auf deinen Jeep zugefahren ist und hinterher hat der Fahrer geschrien: ‚Lass uns in Ruhe, verdammter Ami! Niemand hindert uns daran zu senden.'"

Victor spürte, wie ihm das Blut aus dem Gesicht wich. „Ach du liebe Scheiße! Wenn das wahr ist ..."

„Warum sollte sie sich so was ausdenken?"

„Hat sie es der Militärpolizei gesagt?"

Glenn schüttelte den Kopf. „Nach dem, was sie durchgemacht hat, hat sie viel zu viel Angst vor der Polizei. Aber Bruni hat es am Tag nach dem Vorfall gemeldet."

„Deshalb wollten sie mich unbedingt aus Berlin herausholen."

„Und aus Deutschland. Anscheinend wirst du in die Staaten ausgeflogen, sobald du das Bett verlassen darfst."

Eine Welle der Frustration brach über Victor zusammen. Er musste unbedingt vorher mit Bruni sprechen.

„Mann, du musst mir helfen. Ich muss Bruni wissen lassen, was los ist, sonst sehe ich sie vielleicht nie wieder."

„Warum schreibst du ihr nicht einen Brief?"

„Darf ich nicht. Vor allem darf niemand wissen, wo ich bin."

„Wenn du ihr sagst, dass es dir gut geht und keinen Ort nennst, dann nehme ich den Brief persönlich mit nach Berlin und kümmere mich drum, dass sie ihn bekommt."

„Mann, du bist ein wahrer Freund. Wie kann ich dir bloß danken?"

Glenn grinste. „Stimmt es, dass du ihretwegen diese verflixten Funktürme hast sprengen lassen?"

„Na ja, zum Teil. Ich meine, sie hat mich auf die Idee gebracht, aber es war nicht schwer, den französischen Kommandanten davon zu überzeugen, den Befehl zu geben. Wahrscheinlich hätte er es sowieso getan, halt nur ein paar Wochen später."

„Dich hats echt schwer erwischt."

„Ich liebe diese Frau von ganzem Herzen." Victor spürte, wie eine Glückseligkeit seine schmerzenden Knochen erwärmte.

Glenn fischte Stift und Papier aus seiner Brusttasche und reichte sie Victor. „Hier. Sag ihr, dass es dir gut geht, aber beeil dich."

„Danke, Kumpel."

Meine geliebte Bruni,

bitte sei versichert, dass es mir gut geht. Ich kann es kaum erwarten, Dich wieder in die Arme zu schließen. Was auch immer geschieht, ich werde Dich kontaktieren und wir werden heiraten.

In ewiger Liebe

Victor

Er las den Brief noch einmal, faltete ihn zweimal und reichte ihn Glenn.

„Fertig?", fragte dieser.

Victor nickte. „Danke, dass du das für mich tust."

„Kein Problem. Jetzt ruh dich aus. Ich schau wieder vorbei, sobald es der Dienstplan zulässt."

Als Glenn das Zimmer verlassen hatte, sah Victor aus dem Fenster und fragte sich, was Bruni wohl gerade tat. Eine Nachteule wie sie war vermutlich noch gar nicht wach. Ein Lächeln überzog sein Gesicht, als er sich ihren schlanken Körper vorstellte, der nur halb unter der Bettdecke verborgen lag.

KAPITEL 16

Mächtig stolz darauf, dass sie sich nur fünf Minuten verspätet hatte, erreichte Bruni völlig außer Atem den Parkplatz des Kabaretts. Er war leer bis auf einen Laster in der hinteren Ecke, der ihre Fahrgelegenheit durch die sowjetische Besatzungszone sein musste.

Sie hatte sich große Mühe mit ihrem Aussehen gegeben, um Victor zu beeindrucken, wenn sie ihn heute Abend endlich wiedersah. Während sie versuchte, über eine Pfütze zu steigen, ohne ihre Zwölf-Zentimeter-Absätze zu beschmutzen, zog sie ihr hautenges, cremefarbenes, paillettenbesetztes Kleid ein wenig unter dem Mantel hoch. Innerlich verfluchte sie Heinz für die Idee, Otto hier zu treffen.

Niemand war zu sehen, was angesichts der unchristlichen Tageszeit keine Überraschung war. Das Kabarett öffnete seine Türen für die Öffentlichkeit erst am frühen Abend und selbst das Küchenpersonal, das immer als erstes zur Arbeit kam, erschien nicht vor Mittag.

Sie konzentrierte sich darauf, den Pfützen auf dem geschotterten Platz auszuweichen, als eine tiefe Stimme sagte: „Mann, ich fress 'nen Besen, wenn das nich' die Sängerin ist."

Sie blickte zu dem Mann auf, der ein paar Meter von ihr

entfernt stand. Ein raubeiniger Kerl, groß, breitschultrig, mit viel zu langem Haar und Dreitagebart. Trotz der Kälte trug er nur ein Hemd, dessen obere Knöpfe offenstanden. Dickes Brusthaar lugte hervor und eine Tätowierung kroch aus dem Hemdkragen an der Seite seines Halses hinauf.

„Sie wissen nicht zufällig, wo ich Otto finde?“, fragte sie.

„Der steht vor dir.“

„Sehr witzig. Ich bin hier mit ihm verabredet.“ Sie wollte um ihn herum zum Hintereingang gehen, doch er stellte sich ihr mit vor Belustigung funkelnden Augen in den Weg.

„Wenn du Bruni bist, dann bin ich dein Mann.“

Die Erkenntnis sickerte in ihre grauen Zellen und sie konnte gerade noch rechtzeitig ein bestürztes Aufstöhnen unterdrücken. Als Heinz von einem Lastwagenfahrer gesprochen hatte, hatte sie nicht ... so jemanden erwartet. Doch wenn sie ehrlich war, sahen alle Lastwagenfahrer, denen sie bisher begegnet war, genau so aus. Wieso also hatte sie erwartet, ihrer sei anders? Sie zwang sich zu einer freundlichen Miene und reichte ihm die Hand. „Freut mich, dich kennenzulernen. Ich bin dann wohl dein Passagier.“

Er musterte sie von Kopf bis Fuß, bevor sein Blick auf ihre hohen Absätze fiel. „Wo willst du eigentlich mit den Dingern hin?“

„Das geht dich gar nichts an.“ Gott, was war er doch für ein ungehobelter Kerl. Victor sollte sich lieber unendlich dankbar zeigen für die vielen Opfer, die sie seinetwegen brachte.

„Das geht mich sehr wohl was an, wenn du bei mir mitfährst. Diese Dinger taugen vielleicht für die Bühne, aber nicht für eine Fahrt in meinem Laster.“

„Das ist dein Problem, nicht meins.“ Bruni konnte diese Art von Mann nicht ausstehen. Offenbar glaubte er, die Welt gehöre ihm und alle, sie eingeschlossen, müssten sich ihm unterordnen.

„Und ob das mein Problem ist, wenn die Sowjets uns anhalten. Wenn du angezogen bist wie eine Dirne, werden die Soldaten dich auch begrapschen wollen.“ Er grinste dreckig.

„Ich weiß nicht, was dich das angeht, aber wenn es nötig ist, dass du mein Aussehen genehmigst, bitte schön." Sie öffnete ihren Pelzmantel und drehte sich aus reiner Boshaftigkeit einmal um sich selbst, damit er sich ein ausführliches Bild machen und geifernd ihre Kurven bewundern konnte.

„In diesem Aufzug nehme ich dich nicht mit."

„Verzeihung?", fragte Bruni hochmütig.

„Du hast mich schon verstanden", sagte Otto. „Also, wenn du mitfahren willst, schlage ich vor, dass du dich umziehst. Und zwar dalli."

„Ich ziehe mich ganz sicher nicht um ... Otto, nicht wahr? Was ich anhabe, ist völlig einwandfrei."

„Vielleicht fürs Kabarett, aber nicht, wenn du unbemerkt durch die sowjetische Zone fahren willst."

Sie schaute auf das Kleid hinunter, das sie an diesem Morgen ausgesucht hatte. Glitzernde Pailletten waren in wirbelnden Mustern auf Mieder und Rock genäht. Sie mochte es, weil es das Platinblond ihrer Haare hervorhob und ihre Augen tiefblau schimmern ließ. Der karamellfarbene Pelzmantel, den sie darüber trug, war nicht nur wunderschön, sondern auch sehr warm.

Mit störrischer Miene verschränkte sie die Arme vor der Brust und sagte: „Ich habe gut bezahlt, also nimmst du mich mit, ob dir mein *Aufzug* nun passt oder nicht. Wenn dir dieses Kleid missfällt, bezweifle ich im Übrigen, dass etwas anderes von dem, was ich eingepackt habe, deine Zustimmung finden wird." Sie hielt ihren Koffer hoch, um ihre Worte zu unterstreichen. „Die Overalls und Gummistiefel sind mir gerade ausgegangen."

Ohne ihn eines weiteren Blickes zu würdigen, stapfte sie zur Beifahrerseite des Lastwagens und mühte sich ab, in die Fahrerkabine zu klettern, bis sie eine Hand am Hintern spürte, die sie hinaufschob. Kaum hatte sie ihr Gleichgewicht wiedererlangt, drehte sie sich mit einer bissigen Bemerkung auf der Zunge um, doch Otto war bereits verschwunden.

Wenige Augenblicke später setzte er sich hinters Lenkrad und schmunzelte: „Hättest doch besser was Praktischeres anziehen sollen."

„Ich bin nicht praktisch veranlagt."

„Wär mir gar nicht aufgefallen. Also, tu mir einen Gefallen und verlass auf gar keinen Fall die Fahrerkabine."

„Ich habe gewiss nicht die Absicht, mich mit deinen Lastwagenfahrerkumpels bekannt zu machen."

Er warf ihr einen Seitenblick zu, als wollte er etwas sagen, schwieg jedoch. Bruni entspannte sich ein wenig und lehnte sich im Sitz zurück. Wenn dieser Otto keinen Wert darauf legte, sich mit ihr zu unterhalten, konnte sie genauso gut ihren verpassten Schönheitsschlaf nachholen.

„Aufwachen." Er stupste sie an der Schulter und blies ihr Zigarettenrauch ins Gesicht. „Wir sind gleich am Kontrollpunkt zur sowjetischen Zone. Knöpf besser deinen Mantel zu und mach ein freundliches Gesicht."

„Ich weiß, wie man mit Soldaten umgeht", erwiderte sie, verärgert über seine herablassende Art. Glaubte er etwa, sie sei als gefeierte Kabarettsängerin zur Welt gekommen? Der Mann hatte ja keine Ahnung! Statt sie dafür zu verurteilen, dass sie sich aus der Armut und dem Elend ihrer Jugend hochgearbeitet hatte, sollte er lieber sein eigenes Dasein unter die Lupe nehmen und sich überlegen, warum er in der Gosse geblieben und Lastwagenfahrer geworden war.

Mit einer Hand das schwere Fahrzeug lenkend, blies er eine Rauchwolke in die Luft. Das Verlangen nach einer Zigarette überkam sie und sie wartete einige Minuten darauf, dass er ihr eine anbot. Ihre eigenen waren im Koffer, der nun unerreichbar hinter dem Sitz verstaut war.

Doch der ungehobelte Kerl hatte natürlich keine Ahnung von guten Manieren, also fragte sie schließlich: „Hast du auch eine für mich?"

„Extras sind nicht im Fahrpreis enthalten."

Schon setzte sie zu einer vernichtenden Antwort an, als sie das verschmitzte Zwinkern seiner Augen bemerkte. Unter anderen Umständen hätte sie seinen Humor zu schätzen gewusst, aber nach ihrem schlechten Start heute Morgen, machte sie das nur noch wütender. Selbst als er ihr eine brennende Zigarette reichte, war sie weiterhin sauer.

KAPITEL 17

Es war das erste Mal, dass Otto einen Passagier mitnahm. Weil die meisten seiner Fahrten nicht ganz legal waren, arbeitete er normalerweise allein. Eine weitere Person dabeizuhaben, erhöhte die Gefahr, einen Fehler zu machen und erwischt zu werden. Außerdem neigten die Sowjets dazu, pro Person abzurechnen, sodass jede Kontrolle doppelt so teuer wurde.

Nur Heinz' äußerst großzügige Bezahlung hatte ihn bewogen, eine Ausnahme zu machen. Aber Scheiße noch mal, ein dermaßen verwöhntes Weibsbild war ihm noch nie untergekommen. Er war sich nicht sicher, ob er sie nicht vor der Ankunft in Fulda erwürgen und ihre Leiche irgendwo am Wegesrand verscharren würde.

Von dem Moment an, als sie in ihrem glitzernden Bühnenfummel aufgekreuzt war, hatte er gewusst, dass sie nur Ärger machen würde. Natürlich hatte er sie sofort als die Solosängerin des Kabaretts erkannt, hütete sich jedoch davor, ihr zu sagen, wie sehr er ihre außergewöhnliche Stimme bewunderte. Sie war auch so schon hochnäsig genug.

Allerdings gefielen ihm ihre schlagfertigen Erwiderungen und dass sie sich nichts gefallen ließ. Unter anderen Umständen hätten sie vielleicht Freunde werden können. Sein Stolz jedoch ließ es nicht zu, das eisige Schweigen zu brechen, also wartete er darauf, dass sie den ersten Schritt tat. Eine Entschuldigung zum Beispiel wäre nett, auch wenn er nicht ernsthaft erwartete, dass sie so viel Anstand hatte.

Tief in Gedanken versunken starrte er auf das Armaturenbrett, schreckte auf und blinzelte mehrmals, aber nichts änderte sich. Die Nadel auf der Temperaturanzeige stieg rasend schnell und hatte fast das Ende der Skala erreicht.

Er fluchte und blinzelte noch einmal. Dann schlug die Nadel an und kam zitternd zum Stehen.

„Was ist los?", fragte Bruni.

„Weiß nicht, die Temperatur ist zu hoch."

„Echt? Mir ist immer noch kalt", sagte sie und wickelte ihren Pelzmantel enger um sich.

Otto verdrehte nur die Augen, denn er hatte weder Zeit noch Lust, Fräulein Hochmütig zu erklären, dass er von der Motortemperatur sprach. Wahrscheinlich würde sie dann fragen, was ein Motor war. Also bremste er wortlos und hielt am Straßenrand.

„Bleib im Wagen. Ich seh mal nach", sagte er, schnappte sich seine Jacke und sprang hinunter in den Schneematsch. Er öffnete die Motorhaube und verschwand darunter.

„Und?", fragte Bruni hinter seiner linken Schulter.

„Ich hab doch gesagt, du sollst im Wagen bleiben!"

„Ich dachte, ich kann vielleicht helfen. Was genau ist das Problem?", fragte sie und stakste wie ein Storch über die vereisten Stellen am Boden.

Otto schaute die Straße rauf und runter. Zum Glück waren keine anderen Autos zu sehen. Das Letzte, was er gebrauchen konnte, war, dass die falschen Leute Zeuge von der Vorstellung wurden, die Bruni in ihren hohen Absätzen und ihrem Glitzerkleid gab.

„Hör mal, Frollein, wir wollen wirklich keine Aufmerksamkeit auf uns lenken. Steig jetzt wieder ein."

„Ich muss mir die Beine vertreten. Es ist nicht gerade bequem da drin."

„Tut mir leid, dass ich keine Limousine zur Verfügung stellen konnte. Kannst du bitte wenigstens den Mantel zuknöpfen?"

Brunis Miene verlor den störrischen Ausdruck, als er das Wort „bitte" verwendete. Er schmunzelte über die Tatsache, dass er einen Weg gefunden hatte, wie sie seinen Aufforderungen nachkam. Selbst die hochmütigste Frau hatte eine Schwäche. Sie knöpfte den Mantel zu und fragte: „Zufrieden?"

„Ja, sehr." Er war es nicht, aber mehr konnte er wohl nicht erwarten. Je schneller sie weiterfuhren, desto geringer war die Gefahr, dass sie die falsche Art von Aufmerksamkeit auf sich zog.

Deshalb steckte er den Kopf wieder unter die Motorhaube und entdeckte bald einen gerissenen Keilriemen. „Na, großartig." Ohne den Riemen überhitzte der Motor und würde Schaden nehmen, aber einen Ersatzriemen hatte er nicht dabei. Wenn er den Motor abkühlen ließ und dann mit geringer Geschwindigkeit zur nächsten Werkstatt kroch ...

„Hast du das Problem gefunden?", fragte Bruni.

„Hör mal, Fräulein ..." Er sah auf, um ihr ordentlich die Meinung zu geigen, als ihre langen Beine seine Aufmerksamkeit erregten. „Trägst du Nylonstrümpfe?"

„Was ist das denn für eine Frage? Jede anständige Frau tut das."

„Was bin ich doch für ein Glückspilz, dass ich eine anständige Frau auf dem Beifahrersitz habe. Bist du so freundlich und gibst mir einen deiner Strümpfe?"

„Ganz sicher nicht." Sie warf ihm einen finsteren Blick zu, und er konnte nicht anders, als über ihre Kapriolen zu lachen.

„Keine Angst, ich bin nicht an dir interessiert. Der Keilriemen ist gerissen, und ich brauche einen Ersatz, damit wir es bis zur nächsten Werkstatt schaffen."

Sie warf ihm einen verwirrten Blick zu. „Warum baust du das Ersatzteil nicht einfach ein?"

„Die Sache ist die, Fräulein, ich hab keins dabei. Einer deiner Strümpfe hingegen würde einen prima Keilriemen abgeben."

Ihre Augen wurden groß wie Untertassen, als sie verstand, was er meinte. „Weißt du eigentlich, was die kosten?"

„Nein, tut mir leid. Heißt das, du ziehst es vor, hier zu sitzen und ein paar Stunden zu warten, bis das nächste Polizeiauto vorbeikommt?"

„Nicht nötig", sagte sie hastig. Er verspürte einen Anflug von Genugtuung über ihr offensichtliches Unbehagen, obwohl es ihm unbegreiflich war, wie jemand so sehr an diesen dünnen und durchsichtigen Dingern hängen konnte, die einen nicht einmal warmhielten. Sie blickte sich fragend um.

„Was ist denn jetzt schon wieder das Problem?", fragte Otto.

„Wo kann ich mich umziehen? Oder soll ich hier im Freien eine Vorstellung geben?"

Ein Schnaufen entwich seiner Kehle. „Hätte nicht gedacht, dass dir das was ausmacht. Du kannst in den Laderaum." Er ging um den Laster herum, öffnete die Tür für sie und half ihr hinauf.

Kurz darauf reichte sie ihm einen ihrer Strümpfe durch den Türspalt. Otto pfiff anerkennend durch die Zähne, als er das feine, schimmernde Material in den Händen hielt. Die Riemenscheiben seines Motors hatten noch nie einen feineren Keilriemen gesehen.

Als er sicher war, dass sie ihre Fahrt bis zur nächsten Werkstatt fortsetzen konnten, wischte er sich die Hände an einem Lappen ab und setzte sich wieder hinters Steuer. Bruni saß zitternd mit einem komischen Gesichtsausdruck auf dem Beifahrersitz.

„Sobald wir fahren, geht die Heizung wieder an", sagte er mitleidig.

Sie antwortete erst, als sie schon einige Minuten unterwegs waren. „Weißt du eigentlich, was du geladen hast?"

Otto zuckte mit den Schultern. „Alte Möbel."

„Zwischen den alten Möbeln befinden sich wertvolle Antiquitäten und vermutlich auch Gemälde."

„Woher willst du das wissen?" Otto hatte Besseres zu tun, als über seine Ladung zu diskutieren.

„Na, ich erkenne einen Biedermeierschrank, wenn ich ihn sehe. Oder einen Tisch, der Sanssouci Ehre gemacht hätte."

„Und was willst du mir damit sagen?"

„Ich bin mir hundertprozentig sicher, dass das Schmuggelware ist. Wahrscheinlich wurden die Sachen von den Nazis aus irgendeinem Museum gestohlen und sollen jetzt an einen reichen Investor in Übersee verscherbelt werden."

„Fräulein, ich enttäusche dich nur ungern, aber wer, glaubst du eigentlich, würde jemanden aus Berlin hinausschmuggeln?" Er warf ihr einen Seitenblick zu und genoss den erschrockenen Ausdruck auf ihrem Gesicht. „Nein, antworte nicht. Falls du es noch nicht gemerkt hast, ich bin ein Blockadebrecher. Normalerweise transportiere ich Lebensmittel aus der Sowjetzone nach Westberlin. Das ist meine Art, den Russen den Stinkefinger zu zeigen. Aber hin und wieder transportiere ich auch anderes Zeugs. Das ist meine Arbeit: Ich bringe Dinge von A nach B und stelle keine Fragen."

Sie starrte ihn an, wobei ihr die Sorge deutlich ins Gesicht geschrieben stand. „Was passiert, wenn die Sowjets dich erwischen?"

„Nichts. Die Grenzer werden geschmiert, damit sie ein Auge zudrücken und mich passieren lassen. Das kommt ihnen ebenso zugute wie mir, denn die einfachen Soldaten verdienen nicht viel."

Sie schien mit seiner Antwort zufrieden zu sein, denn sie lehnte sich in ihrem Sitz zurück und schloss die Augen. Es gab keinen Grund, sich Sorgen zu machen. Er arbeitete schon seit der Kapitulation vor fast vier Jahren in dieser Branche und kannte sich aus. Die Blockade war ein Geschenk des Himmels; sie hatte ihm mehr Aufträge beschert, als er bewältigen konnte.

„Aber das hier ist anders", sagte sie plötzlich einige Minuten später.

„Was ist anders?"

„Das Zeug, das du transportierst."

Er schnauzte sie an: „Kannst du dich nicht einfach zurücklehnen und den Mund halten?"

„Die Amerikaner drücken vielleicht ein Auge zu, wenn es um Lebensmittelschmuggel geht, aber bei gestohlener Kunst werden sie hellhörig. Ganz zu schweigen von den Russen mit ihrer Fixierung auf alles, was sie als Kulturgut betrachten. Das ist natürlich ihre Art zu sagen, dass sie die Gegenstände beschlagnahmen und nach Moskau verschiffen wollen."

„Niemand wird was merken."

„Ich habe nicht einmal eine Minute gebraucht." Ihr triumphierendes Lächeln wurmte ihn.

„Nur weil du dich aufs Sofa gesetzt hast." Er musste einen Blick riskieren, um herauszufinden, ob sie auch den zweiten Strumpf ausgezogen hatte, konnte aber nichts erkennen, weil sie den Mantel fest um sich gewickelt hatte.

„Jeder Idiot würde es merken. Wenn du Glück hast und die Grenzposten so dumm sind, wie du glaubst, dann kommst du vielleicht damit durch. Aber wenn sie auch nur halbwegs Grips haben, werden sie sich die Gelegenheit nicht entgehen lassen, eine Menge Geld zu verdienen."

Diese Schlussfolgerung gefiel ihm ganz und gar nicht, und er dachte über ihre Worte nach. Er wusste genau, was passieren würde, sollten die Antiquitäten entdeckt werden. Die Aussicht, für immer hinter Gittern zu landen, war nicht gerade verlockend.

„Verdammt noch mal." Er schlug mit der Hand aufs Lenkrad. „Ich wusste, dass da was nicht stimmt. Wir dürfen keinesfalls die Grenze zur amerikanischen Zone überqueren."

„Oh, nein! Bitte, tu das nicht", flehte Bruni ihn an.

„Du weißt aber schon, dass du auch verhaftet wirst, wenn ich hops gehe, oder?", fragte er. „Wer zum Teufel ist hinter dir her, dass du so was riskieren willst?"

„Niemand ist hinter mir her." Sie warf ihm einen empörten Blick zu. „Ich muss nur jemanden in Wiesbaden besuchen."

„Deine sterbende Mutter?" Er dachte an seine eigene Mutter. Auch wenn er und sie nicht immer miteinander auskamen und sie ihn nicht verstand, würde er doch alles für sie tun.

„Nein." Bruni schaute komisch und runzelte die Stirn. „Meine Eltern sind für mich schon lange tot."

Er ahnte, dass mehr dahintersteckte, aber widerstand dem Drang, sie auszufragen. Irgendetwas sagte ihm, dass Bruni die Krallen ausfahren würde, sollte er nachbohren. „Warum also die Eile?"

„Er ist Soldat. Wenn er nach Amerika zurückgeht, bevor ich in Wiesbaden bin, sehe ich ihn vielleicht nie wieder." Sie machte ein so verzweifelt-verträumtes Gesicht, dass seine Entschlossenheit, sie nicht zu mögen, dahinschmolz. Er hatte sie nicht für die Art von Frau gehalten, die sich unsterblich in einen Kerl verliebte. Er selbst war hoffnungslos romantisch, möglicherweise weil es für ihn niemals ein Happy End geben würde, denn seine Art von Liebe war verboten.

„Du scheinst diesen Mann wirklich zu lieben."

„Sehr sogar." Sie kicherte selbstironisch. „Ich weiß, das ist schwer zu glauben, wenn es von jemandem wie mir kommt. Glaub mir, ich habe genauso schockiert aus der Wäsche geguckt wie du, als mir klar wurde, was ich da zugelassen habe. Aber gegen wahre Liebe gibt es keine Medizin."

„Also gut, Fräulein. Der Keilriemen muss repariert werden. Wir machen bei einer Werkstatt Halt, bevor wir unsere Reise fortsetzen."

„Aber wir fahren weiter?", fragte sie.

„Vorerst ja." Er zog seine Zigarettenschachtel heraus und hielt sie ihr hin. „Magst du eine?"

„Danke." Sie bediente sich und ließ sich von ihm Feuer geben. Schweigend rauchten sie, jeder in seine eigenen Gedanken versunken.

KAPITEL 18

Bruni saß schweigend da, während Otto fuhr. Trotz des unangenehmen ersten Eindrucks war er gar kein so schlechter Kerl. Er konnte dem Typ Mann, mit dem sie sich normalerweise abgab, natürlich nicht das Wasser reichen, dennoch verbarg sich unter seiner harten Schale ein gutes Herz.

Sie fragte sich, ob er eine feste Freundin hatte oder in jeder Stadt eine andere, so wie ein Seemann ein Liebchen in jedem Hafen. War das nicht genau das, was alle Männer wollten? Sogar jemand wie Dean, der seine Frau innig liebte, brauchte eine Geliebte, die ihn während längerer Trennungen warmhielt.

Etwa eine Stunde später fuhren sie in einen kleinen Ort, wo Otto vor einer Tankstelle parkte, zu der auch eine Reparaturwerkstatt und eine Bar gehörten.

„Ich red mal mit dem Mechaniker. Geh solange rein und iss was. Das Essen ist hier gut und billig."

„Kommst du oft hierher?"

„Pannen versuche ich normalerweise zu vermeiden", grinste er. „Aber ich kenne sämtliche Kneipen entlang aller großen Straßen in der Sowjetzone."

Sie neigte den Kopf zur Seite. „Ich dachte, du wohnst in Berlin."

„Nee, Fräulein. Berlin ist für so feine Leute wie dich." Er warf seinen Zigarettenstummel auf den Boden und löschte die Glut mit seinem Absatz, bevor er in Richtung Werkstatt ging und Bruni sich selbst überließ.

Sie hatte keinen Hunger, aber einen Kaffee konnte sie gut gebrauchen. Allerdings musste sie sich, angesichts des schäbigen Äußeren der Bar, vermutlich mit einem Bier begnügen. Inzwischen war es fast Mittag und der Parkplatz stand voller Lastwagen.

Wenigstens war sie in dieser jämmerlichen Spelunke, die sich für ein Restaurant ausgab, nicht allein, selbst wenn Lastwagenfahrer ein bekanntermaßen lüsterner Haufen waren. Im Übrigen war es Brunis Spezialität, mit über die Stränge schlagenden Männern fertigzuwerden. Kaum betrat sie das Lokal, schlug ihr schon warme, rauchige Luft entgegen, die nach Gulaschsuppe und Bier roch.

Sie fühlte sich sofort wie zu Hause. Vor ihrer Anstellung im noblen Café de Paris hatte sie sich ihren Lebensunterhalt als Sängerin in vielen zwielichtigen Bars verdient. Hauptsache, man bezahlte sie für einen Auftritt, selbst wenn es nur mit einer Mahlzeit war, um ihren leeren Magen zu füllen. Zum Glück waren diese Zeiten lange vorbei. Dennoch verspürte sie einen Hauch von Nostalgie.

Es war nicht so, dass sie sich nach dem Leben von damals zurücksehnte. Vielmehr wurde sie daran erinnert, wie weit sie es gebracht hatte: vom Straßenkind, das vor dem Missbrauch durch den Vater weggelaufen war, zur vergötterten Starsängerin im besten Kabarett Berlins.

Sie hängte ihren Mantel an den Garderobenständer neben der Tür und ging geradewegs auf die lange Bar zu. Dabei war sie sich der Köpfe bewusst, die sich nach ihr umdrehten, als sie an den Gästen vorbeistolzierte und schließlich auf einen Barhocker kletterte.

„Einen Kaffee bitte."

„Tut mir leid, Schätzchen, der Kaffee ist uns gerade ausgegangen", sagte die vollbusige, müde wirkende Kellnerin.

„Gut, dann nehme ich ein Bier und einen Schnaps." Es war nie verkehrt, etwas Hochprozentiges zu bestellen, um jeglichen unangenehmen Geschmack oder Geruch wegzuspülen.

Es dauerte kaum mehr als eine Minute, bis der erste Mann zu ihr herüberscharwenzelte und sich an sie ranmachte. Gelangweilt von der meist wortkargen Fahrt mit Otto als einziger Gesellschaft, entschied sie, mitzuspielen.

Von Brunis Lächeln ermutigt, versammelten sich weitere Männer um sie, die der Fremden im Glitzerkleid imponieren wollten. Bruni war ganz in ihrem Element und genoss die Aufmerksamkeit in vollen Zügen.

„Was macht so ein hübsches Frollein beruflich?", fragte einer von ihnen.

Bruni klimperte mit den Wimpern, beugte sich vor und flüsterte: „Ich singe."

„Habt ihr das gehört, Jungs? Wir haben eine Nachtigall unter uns."

„Sing was für uns, Süße."

„Genau, zeig, was du kannst! Sing für uns!"

„Singen, singen, singen", grölten die Männer, und bevor Bruni protestieren konnte, hoben zwei von ihnen sie mitsamt Barhocker hoch und trugen sie in die Ecke, wo sie auf einer kleinen Bühne abgesetzt wurde. In einem schäbigen Lokal wie diesem gab es natürlich weder Klavier noch Mikrofon, aber so etwas brauchte Brunhilde von Sinnen auch nicht.

Mit ihrer geschulten Stimme konnte sie mühelos einen ganzen Saal füllen und eine Gruppe lärmender Männer zum Schweigen bringen. Ohne mit der Wimper zu zucken, schlüpfte sie in ihre Rolle als Unterhaltungskünstlerin, ergriff ein imaginäres Mikrofon und begann zu singen. Innerhalb weniger Augenblicke hing das Publikum verzückt an ihren Lippen. Was für eine angenehme Überraschung auf der ansonsten langweiligen Reise durch die triste Sowjetzone.

Bruni kletterte vom Barhocker, spazierte auf der Bühne herum, flirtete gekonnt mit ihrem Publikum und lachte in eine Kamera.

Von der Bewunderung der Männer mitgerissen, vergaß sie sogar, wo sie sich befand, und spulte ihr übliches Abendprogramm ab, angefeuert durch tosenden Applaus.

Nach einer Weile platzte Otto durch die Tür und stürmte wutentbrannt auf die Bühne: „Was glaubst du eigentlich, was du da machst?“

„Ich singe, oder wonach sieht es aus?“ Er hatte kein Recht, sich wie ein eifersüchtiger Liebhaber aufzuführen.

„Das sehe ich, du Wahnsinnige!“ Er packte ihr Handgelenk und zerrte sie hinter sich her Richtung Ausgang. Es war dermaßen demütigend, dass er sich verhielt, als gehöre sie ihm und als hätte er das Recht zu bestimmen, was sie tat oder sein ließ.

„Otto! Lass mich los!“ Bruni versuchte, sich aus seinem Griff zu befreien, aber seine Hände umklammerten sie wie ein Schraubstock. „Du ungehobelter Klotz, lass mich sofort los!“

Die Männer hinter ihnen, die gerade noch mit ihr geflirtet und ihr Talent bewundert hatten, feuerten nun Otto an und rieten ihm, sein Weibsbild an der kurzen Leine zu halten.

Bruni kochte vor Zorn. Wie konnte dieser Trampel es wagen, sie wie ein ungezogenes Kind zu behandeln? Schlimmer noch: Wieso wechselte ihr Publikum im Handumdrehen die Seiten? Daran konnte man wieder einmal sehen, dass Männern nicht zu trauen war. Außer vielleicht Victor, der die große Ausnahme war und sie noch nie enttäuscht hatte.

„Bitte, Otto, lass mich los“, flehte sie mit honigsüßer Stimme, was er geflissentlich ignorierte. Normalerweise fielen ihr die Männer zu Füßen, doch er schien gegen ihre Reize immun zu sein.

Ohne ihr Handgelenk loszulassen, schnappte er mit der anderen Hand ihren Mantel und schob sie durch die Ausgangstür. Erst als sie den Lastwagen erreicht hatten, lockerte er seinen Griff.

Nur um ihm zu zeigen, wie grob er mit ihr umgesprungen war, rieb sie sich das Handgelenk und stöhnte vor Schmerz. „Schau, was du angerichtet hast!“

„Es tut mir leid, ich wollte dir nicht wehtun.“ Wenigstens hatte er den Anstand, zerknirscht zu schauen. Aber gerade, als sie zu einer Tirade über sein inakzeptables Verhalten ansetzte, legte er seine große, nach Öl stinkende Hand auf ihren Mund und sagte: „Halt die Klappe, ja?“

Als sie zustimmend nickte, nahm er die Hand weg und schüttelte den Kopf. „Willst du unbedingt, dass wir verhaftet werden? Was hast du dir dabei gedacht? Wir wollen unauffällig bleiben und was machst du? Gehst in die erstbeste Bar und legst so einen Auftritt hin! Jeder Mann dort drin wird sich an dich erinnern, falls die Polizei kommt und Fragen stellt.“

„Mir war langweilig“, sagte sie und verschränkte trotzig die Arme vor der Brust, obwohl sie sich reumütig auf die Unterlippe biss. Ihr Verhalten war vermutlich nicht das klügste gewesen. Zumindest nicht, solange sie unter Vortäuschung falscher Tatsachen und mit einer Lastwagenladung Schmuggelware unterwegs war.

„Nach dem, was du vorher rausgefunden hast, solltest du froh sein, Langeweile zu haben. Dann bleiben wir beide vielleicht noch eine Weile am Leben“, schimpfte er.

„Ich schätze, wir verschwinden jetzt besser?“, meinte sie beschämt über das eigene Verhalten. Sie hatte nie vorgehabt, Otto in Gefahr zu bringen.

„Leider nicht. Die haben den Keilriemen nicht da und müssen ihn aus der nächsten Stadt holen, aber das geht während des Hochbetriebs im Restaurant nicht.“

Bruni schürzte die Lippen. „Und wo ist das Problem? Wir können doch mit deinem Laster hinfahren.“

Er schüttelte den Kopf. „Nee, noch eine Panne will ich nicht riskieren. Wir bleiben besser hier. Ich darf den Laster hinter der Werkstatt parken, wo man ihn von der Straße aus nicht sieht.“

Sie warf ihm einen misstrauischen Blick zu. „Wie lang genau wird es dauern, um dieses Dingsda zu reparieren?“

„Das Dingsda nennt man Keilriemen.“

„Danke, ich habe kein Bedürfnis, Automechaniker zu werden.“

„Und ich dachte, das käme als zweites Standbein für dich infrage.“

Sie musste lachen. „Gut, du hast gewonnen. Also, wie lange sitzen wir an diesem elenden Ort mitten in der Walachei fest?"

„Mindestens bis morgen früh."

„Was? Ich wollte heute Abend in Wiesbaden sein", japste sie.

„Tut mir leid, wenn das nicht in deine Reisepläne passt. Selbst wenn wir großes Glück haben, ist der Laster nicht vor Einbruch der Dunkelheit repariert. Ich würde lieber nicht nachts fahren. Da sind zu viele gelangweilte Polizisten unterwegs."

„Dann müssen wir hier übernachten?" Bruni malte sich schon aus, wie sie auf dem Beifahrersitz schlafen und den Armeeschlafsack, den sie in der Fahrerkabine gesehen hatte, mit Otto teilen musste. Was für eine grauenhafte Vorstellung.

„Ja."

Sie würdigte ihn keiner Antwort, sondern stürmte zu einem Münztelefon an der Seite des Gebäudes, aber noch bevor sie die Münzen einwerfen konnte, war Otto bei ihr und hängte den Hörer auf die Gabel.

Schäumend vor Wut wollte sie ihm die Meinung sagen, doch er kam ihr zuvor. „Ich will nur sichergehen, dass du keine Dummheiten machst."

„Was für Dummheiten?"

„Zum Beispiel ausplaudern, wo wir gerade sind."

„Oh." Ihre Schultern sackten nach unten. „An dieses illegale Zeug muss ich mich erst gewöhnen. Ich wollte nur meine Freundin wissen lassen, dass es mir gut geht."

Er sah sie lange an und sagte dann: „Also gut. Sag ihr Bescheid, aber sonst nichts. Nichts über die Ladung, die Panne oder unseren Aufenthaltsort."

Sie nickte und schenkte ihm den Hauch eines Lächelns. „Ich wüsste nicht einmal den Namen dieses trostlosen Orts."

„Umso besser. Ich bin da drüben, falls du mich brauchst." Er zeigte zur Werkstatt und ließ sie allein.

Bruni versuchte, Marlene zu erreichen, die seit Kurzem einen Telefonanschluss in ihrer Wohnung hatte, aber das Fräulein vom

Amt teilte ihr mit, dass es aufgrund von Wartungsarbeiten derzeit keine Verbindung nach Westberlin gab.

Wütend legte sie auf, um bei Zaras Arbeitgeber in Wiesbaden anzurufen. Wieder sagte das Fräulein vom Amt, dass es aufgrund von Wartungsarbeiten ... Bruni knallte den Hörer auf die Gabel, bevor die Frau ihren Satz beendet hatte. Offenbar hatten die Russen nicht nur den gesamten Personen- und Warenverkehr, sondern auch den Austausch von Worten unterbunden.

Sie grummelte frustriert, als sie zur Werkstatt ging, um Otto zu suchen. Er unterhielt sich angeregt mit einem Mann, der von Kopf bis Fuß mit Öl verschmiert war.

„Hast du mit deiner Freundin gesprochen?“, fragte Otto.

„Es gibt keine Verbindung nach Berlin.“

Der ölverschmierte Mann warf ihr einen verwunderten Blick zu. „Seltsam. Meine Frau hat erst gestern Abend ihre Tante in Lichtenberg angerufen.“

„Aber das ist doch in ...“ *Ostberlin.* Sie beendete den Satz nicht, weil Otto ihr einen warnenden Blick zuwarf. *Verdammte Sowjets!* „... Ich versuche es später noch einmal.“

„Wie ich höre, haben Sie einen ganz schönen Auftritt hingelegt“, sagte der stämmige Mann und rieb sich hastig die Hand an seiner Latzhose ab, bevor er sie ihr hinhielt. „Ich bin Ludwig Hertz, aber alle nennen mich Lutz. Der Laden hier gehört mir.“

„Ist mir ein Vergnügen, Lutz“, sagte Bruni und schüttelte seine Hand, wobei sie ihr Bestes tat, um ihren Ekel vor dem Ölschmutz und -gestank zu verbergen.

„Ich gehe mal besser wieder an die Arbeit. Wenn Sie irgendwas brauchen, meine Frau Maria ist drinnen hinter dem Tresen.“ Er wischte sich noch einmal die Hände an seiner schmutzigen Latzhose ab und ging in die Werkstatt.

„Lutz hat angeboten, dass du im Lagerraum über der Bar schlafen kannst. Leider gibt es hier in der Nähe kein Gasthaus. Hol deinen Koffer, seine Frau zeigt dir dann das Zimmer.“

Es war noch früh, aber Bruni hatte nicht die Absicht, ihr Erlebnis mit den Barbesuchern zu wiederholen. Deshalb beschloss sie, sich hinzulegen und ihren verlorenen Schönheitsschlaf nachzuholen. Gemeinsam gingen sie hinter das Gebäude, wo der Lastwagen außer Sicht geparkt war, und Otto holte ihren Koffer aus der Fahrerkabine.

„Was ist mit dir?", fragte sie.

„Ich schlaf im Laster."

„Bist du sicher?"

„Ist nich das erste Mal diese Woche", sagte er. Als er ihre Überraschung bemerkte, fügte er hinzu: „Ich hab alles, was ich brauche, um das Ding in ein halbwegs komfortables Schlafzimmer zu verwandeln. So machen wir Lastwagenfahrer das, wenn wir unterwegs sind."

„Dann gehe ich besser mal." Sie nahm ihm den Koffer ab und ging davon, aber schon nach wenigen Schritten drehte sie sich um und sagte: „Danke. Ich glaube, ich habe dich falsch eingeschätzt. Du bist gar kein so schlechter Kerl."

Er lachte herzhaft. „Soll das eine Entschuldigung sein, mein ach so gnädiges Frollein?"

„Etwas Besseres wirst du von mir nicht bekommen. Gute Nacht."

Sie betrat den Schankraum, der jetzt gespenstisch leer war, da der Ansturm zum Abendessen noch nicht begonnen hatte. Maria wartete bereits hinter dem Tresen auf sie.

„He, Schätzchen, Lutz hat gesagt, dass Sie hier schlafen."

„Ja, das ist sehr nett von Ihnen."

„Möchten Sie heute Abend noch mal auftreten? Wir teilen die zusätzlichen Einnahmen mit Ihnen."

Es war ein verlockendes Angebot, aber Bruni lehnte höflich ab, denn sie konnte sich Ottos Reaktion nur allzu gut vorstellen. „Es tut mir leid, ich bin sehr müde. Vielleicht ein anderes Mal?"

„Sie können jederzeit herkommen, wenn Sie Arbeit brauchen. Die Männer waren hingerissen von Ihrer Stimme. Und gut gelaunte Gäste geben mehr Geld aus." Maria mochte eine

Provinzlerin sein, doch sie hatte den Scharfsinn einer erfolgreichen Geschäftsfrau.

Sie winkte Bruni, ihr die Treppe hinauf in einen heruntergekommenen Raum zu folgen. Er hatte die Bezeichnung Lagerraum wirklich verdient, denn er war bis zur Decke mit Gerümpel vollgestopft. In einer Ecke stand ein Metallbett mit einer schimmelig riechenden Matratze.

„Tut mir leid, was Besseres ham wir nich“, sagte Maria.

Bruni winkte ab. Auch wenn es viele Jahre her war, hatte sie schon an schlimmeren Orten geschlafen. „Vielen Dank. Das geht schon. Ist ja nur für eine Nacht.“

„Wenn Sie in etwa zwei Stunden runterkommen, können Sie was essen. Dann gebe ich Ihnen auch ein frisches Handtuch aus der Küche.“

Bruni nickte zustimmend, obwohl sie sich nicht sicher war, ob es klug war, Marias Angebot anzunehmen und unten zu erscheinen. Vielleicht wartete sie lieber, bis die Gäste weg waren und niemand sie sehen konnte.

KAPITEL 19

Otto beobachtete, wie Bruni in der Bar verschwand, bevor er wieder zu seinem fahruntüchtigen Laster blickte. Es war nicht nur die unerwartete Verzögerung, die ihn störte, sondern die heiße Ladung gestohlener Kunst. Dringend benötigte Waren in das abgeriegelte Berlin zu transportieren war eine Sache, aber das hier konnte ihn tatsächlich für lange Zeit hinter Gitter bringen.

Er öffnete den Laderaum, um sich selbst ein Bild zu machen. Auf den ersten Blick handelte es sich um gebrauchte Möbel, genau wie es in den Transportpapieren stand. Doch jetzt, wo er wusste, wonach er Ausschau hielt, fielen ihm nicht nur die antiken Stühle und Tische auf, sondern auch die Kronleuchter, Wandteppiche und Gemälde, die sicher weit kostbarer waren, als in den Papieren angegeben.

Es lief ihm kalt über den Rücken. Er war kein unbeschriebenes Blatt in Sachen Knast und wollte diese Erfahrung keinesfalls wiederholen. Schon gar nicht in einem der berüchtigten Hochsicherheitsgefängnisse, in denen die Sowjets ihre sogenannten Volksfeinde – Verräter, Überläufer, Kritiker – einsperrten und folterten.

Jemand, der wertvolles Kulturerbe, wie die Sowjets es nannten, schmuggelte, würde sicherlich nicht mit Samthandschuhen angefasst werden und womöglich sogar in einem sibirischen Gulag landen. Gerüchte gab es viele, keines davon klang verlockend. Er hatte die deutschen Kriegsgefangenen gesehen, die nach jahrelanger Haft aus den russischen Lagern zurückkehrten. Bei ihrem Anblick hatte er jedes Mal Gott dafür gedankt, dass er von den Amerikanern gefangen genommen worden war.

Seine Zeit im Kriegsgefangenenlager war sicher kein Zuckerschlecken gewesen, aber im Vergleich zu dem, was diese Jungs durchgemacht hatten ... Er schob die beunruhigenden Gedanken beiseite. Der Laster war so geparkt, dass er von der Straße nicht gesehen wurde. Sobald der neue Keilriemen eingebaut war, würde er nach Fulda fahren und die brenzlige Fracht loswerden. Eines aber war sicher: Für Heinz würde er kein weiteres Mal in seinem Leben arbeiten.

Er sprang auf den Boden und verschloss den Laderaum, bevor er in die Bar ging, um etwas zu essen und zu trinken. Hoffentlich hatte Bruni in seiner Abwesenheit nicht wieder ein schlagzeilenträchtiges Spektakel veranstaltet. Lastwagenfahrer waren zwar eine eingeschworene Truppe, die nichts für die Polizei übrighatte. Trotzdem wollte er sich nicht ausmalen, was passierte, sollten die Dorfbewohner von der attraktiven Sängerin Wind bekommen und in Scharen hierher pilgern.

„He, Maria, was gibts zum Abendessen?", fragte er.

„Gulaschsuppe oder Kartoffeleintopf."

„Ich nehm das Gulasch und ein Bier." Er ging durch das überfüllte Lokal und begrüßte ein paar alte Bekannte, bevor er zwei andere Blockadebrecher erspähte.

„Na, wie läufts?", grüßte er.

„Magst dich hersetzen?"

„Klar doch." Bei ihnen gab es wenigstens kein dummes Geschwätz über die Tugenden der Kommunisten oder lächerliche Behauptungen, dass die Blockade nicht existierte und alles nur ein amerikanischer Propagandaschachzug war.

Heimlich beäugte Otto einen von ihnen, der ein paar Jahre

jünger war als er selbst, stämmig und muskulös. Es war wohl besser, kein Interesse zu zeigen. Zum einen kannte Otto die sexuellen Neigungen des Burschen nicht, zum anderen hatte er sich vorgenommen, einen großen Bogen um alles zu machen, was auch nur im Entferntesten nach Ärger roch – gerade jetzt mehr denn je.

Maria kam mit seiner Bestellung an den Tisch. „Deine hübsche Sängerin hat sich nicht mehr blicken lassen."

„Sie muss von der Reise erschöpft sein."

„Du nimmst deine Freundin mit auf Tour?", fragte einer seiner Tischgenossen.

„Nur ausnahmsweise." Otto ließ die beiden in dem Glauben, Bruni und er seien ein Paar. „Wie läuft das Geschäft?"

„Super. Die Blockade ist ein Geschenk des Himmels, außer natürlich für die armen Teufel in Berlin. Habt ihr schon gehört, dass die Engländer jetzt sogar die am schlimmsten unterernährten Kinder ausfliegen?"

„Ach, ja?" Otto hatte nicht gewusst, dass Zivilisten mitfliegen durften. Er wunderte sich, warum Bruni nicht den einfachen Weg gewählt und ein Flugzeug genommen hatte.

„Ja, anscheinend gibt es eine lange Warteliste von Kindern, die zu Verwandten in den Westen gebracht werden, damit die sie wieder aufpäppeln."

„Ich weiß wirklich nicht, wie lange die Amerikaner diese Luftbrücke noch durchziehen. Das muss doch Unsummen kosten."

„Natürlich ist es teuer, aber die würden alles tun, um den Sowjets nicht ganz Berlin zu geben. Wenn dieses Rattenpack erst Großberlin besetzt hat, wird es sich auch den Rest Deutschlands und ganz Europas holen."

„Und dann gute Nacht!"

Otto nickte. Keiner der Blockadebrecher mochte die Russen oder hieß ihre Repressalien gut, mit denen sie allen den Kommunismus aufzwingen wollten. „Hoffen wir, dass die Sowjets einknicken und ihre Blockade beenden."

„Aber jetzt noch nicht. Ich brauche das Geld für eine Anzahlung auf ein Haus."

Bald drehte sich das Gespräch um leistungsstarke Motoren, lästige Polizeistreifen und unweigerlich auch um das Thema Frauen. Otto bestellte noch ein Bier und hörte schweigend zu, da er zu diesem Thema nichts beizutragen hatte.

„Ich muss los", sagte er schließlich, klopfte auf den Tisch und verließ die Bar für eine weitere Nacht im Laster.

Am nächsten Morgen stand er auf, bevor die Sonne über dem Horizont erschien, und manövrierte den Laster in die Werkstatt, wo Lutz mit dem neuen Keilriemen auf ihn wartete.

„Nicht schlecht", kommentierte Lutz, als er den Nylonstrumpf entfernte. Er warf ihn Otto zu, der ihn mit einer Hand auffing.

„Ich bezweifle stark, dass die Dame den jemals wieder anzieht." Der Strumpf hatte stark gelitten, sodass er ihn kurzerhand in der Mülltonne entsorgte. Dann bezahlte er Lutz für seine Dienste einschließlich der Mahlzeiten und sagte: „Gute Arbeit. Ich geh dann mal und wecke das Frollein. Wir hätten die Ladung schon gestern Abend abliefern sollen."

„Ist nicht leicht, immer so in Eile zu sein. Maria ist glücklich darüber, dass ich jeden Abend zu Hause bin."

„Sind sie das nicht alle?"

„Dein Mädel ist ein echter Hingucker."

„Das kann man wohl sagen." Ungeduldig, sich auf den Weg zu machen, ging Otto ins Haus, um Bruni zu wecken.

KAPITEL 20

Ein lautes Klopfen an der Dachbodentür riss Bruni aus dem Schlaf.

„Hier steht ein Krug Wasser, damit du dich waschen kannst", rief Otto. „Beeil dich. Der Laster ist startbereit."

Bruni setzte sich auf und schaute aus dem kleinen Fenster. Die Sonne war nirgends zu sehen, aber der Himmel zeigte einen schwachen blauen Streifen am Horizont. Es schien zu einer sehr unwillkommenen Gewohnheit geworden zu sein, in aller Herrgottsfrühe aufstehen zu müssen.

Hätte sie es nicht so eilig gehabt, Victor wiederzusehen, hätte sie diesem Rüpel ordentlich die Meinung gegeigt. Grummelnd glitt sie vom Bett und ging in ihrem durchsichtigen Negligé zur Tür. Sie zögerte den Bruchteil einer Sekunde, aber dann dachte sie: *Zur Hölle mit Otto, der soll ruhig was zu gucken bekommen.*

Doch als sie öffnete, war niemand zu sehen. Von unten hörte sie das Klappern von Töpfen und Pfannen, was sie an das verpasste Abendessen vom vergangenen Abend erinnerte. Sie hob den Krug auf und trug ihn ins Zimmer. Wer auch immer ihn gefüllt hatte, hatte einen Waschlappen beigelegt und sogar das Wasser erwärmt.

Sie machte sich schnell frisch und schminkte sich mithilfe des winzigen Spiegels aus ihrem Schminkkoffer. Ihr Haar hätte eine gründliche Wäsche gut vertragen, aber einige sorgfältige Bürstenstriche und ein paar Haarklammern mussten genügen. Wer hätte ahnen können, dass eine einfache Fahrt nach Fulda dazu führte, dass sie die Nacht in einer heruntergekommenen Spelunke für Lastwagenfahrer verbringen musste?

Als sie mit ihrer Frisur zufrieden war, richtete sie ihre Aufmerksamkeit auf den offenen Koffer und die sehr begrenzte Garderobe, die ihr zur Auswahl stand. Sie wusste, dass Otto einen Wutanfall bekommen würde, egal was sie anzog. Ein verschmitztes Lächeln umspielte ihre Lippen. Wenn sie es ihm ohnehin nicht recht machen konnte, konnte sie genauso gut alle Register ziehen.

Deshalb entschied sie sich für das auffallendste der mitgebrachten Kleider. Sie hatte es eingepackt für den Fall eines Theaterbesuchs oder dass sie irgendwelche wichtigen Leute aus der Unterhaltungsbranche beeindrucken musste. Es bestand aus einem lilafarbenen dehnbaren Stoff mit Tausenden aufgenähten Pailletten. Sie zwängte sich in das hautenge Kleid und zog den Reißverschluss am Rücken zu, bevor sie eine Drehung vollführte. Da es keinen Ganzkörperspiegel gab, sah sie an sich hinab und glättete hie und da eine Falte im Stoff.

Das Kleid fühlte sich weich auf der Haut an und überließ keine ihrer Kurven der Fantasie, war jedoch keinesfalls unanständig. Sie bewunderte den tiefen V-Ausschnitt, der es ihr ermöglichte, mit einer kleinen Bewegung ihrer Schulter einen der Träger herabgleiten zu lassen und das Publikum mit ein wenig entblößter Haut zum Toben zu bringen. Es war das perfekte Kleid, um die Blicke auf sich zu ziehen, und sie hatte es schon oft auf der Bühne eingesetzt. Im Scheinwerferlicht funkelte es wie ein Diamant, aber auch im gedämpften Sonnenschein dieses trüben Januarmorgens würde sie nicht unbemerkt bleiben.

Der Gedanke an Ottos missbilligenden Blick hob ihre Stimmung und sie steckte die Füße in die passenden silbernen Stöckelschuhe, bevor sie ihren Koffer wieder schloss. Als sie fertig war, warf sie sich den Mantel über den Arm, nahm den Koffer in die andere Hand und schritt die Treppe hinunter wie ein großer Star, bereit, einen glamourösen Auftritt hinzulegen.

Der Geruch von Haferbrei wurde mit jedem Schritt intensiver, aber von solch einem banalen Detail ließ sie sich nicht abschrecken. Sie hoffte nur, dass es richtigen Kaffee zu trinken gab.

Die Bar war leer, nur Otto und Lutz saßen an einem Tisch beim Frühstück. Mit schwingenden Hüften trat sie ein. Beide bemerkten sie zur gleichen Zeit, aber nur einer von ihnen zeigte die übliche Reaktion eines typischen Mannes. Lutz traten fast die Augen aus den Höhlen, und erst als Maria mit einer Schüssel Brei für Bruni aus der Küche kam, senkte er keusch den Blick, als interessiere er sich ausschließlich für sein Frühstück.

Otto hingegen wirkte vollkommen unbeeindruckt. In seinem abschätzigen Blick lag nicht die geringste Spur von Begehren. Bruni fragte sich, ob er das tat, um sie zu verhöhnen. Bisher schien er gegen ihre sexuelle Anziehungskraft völlig immun zu sein. Sie war zwar nicht an ihm interessiert, aber er hätte zumindest den Anstand haben können, sie mit seinen Augen zu verschlingen, so wie jeder andere Mann auf der Welt.

Als er sie ausreichend gemustert hatte, zeigte er endlich eine Reaktion. Mit eisiger Stimme fragte er: „Hast du völlig den Verstand verloren?"

„Gefällt es dir etwa nicht?" Sie schob einen Fuß nach vorne und beugte leicht das Knie, sodass sich der vordere Schlitz des Kleides öffnete und ihr Bein freigab – bekleidet mit einem frischen Nylonstrumpf.

„Ich habe dir ausdrücklich gesagt, du sollst dich nicht so auftakeln. Und was machst du? Tauchst hier auf in diesem ... Zirkuskostüm. Falls du es noch nicht bemerkt haben solltest, wir sind mit dem Laster unterwegs und nicht mit der Titanic!"

„Ich habe mir gedacht, dass dein tristes Leben etwas Glanz vertragen könnte." Ein kaum unterdrücktes Schnauben kam von Maria, die gerade zum Tisch ging und die Schüssel mit dem

Haferbrei daraufstellte. Dann stellte sie sich hinter ihren Mann und legte ihm eine Hand auf die Schulter.

Wann würden diese verdrießlichen Hausfrauen endlich merken, dass ihre Eifersucht vollkommen unangebracht war? Schon bevor sie sich in Victor verliebt hatte, war Bruni bei ihren Liebhabern äußerst wählerisch gewesen. Weder ein Lastwagenfahrer noch ein Werkstattbesitzer hätten es jemals in ihr Bett geschafft.

„Du ziehst dir gefälligst was anderes an, oder du setzt nie wieder einen Fuß in meinen Laster“, sagte Otto und löffelte weiter Brei in seinen Mund, als ob ein Befehl von ihm Gesetz wäre.

Doch Bruni wäre nicht sie selbst gewesen, hätte sie so leicht nachgegeben. Ein kleines Teufelchen auf ihrer Schulter flüsterte ihr ins Ohr: *Für wen hält er sich eigentlich?* Der einzige Mann, der sie herumkommandieren durfte, war der Bühnenmeister des Kabaretts, und selbst ihm widersetzte sie sich gelegentlich.

„Hier und jetzt?“, fragte sie mit dem süßesten Lächeln.

„Das ist mir egal. Hauptsache, du bist vorzeigbar, wenn ich fertig gegessen habe.“

„Und was genau ist an diesem Kleid nicht vorzeigbar?“

Maria stupste Lutz an und beide gingen stumm in die Küche, wo sie die Tür mit einem lauten Knall schlossen. Der arme Lutz hatte wirklich nicht viel Spaß im Leben.

„Alles“, sagte Otto.

„Nun, dann wird es dich enttäuschen zu erfahren, dass ich keinen der faden Kittel dabeihabe, die eine Frau deiner Meinung nach offenbar zu tragen hat.“

Seine Augen blitzten zornig auf, was nicht die Reaktion war, die sie sich erhofft hatte. Aber es war ihr allemal lieber als seine abweisende Kälte. Zwischen Hass und Liebe lag schließlich nur ein schmaler Grat.

„Mach den Koffer auf!“

„Was?“

„Ich schaue selbst nach.“

„Ganz, wie du wünschst.“ Sie wuchtete den Koffer auf den

Tisch und öffnete ihn. Sollte er sich doch einen Steifen holen, wenn er ihre Unterwäsche durchwühlte.

Er warf einen Blick auf die auffälligen Kleider und Schuhe und fragte: „Was soll das sein? Hast du nichts Normales eingepackt?“

„Nein, habe ich nicht“, antwortete sie voller Genugtuung.

Otto fluchte und knallte den Koffer zu. „In Ordnung. Aber behalt gefälligst deinen Mantel an und lass ihn geschlossen, wenn wir nicht im Wagen sind. Verstanden?“

„Wie du willst.“ Ihre Stimme war honigsüß. „Darf ich jetzt frühstücken?“

„Ich warte im Laster. Abfahrt in fünf Minuten. Komm nicht zu spät, sonst fahre ich ohne dich“, knurrte er und ging.

Bruni starrte ihm mit angeknackstem Stolz hinterher. Warum würdigte er ihre Reize partout nicht? Sie wusste beim besten Willen nicht, was mit diesem Mann los war, doch sie wusste, dass sie ihre Versuche niemals aufgeben würde.

Der Haferbrei war überraschend gut; der Kaffee war es nicht. Wenn sie einen Grund brauchte, um sich nicht in der sowjetischen Besatzungszone niederzulassen, dann war der Mangel an echtem Kaffee mehr als ausreichend.

Aus Angst, Otto könnte seine Drohung wahr machen, beeilte sie sich, rief „Danke und auf Wiedersehen!“ in die Küche und eilte nach draußen. Dort stand sein Laster bereits mit laufendem Motor vor dem Eingang.

Sie kletterte mühsam hinein und noch bevor sie richtig saß, steuerte Otto auf die Straße. Zunächst kamen sie gut voran, bis sie in einen Stau gerieten. Vor ihnen bewegte sich eine lange Schlange von Fahrzeugen im Schneckentempo.

„Na, großartig!“ Otto schlug mit der Handfläche aufs Lenkrad.

„Was ist da los?“

„Was weiß ich? Ein Unfall, eine Straßensperre oder einfach ein Kontrollpunkt.“

„Sind wir schon in der Nähe der Grenze?“

Er schnaubte. „Nicht einmal annähernd, und wenn das so

weitergeht, kommen wir vor dem Sommer nicht mehr nach Fulda."

„Da bin ich ja schneller, wenn ich die ganze verdammte Strecke tanze!"

Otto schmunzelte über ihre Bemerkung. Ungefähr eine Stunde später erreichten sie eine Verkehrskontrolle.

„Kein Wort", zischte Otto. „Überlass das Reden mir und behalt bloß deinen Mantel an."

Sie teilte seine Meinung nicht, dass die Kontrolle reibungsloser verlief, wenn sie sich verhüllte, hatte aber keine Lust, mit ihm zu streiten. Also tat sie, was er verlangte, schlüpfte wieder in die Mantelärmel und schloss die Knöpfe.

Zwei sowjetische Soldaten traten an den Lastwagen, einer streckte seine Hand aus. „Papiere."

Otto übergab seine und Brunis Papiere in einer unerträglich abgeklärten Art, ganz so, als hätte er das schon tausendmal gemacht, was wahrscheinlich auch der Fall war.

„Was haben Sie geladen?", fragte der Soldat, der die Papiere in den Händen hielt.

„Hier ist der Frachtbrief." Otto reichte ihn dem Soldaten.

Der Mann betrachtete ihn und trat dann zurück. „Bitte öffnen Sie den Laderaum."

Äußerlich schien Otto völlig ruhig zu sein, dennoch spürte Bruni seine innere Anspannung. Er öffnete die Tür und kletterte aus der Fahrerkabine, ohne ein Wort zu sagen. Nach einem Blick auf den Schneematsch draußen entschied sie, in der trockenen und warmen Fahrerkabine zu warten.

Lange Minuten verstrichen, in denen sie den Geräuschen lauschte, die von hinten kamen. Ein Rumpeln, Stimmen und schließlich das dumpfe Geräusch einer zufallenden Tür. Sie stieß den angehaltenen Atem aus und machte eine unbeteiligte Miene. Eine Minute später tauchte Otto mit starrem Gesicht auf der Fahrerseite auf. In seinen Augen lag Angst. Sie öffnete den Mund, um ihn auszufragen, aber eine Handbewegung seinerseits brachte sie zum Schweigen.

„Folgen Sie uns zur nächsten Polizeiwache", sagte der Soldat, die Hand lässig auf seinem Gewehr ruhend.

„Natürlich." Otto stieg ein und ließ den Motor an. Bruni wartete, bis sie sich in Bewegung gesetzt hatten, bevor sie fragte: „Was ist passiert?"

„Sie haben genug gesehen, um zu wissen, dass ich nicht nur Möbel transportiere."

„Und jetzt? Was wird jetzt aus uns?"

„Keine Ahnung. Sag ihnen, dass du aus Berlin kommst und mich dafür bezahlt hast, dass ich dich mit nach Gotha nehme." Nach einem Seitenblick auf sie fügte er hinzu: „Sag ihnen, dass du Arbeit in einem Nachtklub suchst, falls sie wegen deinem Glitzerfummel fragen."

Sehr witzig. Als ob sie jemals in einer drittklassigen Stadt wie Gotha arbeiten würde, wo niemand je von einem halbwegs vernünftigen Etablissement gehört hatte. Wenigstens schien Otto anständiger zu sein, als seine Tätowierungen vermuten ließen. Statt die Schuld an der Schmuggelei ihr in die Schuhe zu schieben, hatte er ihr die Möglichkeit gegeben, mit einem blauen Auge aus der Sache rauszukommen.

Viel zu schnell erreichten sie die nächste Stadt und hielten vor der Polizeistation. Bruni hatte vor sehr wenigen Dingen Angst, doch jetzt konnte sie vor Panik kaum atmen.

KAPITEL 21

Victor wartete ungeduldig auf die Entscheidung des Arztes, wann er das Krankenhaus verlassen durfte. Er hoffte, seinen Vorgesetzten dann davon überzeugen zu können, ihn nach Berlin reisen zu lassen, um Bruni zu sehen, bevor er zurück in die Staaten geschickt wurde. Um ihretwillen würde er sogar in eines dieser verdammten Flugzeuge steigen.

Die Zeit dehnte sich in die Länge und er machte sich selbst verrückt damit, sich die Antworten des Arztes auszumalen. Endlich öffnete sich die Tür und nicht ein, sondern drei Männer in weißen Kitteln betraten den Raum.

„Lieutenant Richards", sagte der Chefarzt mit ernster Miene. „Wir haben noch einige Tests durchgeführt und uns ein weiteres Mal die Röntgenbilder angesehen. Die Brüche des Schien- und Wadenbeins heilen gut, aber wir machen uns Sorgen um Ihr Knie."

„Was ist mit meinem Knie?"

Der zweite Arzt meldete sich zu Wort: „Sehen Sie, das Knie ist ein sehr kompliziertes Gelenk mit Bändern, Knorpeln und Knochen. Sie alle müssen perfekt zusammenarbeiten, um eine nahtlose Bewegung zu gewährleisten und das Körpergewicht tragen zu können."

Anstatt endlich zur Sache zu kommen, redete der Arzt weiter

in unverständlichem medizinischem Kauderwelsch, bis Victor die Geduld verlor. „Was genau bedeutet das für mich?"

Die drei Männer sahen einander bedeutungsschwanger an, bevor der Chefarzt antwortete: „Ich fürchte, Ihr Knie wird steif bleiben."

„Steif?" Victor hatte Schwierigkeiten, die Bedeutung dieser Aussage zu begreifen. „Aber ich kann wieder gehen?"

„Das ja. Mit etwas Übung wird das Hinken kaum wahrnehmbar sein. Aber ich würde sagen, Ihre Zeit in der Armee ist vorbei. Sie erhalten eine Entlassung aus medizinischen Gründen."

„Eine Entlassung aus medizinischen Gründen?" Der Nebel in seinem Gehirn verdichtete sich und Victor kam sich wie ein Vollidiot vor.

„Ja. Ich werde den Papierkram vorbereiten und heute noch an das Militärkommando schicken." Der Arzt nickte knapp. „Ich weiß, dass dies für Sie überraschend kommt, aber meiner Erfahrung nach ist es so zu Ihrem Besten. Sie werden sehen."

Victor beobachtete, wie die Ärzte den Raum verließen. Er hatte das Gefühl, in einem winzigen Rettungsboot, das schnell an Luft verlor, mitten auf dem Meer zu treiben. Zwar war er bereits für die Entlassung aus der Armee vorgesehen – aber aus medizinischen Gründen? Das war ihm gerade alles zu viel.

Die Leute würden ihn für einen Krüppel halten und er hätte keine Arbeit, keine Zukunft, nichts. Nicht mal eine Bruni. Er könnte in Deutschland bleiben und sein Glück als ziviler Angestellter bei ausgerechnet der Armee versuchen, die ihn wegen eines steifen Knies entlassen wollte. Schnell schloss er die Augen und rang nach Luft, weil das Selbstmitleid ihn zu überwältigen drohte.

Am Nachmittag kam Glenn direkt von einem Flug aus Berlin für eine Stippvisite vorbei.

„Hast du schon gehört?", fragte Victor.

„Was? Haben sie den Unfallfahrer gefunden?"

„Nein. Ich kann mich immer noch nicht an sein Gesicht erinnern."

„Was meint der Arzt dazu?"

„Vielleicht kommt mein Gedächtnis zurück, vielleicht auch nicht. Das weiß im Moment keiner. Ich soll mich entspannen und nicht versuchen, es zu erzwingen."

„Mann, du kannst mir glauben: Ich würde nichts lieber tun, als diesem Arschloch den Hals umzudrehen."

„Machen sie euch immer noch Probleme in der Luft?" Victor wusste, dass Glenn durch die Schuld eines sowjetischen Kampfflugzeugs bereits einmal abgestürzt war.

„Nein, seit meinem Crash nicht mehr. Sie scheinen Angst zu haben, dass es zu einem weiteren Krieg kommt, wenn sie einen tödlichen Unfall provozieren. Ich würde jedenfalls mit dem größten Vergnügen ein paar Bomben auf das SMAD-Hauptquartier in Karlshorst werfen."

„Das glaub ich gern." Victors Stimmung besserte sich allmählich, bis ihm die Worte des Arztes wieder einfielen. „Der Arzt sagt, mein Knie wird nie wieder voll funktionstüchtig."

„Aber du wirst schon wieder gehen können, oder?"

„Ja, doch sie wollen mich aus medizinischen Gründen entlassen. Kannst du dir etwas Schlimmeres vorstellen?"

Glenn starrte ihn verständnislos an. „Hä? Hast du deine Entlassung nicht sowieso schon beantragt? Wo ist der Unterschied?"

„Der Unterschied ist, dass ich dann offiziell ein Krüppel bin."

„Ich glaube, das Morphium vermatscht deine Birne. Weißt du eigentlich, wie viele Kriegsversehrte auf der Stelle mit dir tauschen würden?"

Victor brummelte etwas Unverständliches, denn Glenn hatte zwar recht, trotzdem fühlte er sich um seine Zukunft betrogen.

„Hast du meinen Brief an Bruni abgeliefert?"

„Nicht persönlich. Du weißt ja, wir dürfen das Flugfeld nicht verlassen, damit es schneller geht. Aber ich habe ihn dem netten Mädel vom mobilen Imbissstand in Tegel gegeben, zusammen mit einer Tafel Schokolade. Sie hat versprochen, ihn persönlich bei Brunis Wohnung abzuliefern."

„Danke, Mann." Victor bedauerte, dass er nicht die Voraussicht gehabt hatte, Bruni die Adresse seiner Eltern zu geben – nur für alle Fälle.

„Tut mir leid, ich muss los und Zara abholen, sonst gibts Ärger." Glenns Grinsen strafte seine Worte Lügen.

„Grüß sie von mir, ja? Und wenn sie etwas von Bruni hört, sag mir bitte Bescheid."

„Na, klar. Übrigens, Zara weiß offiziell nicht, dass du hier bist."

„Stimmt, das habe ich vergessen. Mein Aufenthalt hier unterliegt ja höchster Geheimhaltung", sagte Victor verbittert.

KAPITEL 22

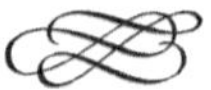

Während Otto dem Militärfahrzeug folgte, wägte er seine Optionen ab. Dank der heißen Fracht, die er gutgläubig angenommen hatte, steckte er nun in ernsthaften Schwierigkeiten. Er verfluchte Heinz dafür, dass er ihm Schmuggelware untergeschoben hatte.

Normalerweise blieb er strikt auf der grauen Seite des Gesetzes: Die Blockade durchbrechen ja, aber nur, um legale Dinge wie Lebensmittel oder Medikamente zu transportieren. Und jetzt wurde er mit einer Ladung gestohlener Antiquitäten zu einer sowjetischen Polizeistation eskortiert.

„Es ist nicht deine Schuld“, sagte Bruni, die seit dem Befehl der Soldaten, ihnen zu folgen, geschwiegen hatte. Ihre Worte überraschten ihn, denn er konnte ihre Missbilligung förmlich riechen und hatte eher Vorwürfe von ihr erwartet.

„Doch, ist es.“ Er fuhr sich mit der Hand durchs Haar.

„Du wurdest über den Tisch gezogen.“

„Weil ich dumm war. Ich hätte das Zeug sofort entsorgen sollen, als du mir davon erzählt hast.“

„Stimmt, du warst dumm, aber nur, weil du verantwortungsbewusst bist und es nicht mit jemandem wie

Heinz aufnehmen kannst, der für ein gutes Geschäft über Leichen geht."

Er sah sie an und erkannte eine völlig neue Seite an diesem verwöhnten, nach Aufmerksamkeit heischenden Albtraum, der sie bisher gewesen war. „Woher kennst du eigentlich so einen Typen?"

„Er ist der Neffe des Besitzers des Café de Paris, das zweifellos das beste Kabarett in ganz Berlin ist. Und ...", sie machte eine elegante Geste mit ihren rot lackierten Fingernägeln, „... ich bin zweifellos die beste Sängerin in ganz Berlin."

Er brach in Gelächter aus. „Du bist ja ganz schön von dir selbst überzeugt."

„Wenn ich das nicht wäre, wäre ich nicht da, wo ich jetzt bin."

Otto blickte wieder zu ihr und hatte das Gefühl, dass unter ihrem glamourösen Äußeren viel mehr steckte, als es den Anschein hatte. Er hatte es bisher nicht erkannt – weil sie es nicht gewollt hatte. Genau wie bei den Antiquitäten, bei denen er nur die alten Möbel gesehen hatte und nicht die wertvollen Gegenstände, die sie tatsächlich waren.

Der Wagen vor ihnen bog nach links ab und kam vor einem roten Backsteingebäude zum Stehen. Sie waren bei der Polizeiwache angekommen.

Seine Handflächen waren klitschnass geschwitzt. Obwohl er das bestimmt schon eine Million Mal gemacht hatte, hatte er Mühe, den Rückwärtsgang einzulegen und den Laster in die zugewiesene Parklücke zu manövrieren. Plötzlich spürte er Brunis kleine Hand auf seinem Unterarm.

„Wir werden uns schon irgendwie rausreden."

„Deinen Optimismus möchte ich haben." Irgendwie gelang es ihm, doch noch einzuparken. Kaum öffnete er die Fahrertür, starrte er in die Mündung eines Gewehrs. Erinnerungen an den Krieg überfluteten ihn und für einen Augenblick glaubte er, wieder im Schützengraben zu sein. Seine Sicht verschwamm und alles, was er hörte, waren Schreie, Explosionen und dann Stille.

„Los, vorwärts!“ Der Soldat gab ihm einen Stoß mit seinem Gewehr, um seine Worte zu unterstreichen.

Otto blinzelte ein paar Mal, kehrte langsam in die Gegenwart zurück und stolperte vorwärts. Mit jedem Schritt wuchs sein Hass auf Heinz, der ihn in diese Situation gebracht hatte. Ohne den Kopf drehen zu müssen, erkannte er an dem Geruch von Brunis blumigem Parfüm, dass sie wenige Schritte hinter ihm ging. Außerdem hörte er das Knirschen ihrer lächerlich hohen Pfennigabsätze auf dem Kies. Er konnte zwar weder sie noch ihre absurde Aufmachung leiden, trotzdem würde er sie auf keinen Fall diesen sowjetischen Schurken überlassen.

Am Empfang wurden er und Bruni getrennt und in verschiedene Räume geführt. Zu seiner Erleichterung schien der Polizist, der ihn verhörte, nicht an Folter interessiert zu sein, und stellte lediglich Fragen.

„Stimmt es, dass Sie gestohlene Kunstwerke transportieren?“

„Nein, davon wusste ich nichts.“

Der Polizist hob eine Augenbraue. „Sehr unwahrscheinlich.“

„Bitte, Sie müssen mir glauben, ich wurde über den Tisch gezogen. Mein Auftraggeber hat mir gesagt, ich soll gebrauchte Möbel nach Fulda bringen.“

„Und es kam Ihnen nie in den Sinn, dass daran etwas faul sein könnte?“

„Nein. Sie ahnen gar nicht, welche seltsame Dinge die Leute transportiert haben wollen. Einmal wollte ein Kunde, dass ich zwanzig stinkende Schweine ...“

„Stimmt, ich weiß es nicht, und es interessiert mich auch nicht. Sie behaupten also, dass Ihr Kunde Sie angelogen hat?“

„Ja, genau.“

„Sein Name?“

„Heinz.“

„Heinz und weiter?“

„Den Nachnamen weiß ich nicht.“

„Aha.“ Der Polizist notierte sich etwas, sah Otto mit zusammengezogenen Augenbrauen an und sagte: „Er hat Ihnen seinen Nachnamen nicht genannt, aber es ist Ihnen nie in den Sinn gekommen, dass dieses Geschäft nicht ganz legal sein könnte?"

Otto grunzte. Der Mann hatte nicht unrecht. Ein Geständnis war vermutlich die beste Verteidigung. „Schauen Sie, ich gebe zu, dass ich manchmal die Regeln ein wenig umgehe. Manchmal fahre ich Lebensmittel nach Westberlin. Mein Auftrag war, die Möbel als Bezahlung für eine Ladung Kartoffeln zu liefern, die ich in Fulda abholen sollte."

„Aha."

„Ich hätte nie gedacht, dass ein Haufen alter Möbel mehr wert sein könnte als eine Ladung Kartoffeln."

„Wir sprechen hier von Kulturerbe. Kunst, die von den Faschisten gestohlen wurde."

„Ich bin Lastwagenfahrer. Von Kunst versteh ich nichts."

„Sind Sie Faschist?"

„Was? Nein! Ich bin Antifaschist. Ich liebe den Kommunismus."

„Warum arbeiten Sie dann für diese miesen Imperialisten?"

„Das tue ich doch gar nicht. Ich habe noch nie für die Amerikaner gearbeitet, nicht seit sie mich in der Kriegsgefangenschaft so schlecht behandelt haben." Die Amerikaner hatten ihn in Wirklichkeit vergleichsweise gut behandelt, aber das musste der Polizist ja nicht wissen. „Ich hasse sie genauso wie alle anderen das tun."

„Und trotzdem sind Sie auf den Schwindel mit der Blockade hereingefallen und haben illegal Lebensmittel nach Berlin transportiert, die dringend benötigt werden, um die hart arbeitenden Menschen in der sowjetischen Zone zu ernähren?"

„Es tut mir leid, ich wollte nur helfen."

„Ich glaube Ihnen kein Wort." Der Polizist klappte seinen Notizblock zu. „Es ist mir eigentlich auch egal. Der NKWD wurde benachrichtigt und ist auf dem Weg, um Sie und Ihre Komplizin mitzunehmen. Glauben Sie bloß nicht, dass die sich Ihre Lügen genauso geduldig anhören wie ich."

Er schnippte mit den Fingern und die Tür sprang auf. Ein

junger Mann in Uniform kam herein, legte Otto Handschellen an und führte ihn in eine Zelle, wo er die Handschellen wieder abnahm und die Eisentür von außen verriegelte.

Panik ergriff Otto. Jeder wusste, wie der NKWD arbeitete. Er war nichts anderes als eine noch grausamere Version der gefürchteten Gestapo. Es gab nur wenig, was ihm Angst machte, aber die NKWD-Folterknechte gehörten mit Sicherheit dazu.

Nach einer Weile hörte er das laute Klacken von Brunis Absätzen auf dem Steinboden. Sein Herz machte einen Freudensprung, als die Schritte vor seiner Zelle anhielten und die Tür geöffnet wurde.

Sie stolzierte herein, die Schultern gerade und den Kopf hoch erhoben, ganz als ginge sie gleich auf die Bühne, anstatt in eine feuchtkalte Zelle. Diese Frau war wirklich etwas Besonderes. Es dämmerte ihm, dass er sie schwer unterschätzt hatte, weil er sie nur nach ihrem hübschen Gesicht und ihrer albernen Kleidung beurteilt hatte.

Sie schien ihn nicht zu bemerken, denn sie ging geradewegs zur gegenüberliegenden Wand, wo sie ihre Stirn an die kalten Ziegelsteine lehnte. Mit ihren nach vorne gesackten Schultern sah sie so zerbrechlich aus, dass er nicht anders konnte, als Mitleid mit ihr zu haben. Also fragte er: „Geht es dir gut?"

Trotz ihrer Bemühungen, selbstsicher zu wirken, konnte er die Angst in ihren Augen sehen, als sie sich umdrehte. „Na ja, wir wurden beim Schmuggeln gestohlener Antiquitäten erwischt und sind in einer Gefängniszelle eingesperrt. *Gut* wäre da nicht das passende Wort."

Otto verbiss sich ein Grinsen. Mumm hatte sie, das musste man ihr lassen. „Ich meine, haben sie dir wehgetan?"

„Nein, doch ich bin mir sicher, dass der NKWD das tun wird, sobald er uns in seinen Fängen hat. Die Polizei glaubt, dass wir Informationen über die Anstifter zurückhalten." Sie hielt inne, um einen ihrer Fingernägel zu betrachten. „Hach, er ist eingerissen."

„Was?"

„Der Nagel. Dieser Esel wollte mir nicht einmal eine Nagelfeile geben. Glaubt der ernsthaft, dass ich mir den Weg durch diese Eisentür feilen will?"

Otto lachte schallend. „Du bist wirklich einzigartig. Wer bitte interessiert sich für einen abgebrochenen Nagel, wenn der NKWD hinter einem her ist?"

„Na, ich. Deshalb halte ich es für das Beste, wenn wir diesen unwirtlichen Ort verlassen, bevor jemand die Gelegenheit bekommt, mir noch einen Nagel einzureißen." Bruni war wieder ganz die Alte, die sich in ihrem Hochmut von Ziegelsteinmauern, verschlossenen Stahltüren und bewaffneten Soldaten offenbar nicht beeindrucken ließ.

„Hast du irgendwo in deinem engen Kleidchen einen Dietrich versteckt?"

„Sei nicht albern. Wenn du dir die Mühe machen würdest, einmal genau hinzusehen, dann wüsstest du, dass in diesem Kleid kein Platz ist, um irgendwas zu verstecken."

„Also, was genau ist dein toller Plan, um uns hier rauszuholen?"

Sie umriss grob, was sie sich überlegt hatte, und er sah sie kopfschüttelnd an. „Du bist völlig verrückt. Das funktioniert nie."

„Wir müssen nur den richtigen Zeitpunkt abwarten, zum Beispiel wenn alle Polizisten beim Mittagessen sind", sagte sie nachdrücklich.

Otto äußerte sich nicht dazu und Bruni presste verärgert die Lippen aufeinander. Nach einigen Sekunden des Schweigens flehte sie: „Bitte. Ich schaffe das nicht ohne deine Hilfe."

„Du weißt, dass die Chancen mehr als nur schlecht stehen."

„Wenn wir es nicht versuchen, sind die Chancen, ungeschoren davonzukommen, gleich Null."

Sie hatte recht, auch wenn ein Fluchtversuch noch mehr Schwierigkeiten bedeutete und sie zu Gejagten machte. Andererseits ... Wollte er wirklich herausfinden, ob die Gerüchte über den NKWD übertrieben waren?

„In Ordnung. Dann machen wirs."

KAPITEL 23

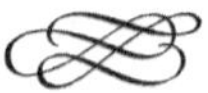

„Es ist so weit", flüsterte Bruni. „Alle bis auf den einen da haben das Gebäude verlassen, um Mittagessen zu gehen."

Otto nickte, doch sie konnte an seiner Miene ablesen, dass er sich mit ihrem Plan überhaupt nicht wohlfühlte. Um die Wahrheit zu sagen, war sie selbst nicht sonderlich zuversichtlich. Dennoch würde sie keinesfalls hier sitzen und darauf warten, von den Russen gefoltert zu werden wie die arme Zara. Bruni war keine Märtyrerin, aber lieber ließ sie sich beim Fluchtversuch in den Rücken schießen, als dasselbe zu ertragen, was Zara angetan worden war.

Bruni öffnete das kleine Fenster in der Zellentür und rief in den Korridor: *„Zdraviya zhelauy samomou krasivomy ofitserou v gorode." Ich grüße den hübschesten Offizier der Stadt.* Ihr Herz hüpfte sowohl vor Freude als auch vor Angst, als sich der Mann umdrehte und sie ansah. Ihr Russisch war mehr schlecht als recht. Immerhin hatte sie von Fjodor ein paar Sätze gelernt.

„Was wollen Sie?" Mit misstrauischem Blick kam er auf sie zu, die Hand an der Waffe.

„Ich muss ganz dringend auf die Toilette."

Er schien unschlüssig, ob er ihrer Bitte nachkommen sollte, also fügte sie hinzu: „Bitte, *Privet soldatik*, ich wäre Ihnen auf ewig dankbar."

Der Mann leckte sich bei ihren zärtlichen Worten über die Lippen und sagte: „Na gut, aber dann muss ich Ihnen Handschellen anlegen."

„Was immer Sie wollen," sagte sie mit verführerischer Stimme.

„Treten Sie zwei Schritte von der Tür zurück und der Mann bleibt in der Ecke, wo ich ihn sehen kann."

„Verstanden." Sie trat zurück und wies Otto an, sich in die Ecke zu stellen. Der Polizist kam zur Tür und spähte durch das kleine Fenster. Kaum hatte er sich davon überzeugt, dass seine Befehle befolgt wurden, hörte Bruni das Klappern von Schlüsseln und streifte in einer schnellen Bewegung die Träger ihres Kleides nach unten.

Er trat ein und ließ unwillkürlich die Hand mit der gezückten Waffe sinken, während er sprachlos auf ihre nackten Brüste starrte. Laszív leckte Bruni sich über die Lippen. Otto hingegen machte einen Satz und entriss dem Polizisten die Pistole.

„Danke, mein Lieber." Bruni nahm dem wutschnaubenden Russen den Schlüsselbund ab und verließ die Zelle. Otto hielt weiterhin die Waffe auf ihn gerichtet, während er ihr folgte. Als das Oberteil ihres Kleides wieder am richtigen Platz war, schloss sie die Zelle ab, ließ den Schlüssel im Schloss baumeln und rannte zum Ausgang am Ende des Korridors.

Sie hatten keine Zeit zu verlieren, denn sie wussten nicht, wann die anderen zurückkamen. Otto überholte sie und zischte: „Wir treffen uns am Laster. Ich starte schon mal den Motor."

Außer Atem konnte sie nur nicken, um zu zeigen, dass sie verstanden hatte. Sie hatte geglaubt, sie sei gut in Form, weil sie nächtelang auf der Bühne sang und tanzte. Doch schon wenige Meter zu rennen, ließ sie schnaufen wie eine Lokomotive. Wäre es nicht um ihr Leben gegangen, hätte sie angehalten und sich nach vorne gebeugt, um Atem zu schöpfen. So erlaubte sie sich nur ein kurzes Innehalten, als sie den Empfangsbereich passierte und wie erhofft ihre Papiere entdeckte, die sie eilig zusammenraffte und mitnahm. Nur ihrer beider Barschaften schienen zu fehlen, aber zum Glück hatte sie bereits am Morgen ein paar Scheine in ihrem Höschen versteckt. Dann griff sie noch schnell nach ihrem Lieblingslippenstift, der dort zwischen dem Rest ihres Handtascheninhalts lag. Auf alles andere würde sie verzichten müssen, um keine weitere kostbare Zeit zu verlieren.

Ihre Absätze klackerten auf dem gefliesten Steinboden. Das von den Wänden widerhallende Geräusch jagte ihr einen Schauer über den Rücken. Sie erreichte die Ausgangstür und sah, wie Otto an der Türklinke des Lastwagens rüttelte und sich dann mit finsterer Miene umdrehte.

Er kam ihr auf halbem Weg über den Hof entgegen, nahm ihren Ellbogen und zog sie mit sich. Dabei brummte er: „Verdammte Russen. Sie haben den Laster abgeschlossen und die Schlüssel mitgenommen."

Sie drehte sich zu ihm und keuchte: „Kannst du das Schloss nicht knacken?"

„Nicht schnell genug. Außerdem müsste ich dann auch noch den Motor kurzschließen." Sein Griff um ihren Ellbogen wurde fester und er legte an Tempo zu, sodass sie mehr stolperte als lief.

Sie überquerten die Straße und hetzten eine Gasse hinunter, bis sie den Rand der kleinen Stadt erreichten, wo die Straße endete und eine Wiese begann. Gnadenlos zerrte Otto sie über Stock und Stein, nur dank seines unnachgiebigen Griffes konnte sie sich überhaupt aufrecht halten. Manchmal glaubte sie, nie wieder den Boden zu berühren, wenn er sie über ein weiteres Hindernis schleifte. Erst als sie den Schutz des Waldes erreicht hatten, ließ er sie los.

Ihre Absätze versanken im schlammigen Boden und ihr enger Rock zwang sie zu kleinen Trippelschritten. Aber das schien diesen ungehobelten Klotz nicht zu kümmern. Er stürmte voran und erwartete offenbar, dass sie ihm ohne Protest folgte.

Völlig außer Atem ließ sie sich schließlich auf einen umgestürzten Baumstamm plumpsen. Otto musste den Aufprall gehört haben, denn er drehte sich um, die Ungeduld deutlich ins

Gesicht geschrieben. Sie war zu erschöpft, um zu sprechen, also beugte sie sich vor und wartete, dass ihr Herz aufhörte, heftig gegen die Rippen zu hämmern. Als sie wieder aufrecht sitzen konnte, fiel ihr Blick auf ihre Lieblingsschuhe. Beinahe wäre sie in Tränen ausgebrochen.

Es dauerte mindestens eine weitere Minute, ehe sie sich so weit erholt hatte, dass sie sprechen konnte. „Sieh dir meine Schuhe an! Ich gehe keinen einzigen Schritt weiter!"

„Mach, was du willst. Von mir aus kannst du hierbleiben, bis die Russen kommen."

Diese Drohung reichte aus, um sie zu Tode zu erschrecken. Mühsam erhob sie sich. Otto reichte ihr die Hand, um ihr zu helfen. Ausnahmsweise war sie dankbar, ihn an ihrer Seite zu haben. Das Gefühl währte jedoch nur zehn Sekunden, denn während sie endlich die Zeit fand, den Reißverschluss ihres Kleides zu schließen, verlangte er: „Gib mir deine Schuhe."

„Was?"

„Sofort!"

Angesichts seines angespannten Kiefers entschied sie, ihm den Gefallen zu tun, obwohl er sich einen denkbar schlechten Zeitpunkt ausgesucht hatte, um sich ihre Schuhe genauer anzusehen. So anmutig wie möglich zog sie sie aus, einen nach dem anderen, während sie mit ihren bestrumpften Füßen auf einem rutschigen Holzstamm balancierte. „Bitte sehr."

Und was tat dieser entsetzliche Kerl? Er ging einige Schritte zu einem großen Stein, schlug ihre kostbaren Schuhe dagegen und verwandelte sie in eine Art Slipper, indem er die Absätze abbrach.

„Du ...du widerlicher Rohling! Das waren meine Lieblingsschuhe", kreischte Bruni. „Weißt du eigentlich, was die gekostet haben? Sie waren ein Geschenk des amerikanischen Kommandanten in Berlin. So was bekommt man in ganz Deutschland nicht. Er hat sie extra für mich aus New York einfliegen lassen."

Otto warf die ruinierten Schuhe in ihre Richtung und deutete auf ihre Füße. „Zieh sie wieder an. Es ist mir ehrlich gesagt scheißegal, wie viel sie gekostet haben, wie selten sie sind oder wer sie für dich gekauft hat. Hauptsache, du kannst schneller laufen."

„Geh ruhig voraus, wenn ich dir zu langsam bin", erwiderte sie, ihre unheimliche Angst vor dem Alleinsein im Wald ignorierend. Sie war in der Stadt geboren und aufgewachsen und hatte wenig Erfahrung mit der Natur, die sie nie gemocht hatte. Natur war per Definition schmutzig, und Bruni hasste Schmutz.

„Würd ich ja, aber ich steh nun mal in deiner Schuld, weil du mir mit deiner kleinen Nummer auf dem Polizeirevier den Arsch gerettet hast. Du hältst mich zwar zu Recht für einen Kriminellen, aber ich hab einen Ehrenkodex und der verlangt, dass ich dich nicht den Russen in die Hände fallen lasse. Verstanden?"

„Ja." Sie schätzte seine Ehrlichkeit.

„Ich glaub, du hast es noch nicht ganz verstanden, also erklär ich es dir noch mal gaaanz langsam: Wir sind Flüchtige und rennen vor den sowjetischen Besatzern davon. Verstanden?"

„Ja", sagte sie reumütig. Sie hatte sich den Fluchtplan nur bis zum Verlassen der Zelle zurechtgelegt und hatte keine Ahnung, wie es weitergehen sollte. Herrgott noch mal, sie wusste ja nicht einmal, wo sie waren!

„Gut. Und noch was." Er hockte sich vor sie, nahm den Stoff ihres Kleides in beide Hände und riss den vorhandenen Schlitz bis ganz nach oben auf, sodass er auf unanständige Weise den Großteil ihres Oberschenkels freigab.

Bruni schlug ihm auf die Hände. „Was machst du denn? Hör sofort auf damit!"

„Steh still." Wieder zog er am Stoff, bis er knapp über dem Knie waagerecht einriss. „Wir werden eine Weile unterwegs sein, und du kommst in diesem dämlichen Kleid nicht schnell genug voran." Als er damit fertig war, die untere Hälfte des Rocks abzureißen, musterte er sie eingehend und sagte: „Schon viel besser, aber noch nicht wirklich gut."

„Soll ich jetzt auch noch dankbar dafür sein, dass du meine Schuhe *und* mein Kleid ruiniert hast?"

„Das wäre für den Anfang nicht schlecht." Der entsetzliche Kerl streckte seine Hand aus, zog Bruni hoch und marschierte einfach los.

In ihren verstümmelten Schuhen folgte sie ihm eilends. Es war, gelinde gesagt, ein wackeliges Gefühl und keineswegs bequem oder einfach, darin zu laufen, aber wenigstens sank sie nicht mehr im weichen Waldboden ein. Als sie ihn einholte, fragte sie: „Wohin gehen wir?"

„Erst mal weg von hier."

„Weißt du überhaupt, wo wir sind?"

„Sagen wir mal, ich habe eine ziemlich gute Vorstellung. Aber bevor wir irgendwas anderes tun, müssen wir dir praktischere Kleidung besorgen."

„Und dann?", fragte sie, während sie weiter durch den Wald stapften.

„Dann sehn wir weiter."

„Na, das ist ja sehr beruhigend", murmelte sie leise vor sich hin.

KAPITEL 24

„Bleib hier und rühr dich nicht von der Stelle. Ich bin gleich wieder da."

„Wohin gehst du?"

„Dir was Vernünftiges zum Anziehen besorgen." Otto musterte Brunis schmale Statur. Hoffentlich würde er etwas Passendes finden. Fast alles war besser als ihr glitzerndes Kleid. Hätte er nicht so eine Scheißangst vor den Russen, hätte er köstlich darüber gelacht, wie lächerlich Bruni aussah, wie sie so durch den Wald latschte. Ein gefallener Engel, wie er im Buche stand.

Ohne auf ihre Reaktion zu warten, verschwand er zwischen den Bäumen und näherte sich dem Dorf, das einige Hundert Meter entfernt lag. Nach dem Krieg hatte er geschworen, sein Leben zu ändern und ein ehrlicher Mann zu werden, aber harte Zeiten erforderten harte Maßnahmen. Tatsächlich fand er bald, wonach er suchte. Er spähte nach rechts und links, dann schlich er sich an eine Wäscheleine heran, an der frisch gewaschene Kleidung zum Trocknen im Wind flatterte.

Ein Huhn gackerte. Er erstarrte, aber nichts rührte sich. Er schaute sich um und grinste zufrieden, als er ein Paar Gummistiefel neben dem Hühnerstall entdeckte. Dann nahm er sich die Zeit, die Kleidung auf der Wäscheleine zu begutachten, und entschied sich schließlich für einen kleinen dunkelblauen Overall, der wunderbar unauffällig war.

Mit drei langen Schritten schnappte er sich erst den Overall, dann die Stiefel und verließ den kleinen Bauernhof nur Sekunden später genauso unauffällig, wie er gekommen war. Hin und weg in Sekundenschnelle – so hatte ein guter Diebstahl abzulaufen. Er hatte es immer noch drauf.

„Gut gemacht", gratulierte er sich selbst und schlich leise zurück in den Wald. Die Reflexionen ihres glitzernden Kleides tanzten um die Bäume, lange bevor er Bruni entdeckte.

„Gott sei Dank bist du wieder da", jammerte sie kläglich, als er in ihr Blickfeld trat.

„Hast du mich vermisst?"

„Das hättest du wohl gern", erwiderte sie schnippisch. Dennoch bemerkte er die Erleichterung in ihren Augen.

„Hier, zieh das an." Ihre Reaktion fiel besser aus als erwartet, denn er hatte fest damit gerechnet, dass sie ihm die Augen auskratzen würde. Doch sie warf ihm nur einen missbilligenden Blick zu, als er ihr die Sachen reichte.

„Wo hast du die her?"

„Das willst du lieber nicht wissen."

„Du hast sie gestohlen." Es war eine Feststellung. „Aber die Pistole hast du nicht mitgenommen?"

„Die hab ich in der Wache liegen lassen. Glaubst du, ich will auch noch wegen illegalen Waffenbesitzes gejagt werden? Vielleicht begnügen sie sich nach ein paar Tagen oder Wochen ja mit den erbeuteten Antiquitäten, aber wenn irgendwo jemand mit einer sowjetischen Handfeuerwaffe rumläuft ..."

Niedergeschlagen betrachtete Bruni das Kleidungsstück, das er ihr immer noch entgegenhielt, stand dann auf und streckte ihre Hand danach aus. „Dreh dich um."

Er gehorchte und hörte, wie sie die Reste ihres Kleides abstreifte und in den Overall stieg. „Du kannst jetzt schauen."

Unwillkürlich pfiff er durch die Zähne. „Na, das ist mal eine Verwandlung." Wären sie nicht allein im Wald gewesen, hätte er geglaubt, dass eine andere Frau vor ihm stand. Der Overall hatte auf der Leine so klein ausgesehen, war jedoch viel zu groß für sie. Sie hatte die Ärmel hochgekrempelt und die Hosenbeine nachlässig in die übergroßen Stiefel gestopft; jetzt sah sie wenigstens wie ein normaler Mensch aus.

„Wir verbuddeln deine alten Sachen besser", sagte er und machte sich daran, mit bloßen Händen ein Loch in die Erde zu graben.

„Sie waren makellos und schön, bevor du sie kaputtgemacht hast."

„Na, dann lass uns halt deine makellos schönen Sachen vergraben."

„Du ... Du bist so ein Widerling", zischte sie aufgebracht, bevor sie ohne Zögern das Kleid und die Schuhe in das Loch warf.

Er füllte es mit Erde auf und legte ein paar Blätter und Zweige darüber, um die Spuren seiner Arbeit zu verwischen. „Dann mal los. Wir haben einen langen Weg vor uns." Er legte ein gleichmäßiges Tempo vor, wobei er darauf achtete, dass Bruni Schritt hielt. Zu seiner Erleichterung beklagte sie sich nicht, sondern stapfte stoisch neben ihm her. Die zu großen Gummistiefel quietschten bei jedem Schritt. Wenigstens musste er sich keine Sorgen machen, dass sie bei all dem Lärm, den Bruni machte, versehentlich ein Wildschwein oder einen Hirsch aufschreckten. Nach einer Weile erreichten sie eine Straße und er beschloss, neben dieser herzugehen, um schneller voranzukommen.

„Wie weit noch?", fragte sie nach mehreren Stunden Marsch.

„Hast du das Weglaufen etwa schon satt?" Sie tat ihm so leid, dass er ihr bedeutete, sich an den Straßenrand zu setzen. Im krassen Gegensatz zu der glamourösen Frau, die er in Berlin aufgegabelt hatte, saß nun ein Häufchen Elend neben ihm.

„Um ehrlich zu sein, ich bin hungrig, durstig, wütend, verängstigt, wundgelaufen und am Ende meiner Kräfte. Trotzdem würde ich niemals zurückgehen und riskieren, in einen ihrer Folterkeller gesteckt zu werden."

„Wer weiß, vielleicht machen sie das gar nicht."

„Vielleicht aber doch. Dieses Risiko will ich lieber nicht eingehen." Sie zog ihre Stiefel aus und wackelte mit den Zehen. Ihre Nylonstrümpfe hatten den Marsch nicht gut überstanden, eins der Löcher war so riesig, dass der gesamte große Zeh herausragte. Ihm fiel auf, dass ihre Zehennägel mit demselben Nagellack lackiert waren wie die Fingernägel.

Sie sah sehr verletzlich aus, als sie ihn anschaute. „Danke, dass du mit mir geflohen bist."

Er war immer noch hin- und hergerissen, ob dies ein brillanter oder ein törichter Schachzug gewesen war, wollte ihr seine Zweifel aber nicht zeigen. „Gern geschehen."

„Du verstehst vermutlich nicht, warum ich so wild entschlossen war, von dort wegzukommen, aber ... Meine Freundin Zara wurde vor Kurzem vom NKWD entführt ... und ich weiß immer noch nicht, wie sie das überhaupt überlebt hat. Ich hätte das nicht durchgestanden. Ich bin nicht an Entbehrungen gewöhnt."

„Is mir gar nich aufgefallen."

Bruni kicherte und der Klang ihrer Stimme jagte ihm ein Kribbeln über den Rücken. „Deine Stimme ist phänomenal. Sie kann sich problemlos mit der von Edith Piaf messen." Er bewunderte die französische Sängerin, seit er sie während des Kriegs in Berlin hatte singen hören.

Brunis Augen weiteten sich. „Du kennst den kleinen Spatz?"

„Nicht persönlich. Ich bin ein Fan. Sie ist mit Abstand die beste Unterhaltungskünstlerin in ganz Europa. Und ihre Stimme ist einfach unwiderstehlich. Ihr Tonumfang ... Unglaublich! Jedes Mal, wenn ich sie singen höre, bekomme ich eine Gänsehaut."

„Wie seltsam, dass jemand wie du sowas sagt."

Otto war keineswegs eingeschnappt, schließlich dachten die meisten Menschen so. „Ich habe immer gerne gesungen und war sogar eine Zeit lang im Chor."

„Warum jetzt nicht mehr?"

„Das erzähl ich dir beim Weitergehen."

Er streckte seine Hand aus, um ihr aufzuhelfen.

Statt seine Hand zu nehmen, kicherte sie. „Erst muss ich diese entsetzlichen Stiefel wieder anziehen."

Als sie weitergingen, erzählte er ihr von seiner Liebe zur Musik und wie diese einen schweren Schlag erlitten hatte, weil sein Vater ihm verboten hatte, weiterhin im Chor zu singen.

„Seiner Meinung nach war es unmännlich", sagte er.

„So ein Unsinn! An Weihnachten habe ich eine Vorstellung von Bob Hope besucht. An dem ist rein gar nichts Unmännliches. Ich würde sogar so weit gehen zu behaupten, dass die meisten Frauen im Publikum sich ihm nur zu gern an den Hals geworfen hätten. Und ich bin mir ziemlich sicher, dass er das eine oder andere dieser Angebote angenommen hat."

Otto antwortete nicht. Er selbst hatte noch nie etwas mit einer Frau gehabt, aber das würde Bruni nicht verstehen.

Es war bereits dunkel, als sie zu der Kreuzung kamen, nach der er Ausschau gehalten hatte. Von hier waren es nur noch zwei Stunden bis zum Haus seiner Mutter; mit Bruni an seiner Seite vielleicht drei.

„Wir sind fast da."

„Kannst du mir sagen, wo ‚da' ist?"

„Wittenberg."

„Und was ist in Wittenberg?"

„Da wohnt meine Mutter. Wir sind kurz vor Mitternacht da, wenn die Nachbarn schon schlafen."

„Willst du mich etwa als deine Freundin vorstellen?"

Er legte den Kopf schief. Das würde Mutti sicher gefallen. „Wenn es dir nichts ausmacht, nach Enkeln gefragt zu werden."

„Echt? Sehe ich aus wie jemand, der einen Haufen Kinder großziehen will?"

„Jetzt gerade schaust du aus wie ein Landstreicher."

„Dank dir. Vielleicht erinnerst du dich, dass du mein schönes Kleid für dieses ... Ding weggeworfen hast." Sie machte eine Geste an ihrem Körper hinunter.

„Es verleiht dir ein exotisches Aussehen."

Bruni lachte über seine Bemerkung, und wieder einmal musste er sich eingestehen, dass er sie völlig falsch eingeschätzt hatte. Sie erreichten die verschlafene Stadt Wittenberg und er ermahnte sie, auf dem Weg zum Haus seiner Mutter im Schatten der Gebäude zu bleiben.

Da sein Hausschlüssel noch im Laster war, klopfte er an die Tür. Es dauerte mehrere Minuten, bis er schlurfende Schritte hörte, und seine Mutter rief: „Wer ist da?"

„Mutti, ich bins. Otto."

Sie öffnete die Tür und setzte sofort zu einer Schimpftirade an. „Was ist mit deinem Schlüssel passiert? Weißt du eigentlich, wie spät es ist? Mich zu dieser unchristlichen Zeit aufzuwecken! Ich hätte fast einen Herzanfall gehabt."

„Tut mir leid, Mutti. Ich habe eine Freundin dabei. Wir brauchen ein Plätzchen für die Nacht." Er winkte Bruni, zur Tür zu kommen. „Das ist Bruni. Und das ist meine Mutter, Frau Krause."

„Es freut mich, Sie kennenzulernen, Frau Krause. Bitte entschuldigen Sie, dass wir zu so später Stunde unangekündigt auftauchen."

„Kommt rein, kommt rein." Seine Mutter trat zur Seite, um sie vorbeizulassen. Sie schaute nach links und rechts, denn normalerweise parkte er direkt vor dem Haus. „Wo ist dein Laster?"

„Das ist eine lange Geschichte." Er folgte seiner Mutter in die Küche.

„Habt ihr Hunger?", fragte sie und beäugte Bruni, die sich im Hintergrund hielt.

„Ja, Mutti. Wir hatten eine Panne und noch keine Gelegenheit, zu Abend zu essen."

Sie runzelte die Stirn. „Ich hoffe, nichts Schlimmes?"

„Nichts, was man nicht reparieren kann."

„Warum zeigst du deiner Freundin nicht, wo sie sich waschen kann, während ich euch was zu essen mache?"

KAPITEL 25

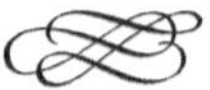

Bruni ließ sich keine Sekunde lang von Frau Krauses freundlicher Miene täuschen. Sie konnte ihr die Abneigung nicht einmal verübeln, denn welche Mutter würde es gutheißen, wenn ihr Sohn ein gerupftes Huhn in einem übergroßen Männer-Overall nach Hause brachte? Keine, die Bruni kannte – oder kennen wollte.

„Komm, ich zeig dir das Badezimmer." Otto rettete sie aus der peinlichen Situation und führte sie den Flur hinunter zu einem gekachelten Nebenraum mit einer Toilette, einer Waschschüssel, einem Fass mit Schöpflöffel, Schwämmen, einigen Lappen und einem Stück Kernseife.

„Danke." Obwohl sie todmüde war, sehnte sie sich danach, sich den Schmutz von der Haut zu schrubben. Ein flüchtiger Blick in den Spiegel ließ sie vor der Vogelscheuche zurückschrecken, die ihr entgegensah. Ihr Make-up war verwischt, ihr Gesicht mit Dreck verschmiert und ihr Haar zerzaust. Kein Wunder, dass Ottos Mutter sie so missbilligend angeblickt hatte.

Sie trat neben das Fass, schöpfte kaltes Wasser über sich und schrubbte kräftig die Spuren des albtraumhaften Tages von ihrem Körper. Die Kernseife ließ ihre zarte Haut gerötet zurück. Sie bemerkte das Brennen kaum, so erleichtert war sie, wieder sauber zu sein. Zuletzt tauchte sie ihren Kopf in die Wassertonne, um sich das Haar ohne Seife zu waschen, denn dieses Zeug hätte ihre gefärbten Locken nur verheddert.

Daheim hätte sie sich ein Handtuch um den Körper und ein weiteres um den Kopf gewickelt. Hier aber starrte sie angewidert auf den schmutzigen Overall, den sie wieder anziehen musste. Während sie nackt dastand und das kostbare Gefühl genoss, frisch gewaschen zu sein, hörte sie gedämpfte Stimmen aus der Küche. Neugierig trat sie näher zur Tür, um zu lauschen.

„Als ich gesagt habe, du sollst dir ein nettes Mädel zum Heiraten suchen, habe ich nicht gemeint, dass du die schmutzigste Landstreicherin auflesen sollst, die du finden kannst."

„Bitte, Mutti. Ich hab dir doch gesagt, dass der Lastwagen liegengeblieben ist und wir einen harten Tag hatten."

„Einen harten Tag? Du und dieses Flittchen den ganzen Tag im Wald? Eurem Aussehen nach zu urteilen, habt ihr euch dort ganz schön herumgewälzt."

Otto antwortete nicht. Mit einem Mal wurde Bruni in ihre Kindheit zurückversetzt, als ihre eigene Mutter sie für die schrecklichen Dinge gescholten hatte, die ihr Vater ihr angetan hatte.

Sie riss sich zusammen und verscheuchte die Erinnerung mit einem Achselzucken. Diese Zeiten waren lange vorbei. Heute hatte einzig und allein sie das Sagen in ihrem Leben. Dennoch fühlte sie sich im Moment fast genauso hilflos wie damals. Selbst ihre Reaktion war dieselbe: weglaufen.

Es spielte keine Rolle, ob sie vor dem Missbrauch durch den Vater oder vor den Sowjets floh: Sie hatte es schon einmal geschafft und würde es wieder schaffen, mit oder ohne Ottos Hilfe. Und sie würde sich von den verletzenden Worten seiner Mutter nicht das Gefühl geben lassen, unzulänglich zu sein, ganz und gar nicht. Sie war Bruni von Sinnen, die gefeierte Unterhaltungskünstlerin, Himmelherrgott noch mal!

Sie trat zurück, stieg wieder in den dreckigen Overall und öffnete die Tür absichtlich besonders laut. So gerne sie Ottos Mutter mit Schweigen gestraft hätte, war sie viel zu hungrig, um diesen Plan in die Tat umzusetzen. Nicht umsonst hatte sie gelernt, durch ihre Tränen hindurch zu lächeln. Wenn sie dieses Debakel erst einmal durchgestanden hatte, würde die Sonne schon bald wieder scheinen.

Kurze Zeit später saß sie am Küchentisch, löffelte schweigend eine herzhafte Kartoffelsuppe mit Brot und lauschte dem Gespräch zwischen Otto und seiner Mutter. Es schien, als wüsste seine Mutter von seinen Schmuggelgeschäften und lehnte sie vehement ab.

Bruni aß, so schnell sie konnte, und sagte dann: „Danke für das Essen, Frau Krause. Wenn ich darf, würde ich mich jetzt gerne hinlegen, ich bin sehr müde."

Otto sprang auf. „Ich zeig dir, wo du schlafen kannst."

Sie folgte ihm die steile Treppe hinauf in ein winziges Zimmer, in dem sich noch Überbleibsel seiner Kindheit befanden, darunter ein Plüschbär und ein paar Fotos von ihm in der Uniform der Hitlerjugend. Die einzigen Möbelstücke waren ein Einzelbett, das sich an die Wand schmiegte, und eine abgenutzte Kommode mit sich lösenden Schubladenfronten.

„Du kannst das Bett haben, ich schlaf auf dem Boden", bot er an und knipste eine Stehlampe an. „Wir müssen schon früh wieder aufbrechen."

„Wohin?", fragte Bruni, ging zum Bett hinüber, setzte sich auf die Kante, zog die Stiefel aus und stellte sie ordentlich nebeneinander auf den Boden.

„Ich bring dich irgendwie zur Grenze. Brauchst du noch was?", fragte er schon halb in der Tür.

„Nein, danke."

„Schlaf jetzt. Ich bin bald zurück." Otto verließ das Zimmer, offensichtlich, um ihr die Möglichkeit zu geben, sich auszuziehen und unter die Decke zu schlüpfen, bevor er zurückkam, um auf dem Boden zu schlafen.

Es war eine rücksichtsvolle Geste. Allerdings hätte es ihr nichts ausgemacht, das Bett mit ihm zu teilen, um sich aufzuwärmen, solange er seine Hände bei sich behielt. Selbst wenn er das nicht tat, so hatte sie gelernt, sich gegen unerwünschte Berührungen zu wehren. Sie war kein hilfloses Kind mehr.

KAPITEL 26

Otto zog die Tür hinter sich zu, ging zur Treppe und lauschte Muttis Aufräumarbeiten in der Küche. Er wusste, sie wartete darauf, dass er wieder herunterkam. Als er die Küche betrat, wusch sie gerade ab.

„Lass mich helfen", sagte er und nahm das Geschirrtuch.

„Seit wann hilfst du mir, ohne dass ich darum betteln muss?"

Er ignorierte die abfällige Bemerkung und wartete darauf, dass sie mit der Sprache herausrückte; an ihrem Gesicht konnte er deutlich ablesen, wie sehr sie Brunis Anwesenheit missbilligte.

„Schläft deine Freundin?"

„Sie geht gerade ins Bett. Es kann übrigens sein, dass ich für ein Weilchen verschwinden muss."

Sie sah ihn besorgt an und schüttelte langsam den Kopf. „Wirst du je aufhören, mir Kummer zu machen?"

„Das mache ich ja nicht mit Absicht." Er und sie waren in vielen Dingen unterschiedlicher Meinung, trotzdem hing er sehr an ihr. Nach dem Tod seines Vaters war er rebellisch geworden, was in Hitlers Reich nicht gern gesehen wurde. Er hatte mehrere Gefängnisstrafen verbüßt, meist wegen kleinerer Diebstähle oder weil er sich den Behörden auf andere Weise widersetzt hatte.

Otto war einfach nicht dafür geschaffen, Befehle zu befolgen, die er für dumm, ungerecht oder schlichtweg grausam hielt. Das war schon damals so gewesen und war jetzt nicht anders. Doch unabhängig davon, wie gerechtfertigt sein Ungehorsam war, hatte es seiner Mutter jedes Mal großen Kummer bereitet, wenn er wieder mal in der Patsche saß.

„Wer ist diesmal hinter dir her?“

„Die Sowjets. Der letzte Transport ist nicht so gelaufen, wie geplant.“

„Warum musst du überhaupt diese illegalen Fahrten nach Westberlin machen? Wann hörst du endlich mit deinen unerlaubten Aktivitäten auf und wirst ein gesetzestreuer Bürger?“

Es brachte nichts, seiner Mutter zu sagen, dass die Sowjets die Bösen waren und der Würgegriff um Berlin rechtswidrig war – außerdem millionenfach schlimmer als sein kleines Scherflein bei der Ernährung der Zivilbevölkerung.

„Und was soll ich dann tun? Ich verdiene gutes Geld mit diesen Fahrten, das wir gut gebrauchen können.“ Wie zum Beweis für die Wahrheit seiner Worte, wurde sie von einem heftigen Hustenanfall geschüttelt. Der Doktor hatte eine schwere Bronchitis diagnostiziert, deren Auslöser die Luftverschmutzung war. Deren Ursache wiederum war, dass allenthalben mit Braunkohle geheizt wurde.

Der Arzt hatte ihr Hustensaft gegeben, aber was sie wirklich brauchte, waren Antibiotika und ein längerer Aufenthalt am Meer – beides Dinge, die sie sich nicht leisten konnten.

„In der Nitratfabrik werden ständig Arbeiter gesucht. Die Leute dort verdienen gutes Geld und erhalten außerdem zusätzliche Lebensmittelkarten.“

„Man muss Mitglied der kommunistischen Partei sein, um dort zu arbeiten“, erinnerte er sie. Das war ein wunder Punkt zwischen ihnen. In seiner Jugend hatte er mit den Ideen der Kommunisten sympathisiert, hatte sogar ihren Mut bewundert, sich gegen Hitler zu stellen. Doch nach dem Krieg hatten sich dieselben Kommunisten die Leitlinien der Nazis bis ins Detail angeeignet, wenn auch unter anderen Namen.

„Na, dann tritt doch bei. Ich habe das schon vor Monaten getan."

Es war typisch für seine Mutter, den neuen Führern vorbehaltlos zu folgen. Otto hingegen hatte sich damals nicht beschwatzen lassen, der NSDAP beizutreten, und aus demselben Grund wurde er auch jetzt kein Mitglied der SED. Das war nur eine weitere Masche, ahnungslosen Bürgern eine bescheuerte Ideologie aufzuzwingen und sie gefügig zu machen. Danke, da verzichtete er lieber.

„Wahrscheinlich würden sie mich wegen meiner Vorstrafen eh nicht nehmen."

„Und genau da irrst du dich", sagte Mutti triumphierend. „Erstens stammen diese Vorstrafen aus der Zeit der Nazis. Damit sind sie ein Beweis, dass du dich widersetzt hast, als es sonst niemand gewagt hat. Zweitens liegen den Kommunisten ihre Bürger wirklich am Herzen. Wenn du zum Parteibüro gehst und aufrichtig bereust, dass du so viel Ärger verursacht hast, geben sie dir eine zweite Chance. Du musst nur versprechen, deine zwielichtigen Machenschaften aufzugeben."

Daran hatte er ernsthafte Zweifel. Im Gegenteil, er war sich sicher, dass die Kommunisten jede Andeutung einer begangenen Missetat früher oder später gegen ihn verwendeten. Er hatte oft genug erlebt, dass ehemals wohlgelittene Menschen ins Gefängnis geworfen wurden, um dann spurlos bis zum Sankt-Nimmerleins-Tag zu verschwinden. „Gut, dann tu ich das. Aber zuerst muss ich für eine Weile verschwinden, bis sich die Aufregung gelegt hat. Wenn jemand nach mir fragt, sag, du hättest mich seit letzter Woche nicht mehr gesehen."

Ihre Lippen wurden schmal. „Ich hoffe nur, du weißt, was du tust, Otto Krause."

„Keine Angst, Mutti." Er küsste sie auf die Wange. „Ich geh jetzt besser schlafen."

KAPITEL 27

Heftiges Hämmern im Erdgeschoss riss Bruni aus dem Schlaf. In Sekundenbruchteilen raste die Angst wie eine brennende Flüssigkeit durch ihre Adern. Bevor sie überhaupt wusste, was los war, erhob sich Otto vollständig angezogen vom Boden und warf ihr den Overall zu.

„Zieh dich an. Schnell“, flüsterte er und schlüpfte in seine eigenen Stiefel. Sie kämpfte noch mit ihrer Kleidung, als er ihr ein Zeichen gab, ruhig zu sein, und das Fenster einen Spalt breit öffnete.

Das Wummern wurde lauter, dann hörte sie eine männliche Stimme rufen: „Aufmachen!“

Otto holte zwei Wollpullover aus einer Schublade, bedeutete ihr, einen davon anzuziehen und zum Fenster zu kommen. Sie hoffte inständig, dass sie seine Pläne falsch interpretierte.

Nun stampfte seine Mutter die Treppe hinunter und schrie: „Was zum Teufel ist hier los? Wissen Sie eigentlich, wie spät es ist?“

„Wir suchen Ihren Sohn, Otto Krause. Ist er hier?“

„Ich habe ihn seit einer Woche nicht mehr gesehen. Sein Laster steht auch nicht draußen, also ist er gestern Abend nicht nach Hause gekommen.“

„Wir haben den Laster gefunden, aber nicht ihn."

„Ich hoffe, ihm ist nichts Schlimmes passiert! Er macht immer diese gefährlichen Fahrten, so ganz allein, und übernachtet dann in seinem Lastwagen. Denken Sie, er ist verletzt?"

Bruni hatte inzwischen ihre Stiefel angezogen und war in den übergroßen Pullover geschlüpft. Otto öffnete das Fenster vollends. Die Nacht war frisch und klar, sodass sie das Gespräch zwischen seiner Mutter und den Soldaten deutlich verstehen konnte.

„Wir müssen Ihr Haus durchsuchen."

„Natürlich, natürlich. Ich bin eine redliche Kommunistin, ich habe nichts zu verbergen. Bin schon vor Monaten in die Partei eingetreten, obwohl ich wegen meiner schwachen Gesundheit kein Amt bekleiden darf."

„Machen Sie endlich die Tür auf."

„Ja, ja, ich muss nur noch die Kette abmachen. Sie klemmt manchmal", rief seine Mutter. Schließlich gelang es ihr, die Kette zu lösen, und sie bat die Soldaten herein.

In dem Moment, in dem Bruni Schritte im Hausflur hörte, glitt Otto aus dem Fenster aufs Dach und streckte ihr die Hand entgegen.

Das soll wohl ein Witz sein. Für den Bruchteil einer Sekunde überlegte sie, ob sie bleiben und sich in ihr Schicksal ergeben sollte. Dann siegte der Kampfgeist und sie ergriff seine Hand. Wenn sie schon sterben musste, dann lieber durch einen schnellen Sturz vom Dach, als langsam zu Tode gequält zu werden. Kaum hörte sie schwere Stiefel die Treppe hinaufstampfen, streckte sie eilig ein Bein aus dem Fenster, dann das andere. Sie versuchte dabei tunlichst zu vermeiden, nach unten zu sehen, während sie Ottos Hand fest umklammerte.

„Wir müssen uns beeilen", flüsterte er und zog sie hinter sich her über das Dach. Als sie den Rand erreichten, hielt er an. Aus der Art sich zu bewegen wurde deutlich, dass es nicht das erste Mal war, dass er diesen Weg benutzte, was leider nicht für Bruni galt.

Sie starrte auf den vom Halbmond schwach beleuchteten

Boden und überlegte, ob sie einen Sprung überleben würde oder nicht. Otto ließ ihr jedoch keine Zeit zum Nachdenken. Er sprang aufs Dach des nächsten Hauses und zerrte an ihrer Hand, damit sie ihm folgte.

Auf der anderen Seite konnte sie kaum glauben, dass sie es tatsächlich geschafft hatte. Doch wieder ließ Otto ihr keine Zeit zum Verweilen, sondern zog sie in gewagtem Tempo über weitere Dächer. Dabei benutzten sie Schornsteinfegertritte, um zum First hinaufzuklettern. Auf der anderen Seite rutschten sie auf dem Hosenboden hinunter. So bewegten sie sich von Haus zu Haus.

Alles ging so schnell, dass Bruni erst begriff, was sie getan hatten, als sie das Ende der Straße erreichten und Otto ihre Hand losließ. „Jetzt müssen wir springen."

„Vom Dach?" Ihr Flüstern klang schrill. Sie zuckte zusammen und hoffte, dass es niemand gehört hatte.

„Es ist nur vom ersten Stock. Ich fang dich auch auf." Kaum hatte er es gesagt, sprang er auch schon hinunter und richtete sich – sehr zu ihrer Überraschung – sofort wieder auf. Dann drehte er sich um und hob ihr die Arme entgegen.

Komm schon, Bruni. Du kannst nicht auf dem Dach bleiben. Sie schloss die Augen – und sprang. Wie durch ein Wunder landete sie sicher in seinen Armen und er setzte sie auf dem weichen Gras ab. Sie betrachtete ihre robusten Gummistiefel und war froh, dass er sie gezwungen hatte, diese scheußlichen Dinger zu tragen, ebenso wie den dunkelblauen Overall. Ihr lilafarbenes Paillettenkleid hätte im Mondschein geglitzert wie ein Weihnachtsbaum, sodass man sie schon von Weitem hätte sehen können.

Heute Morgen hatte sie ja auch nicht damit gerechnet, vor der sowjetischen Militärpolizei fliehen zu müssen, weil sie beschuldigt wurde, gestohlene Kunst zu schmuggeln.

Sie war noch nie sportlich gewesen und die Anstrengung sowie die Aufregung waren einfach zu viel. Kaum ließ Otto sie los, gaben ihre wackeligen Knie unter ihr nach. Zitternd wie Espenlaub kauerte sie auf dem Boden.

„Steh auf, wir müssen einen sicheren Ort finden, an dem wir bleiben können."

„Ich kann nicht", jammerte Bruni.

„Du kannst und du wirst." Er nahm ihre beiden Hände und zog sie auf die Beine, doch Bruni war zu erschüttert, um sich zu bewegen. Plötzlich spürte sie einen brennenden Schmerz auf der Wange, der sie aus der Benommenheit riss. Bevor sie sich über die Ohrfeige beschweren konnte, sagte Otto: „Tut mir leid, aber wir müssen jetzt wirklich los. Die suchen bestimmt noch nach uns."

Sie starrte ihn mit weit aufgerissenen Augen an, unfähig, einen zusammenhängenden Gedanken zu fassen. Irgendwie bewegten sich ihre Beine von selbst, als er ihre Hand nahm und sie wieder hinter sich herzog. Sie schlichen durch dunkle Gassen, bis sie die Hauptstraße erreichten, die aus Wittenberg hinausführte. Nachdem sie diese überquert hatten, suchten sie den Schutz des Waldes auf, der parallel zur Straße verlief.

Otto schien sich seiner Sache sicher zu sein und zu wissen, wohin sie gehen und was sie tun mussten. Bruni hingegen stolperte über jeden Stock und jeden Stein, die im Weg lagen. Nach einer Weile hörte sie auf zu zählen, wie oft sie hingefallen war, raffte sich ein weiteres Mal auf und zwang sich weiterzugehen. Es war, als bestünde ihr ganzes Leben aus nichts anderem mehr als einen Fuß vor den anderen zu setzen.

Als sie Heinz für seine Hilfe bezahlt hatte, Berlin zu verlassen und in die amerikanische Zone zu kommen, hatte sie geglaubt, es würde höchstens einen Tag dauern, bis sie Victor wiedersah. Doch mit jedem Schritt, den sie in diesem dunklen Wald machte, schien ihr Ziel in immer weitere Ferne zu rücken.

KAPITEL 28

Otto brauchte einen Plan. Wie er so durch den nächtlichen Wald stiefelte, wurde ihm mit jedem Schritt klarer, dass er für lange Zeit nicht nach Hause zurückkehren konnte. Weder die Sowjets noch sein Haftbefehl würden sich auf wundersame Weise in Luft auflösen. Er brauchte einen Ort, an dem er sich für einige Wochen oder gar Monate verstecken konnte, bis Gras über die Sache gewachsen war. Seine Mutter würde vor Sorge vergehen, aber auch das würde sie durchstehen, so wie sie es immer tat.

Das Wichtigste war zunächst einmal, Bruni zur Zonengrenze zu schaffen, und dafür brauchte er ein Fahrzeug. Wenn sie die ganzen gut zweihundert Kilometer zu Fuß zurücklegen müssten, kämen sie nie an. Ein vertrautes Gesicht kam ihm in den Sinn und ein Schub neuer Energie trieb ihn voran.

„Ich weiß, wo wir hingehen." Fast hätte er laut aufgelacht, weil Brunis Augen so hoffnungsvoll aufleuchteten.

„Du kennst jemanden, der uns hilft?"

„Und ob!" Er war sich zwar nicht hundertprozentig sicher, doch er setzte darauf, dass Felix immer noch Gefühle für ihn hegte und ihn in seiner Not nicht wegschickte. Unter anderen Umständen, in einer toleranteren Welt, wären sie beide wahrscheinlich immer noch ein Paar, das glücklich und zufrieden lebte, bis dass der Tod sie schied.

„Wie lange brauchen wir dahin?"

„Is gleich um die Ecke."

Sie kicherte. „Wieso glaube ich dir kein Wort?"

„Na gut, es sind circa acht Kilometer. Vor Sonnenaufgang sind wir da. Dann können wir erst mal ausschlafen und Pläne schmieden."

Sie stapften weiter, wobei Otto Bruni immer wieder zur Eile antrieb, denn er wollte unbedingt vor Tagesanbruch bei Felix sein. Endlich kam das Dorf in Sicht und er steuerte direkt auf seine Lieblingskneipe zu. Dort klopfte er an die Hintertür und hoffte inständig, dass Felix sie einlassen würde.

„Wer ist da?"

„Ich bins, Otto."

Sekunden später öffnete ein großer, schlanker Mann mit dunklem Haar die Tür. „Otto? Was machst du hier um diese Zeit?", fragte er und umarmte ihn.

Otto schlang ebenfalls seine Arme um Felix und schloss genüsslich die Augen. Obwohl er Felix' Bar regelmäßig besuchte, achteten sie peinlich darauf, nie allein zu sein, um nicht in Versuchung zu geraten, das Feuer ihrer Leidenschaft neu zu entfachen.

„Und wer ist die Dame?", fragte Felix mit einer hochgezogenen Augenbraue, als er Bruni zwei Schritte hinter Otto stehen sah.

„Felix, das ist Bruni. Bruni, mein Freund Felix."

„Es freut mich, dich kennenzulernen", sagte sie mit ihrer melodiösen Stimme, als wäre es die natürlichste Sache der Welt, zerlumpt und müde an der Hintertür einer Bar aufzukreuzen.

„Ebenso." Felix wandte sich mit besorgtem Blick wieder an Otto. „Warum kommt ihr nicht rein, bevor euch jemand sieht?"

Felix kannte sich aus mit Prügeleien unter den Gästen. Seine Klientel, Männer aus der Arbeiterklasse, machte davon reichlich Gebrauch. Er musste kein Genie sein, um zu erkennen, dass Otto und Bruni in ernsten Schwierigkeiten steckten.

Sie folgten ihm durch einen kleinen Flur, vorbei an Lagerraum und Küche in den leeren Schankraum, den die gerade aufgehende Sonne in ein Zwielicht tauchte. Die Stühle standen auf den Tischen und Felix hatte wie immer den Boden gefegt, nachdem der letzte Gast des Abends gegangen war.

„Tut mir leid, dass ich dich so früh wecke." Otto fühlte den Anflug eines schlechten Gewissens.

„Für mich kein Problem, aber ich denke, für dich schon."

„Ja. Ich erzähl dir alles bei einer Tasse Kaffee."

„Du brauchst immer einen Kaffee", schmunzelte Felix. „Willst du auch einen, Bruni?"

„Ja, bitte. Das wäre jetzt genau das Richtige."

Felix brühte in der Küche den Kaffee auf und kehrte einige Minuten später mit drei Bechern in der Hand zurück. „Otto, mach doch bitte das Licht hinter der Theke an."

Felix stellte die Becher auf den Tresen und drehte sich um, um Bruni einen davon zu reichen, als er plötzlich die Augen weit aufriss. „Sag mir, dass das nicht wahr ist!"

„Wie bitte?"

„Du bist die Frau aus der Zeitung."

Bruni lächelte stolz, bevor ihr klar zu werden schien, dass dies vielleicht keine so gute Nachricht war.

Otto runzelte die Stirn. „Welche Zeitung?"

„Hier." Felix schob ihm eine Ausgabe des *Neuen Deutschland* zu. Auf der Titelseite war ein Bild von Bruni in einem hellen Kleid mit einem unsichtbaren Mikrofon in der Hand zu sehen. Die Schlagzeile lautete: „Heimtückisches Verbrecherpaar schmuggelt Kulturerbe." In dem Artikel stand, wie sie und ihr Komplize, ein Lastwagenfahrer, dabei erwischt worden waren, wie sie den deutschen Arbeitern und Bauern wertvolle Kunst raubten, um sie an den imperialistischen Westen zu verscherbeln.

„Um Himmels willen", flüsterte Bruni.

„Ich hab dir doch gesagt, du sollst dich unauffällig verhalten! Jetzt sieh nur, was du angerichtet hast! Das ist ganz allein deine Schuld!", platzte es aus Otto heraus. Ihr Leichtsinn hatte ihrer beider Chancen zunichtegemacht, jemals wieder ein normales Leben zu führen.

„Ach, wirklich?“ Sie erhob sich von ihrem Barhocker, die Füße auf der Stange, die unten am Tresen entlang verlief, sodass sie und Otto gleich groß waren. „Wenn ich gewusst hätte, dass du heiße Ware schmuggelst, wäre ich niemals in deinen vermaledeiten Laster gestiegen.“

„Was hast du denn erwartet? Glaubst du, einer deiner ach so reichen und gesetzestreuen Pinkel wäre das Risiko eingegangen, dich in den Westen zu schaffen? Also schieb mir nicht die Schuld in die Schuhe. Du wusstest ganz genau, worauf du dich einlässt.“

Felix' Kinnlade sackte bei jedem Satz weiter nach unten, während seine Augen zwischen den beiden hin und her hüpften. Otto warf ihm einen wütenden Blick zu, doch der langjährige Kneipenwirt wusste nur zu gut, wann er sich in eine Streiterei einmischen musste und wann es unnötig war. Im Moment fand er es offenbar interessanter zuzuhören, wie sie sich gegenseitig Schimpftiraden um die Ohren hauten.

„Ich habe ganz bestimmt nicht damit gerechnet, verhaftet zu werden und dann aus dem Gefängnis flüchten zu müssen“, warf sie Otto vor.

„Dann hättest du in der Kneipe lieber das Maul halten sollen, anstatt den großen Star zu spielen.“

„Oder vielleicht hättest du keine Antiquitäten schmuggeln sollen.“

„Dann stimmt es also?“, unterbrach Felix ihren Streit und beide Köpfe drehten sich zu ihm.

„Leider ja. Ich hab mich übern Tisch ziehen lassen“, gab Otto niedergeschlagen zu und fuhr sich mit der Hand durchs Haar. „Ich sollte eine Ladung Möbel nach Fulda fahren, doch dann hat sich herausgestellt, dass dazwischen wertvolle Gemälde, Antiquitäten und so'n Scheiß versteckt waren.“

„Was du gemerkt hättest, wenn du vor dem Losfahren auch nur einen Blick in den Laderaum deines Lasters geworfen hättest“, sagte Bruni schnippisch.

„Ich hab die Ladung überprüft. Nicht jeder lebt ein so privilegiertes Leben wie du und kennt sich mit den schönen Künsten aus." Otto fiel es schwer, sie nicht anzubrüllen. Wäre sie ein Mann gewesen, hätte sie schon längst seine Fäuste zu spüren bekommen.

„Du denkst wohl, du hast die Weisheit mit Löffeln gefressen, was? Nur weil es mir gelungen ist, mich aus eigener Kraft hochzukämpfen, heißt das nicht, dass ich mit einem Silberlöffel im Mund geboren wurde. Im Gegenteil. Wenn du etwas über meine Kindheit wüsstest, würdest du jetzt dasitzen und Rotz und Wasser heulen."

Bevor Otto etwas erwidern konnte, legte Felix ihm eine Hand auf die Schulter und sagte: „Es reicht. Ihr zwei steckt ganz schön tief in der Tinte."

„Ich weiß." Otto ließ seine Stirn auf den Tresen rumsen.

„In dem Artikel wird davon geredet, dass die Sowjets ein Kopfgeld für Hinweise aussetzen werden, die zu eurer Verhaftung führen. Du kannst von Glück reden, dass weder dein Name noch dein Bild in der Zeitung ist, Otto. Andernfalls würde es hier von Polizei nur so wimmeln."

„Sie hätten uns fast bei meiner Mutter erwischt", stöhnte Otto. „Wir sind zu dir gekommen, weil wir ein Auto brauchen, um über die Grenze in die amerikanische Zone zu flüchten."

„Du weißt, ich würde dir mein Auto, ohne zu zögern anvertrauen, aber damit ..." Felix tippte auf die Zeitung. „... bringt das nichts. Die führen mit Sicherheit Verkehrskontrollen durch und erwischen euch, noch bevor ihr in der nächsten Stadt seid. Du könntest nicht mal irgendwo tanken, ohne zu riskieren, dass jemand die Polizei ruft."

„Für eine saftige Belohnung wäre fast jeder bereit, uns zu verpfeifen."

„Du kannst niemandem trauen, auch nicht deinen Freunden", sagte Felix.

„Nicht einmal dir?"

„Ich würde dich niemals freiwillig verraten, aber ich kann für nichts garantieren, wenn die Sowjets mir Daumenschrauben anlegen."

Otto lief es kalt über den Rücken. Sollten die Sowjets je herausfinden, dass zwischen den beiden Männern mehr als nur Freundschaft bestanden hatte, käme noch weitaus Schlimmeres als Daumenschrauben zum Einsatz.

Bruni, die während ihres Gesprächs auffallend schweigsam gewesen war, meldete sich zu Wort: „Wir könnten mit dem Zug fahren?"

Otto schüttelte den Kopf. „Zu riskant. Selbst wenn Felix die Fahrkarten kauft, ist da immer noch der Schaffner, der unsere Papiere kontrolliert. Und sobald er dein hübsches Lockenköpfchen erkennt ..."

„Warte mal ", Mit nachdenklicher Miene meldete sich Felix zu Wort. Ein Grinsen überzog sein Gesicht. „Weißt du noch, wie wir immer in die Stadt gefahren sind, als wir noch in der Schule waren?"

„Nee. Das würde sie nie schaffen."

Bruni warf ihm einen bösen Blick zu. „Wozu glaubst du, bin ich nicht fähig?"

„Zugspringen", sagten Felix und Otto wie aus einem Mund.

„Natürlich kann ich das." Ihre Stimme klang zuversichtlich, aber Otto sah einen Schimmer von Furcht in ihren Augen. Doch welche Wahl hatte sie? Wenn sie in der sowjetischen Besatzungszone blieb, würde sie früher oder später verhaftet werden.

„Bis Eisenach kommt ihr ohne Problem, und von dort ist es nicht mehr weit bis zur Grenze."

„Wie weit genau ist *nicht weit*?", wollte Bruni wissen.

„Na ja, so fünfundzwanzig Kilometer, mehr oder weniger."

Sie stöhnte. „Und dann werden wir an der Grenze verhaftet, sobald unsere Ausweise kontrolliert werden."

Ein weiteres verschmitztes Grinsen erschien auf Felix' Gesicht. „Deshalb darfst du deine Papiere ja auch nicht vorzeigen."

Otto wusste, woran sein Freund dachte. Nur weil Felix ein

unbescholtener Kneipenbesitzer geworden war, bedeutete das nicht, dass er sein früheres, weniger legales Leben vergessen hatte. „Du meinst die grüne Grenze?"

„Ja. Das einzige Problem ist, dass ihr die Werra überqueren müsst."

„Wir können unmöglich rüberschwimmen."

„Nein, nein, das geht auf keinen Fall. Genau diese Stelle ist das gefährlichste Stück eurer Reise. Da müsst ihr auf die Straße und eine der Brücken nehmen."

Endlich nahm Otto einen Schluck von seinem Kaffee. „Die denken doch, dass wir nach Fulda wollen. Also wärs besser, die Grenze weiter nördlich zu überqueren."

„Hm. Wenn die Sowjets schlau sind, haben sie Kontrollposten auf jeder grenznahen Brücke zwischen Eisenach und Salzwedel."

„Und wenn wir stattdessen nach Osten fahren?", überlegte Otto.

„Nach Osten? Du meinst nach Polen? Das ist doch völlig verrückt", widersprach Bruni.

„Nicht unbedingt. Wir fahren mit dem Zug bis zur tschechoslowakischen Grenze, biegen dann im letzten Moment ab und durchqueren das Thüringer Schiefergebirge in den amerikanischen Sektor."

„Wo genau ist das?", fragte Bruni.

„Im südöstlichen Teil der Sowjetzone. Im Osten grenzt es an die Tschechoslowakei und im Süden an die amerikanische Zone. Die Sowjets kommen nie drauf, dass wir nach Osten fahren."

„Ja, das könnte funktionieren", sagte Felix. „Da unten gibt es nicht viel außer dünn besiedelten Wäldern."

Bei der Erwähnung des Waldes nahm Brunis Gesicht einen seltsamen Ausdruck an.

„Dann machen wir es so." Otto trank seinen Kaffee aus. „Können wir bis heute Abend hier schlafen?"

„Klar. Habt ihr Geld?"

„Ich habe welches", sagte Bruni.

„Du hast Geld? Wo denn?" Otto starrte sie ungläubig an, denn sie hatte sowohl ihren Koffer als auch ihre Handtasche in sowjetischer Obhut zurücklassen müssen.

„Genau hier." Sie tätschelte das Dreieck zwischen ihren Beinen.

Felix brach in Gelächter aus. „Deine verwöhnte, eingebildete Dame ist vielleicht doch nicht so nutzlos, wie wir beide geglaubt haben."

„Es zahlt sich nie aus, mich zu unterschätzen. Und falls ihr euch fragt, ob ich genug habe, ich habe auch noch die hier." Sie schob ihre Haare hinter die Ohren und entblößte zwei goldene Ohrstecker.

Nachdem alles besprochen war, führte Felix sie zum Schlafen in seine Privatwohnung über der Kneipe. Er versprach, sie am Abend zu wecken, wenn es Zeit war, zum Bahnhof zu gehen, um einen der durchfahrenden Güterzüge zu erwischen.

KAPITEL 29

Obwohl er wusste, dass es so gut wie unmöglich war, hoffte Victor noch immer, dass er von Bruni hören würde. In seinem Brief hatte er seinen Aufenthaltsort nicht angeben dürfen. Doch Bruni war nicht auf den Kopf gefallen, also würde sie schon dahinterkommen.

Sollte ihr das nicht gelingen, so rechnete er damit, dass sie sich mit Glenn oder Zara in Verbindung setzte, um ihm eine Nachricht zukommen zu lassen. Doch nichts geschah. Ein Tag nach dem anderen verging und er hatte immer noch nichts von ihr gehört.

Heute Vormittag, um die Zeit, zu der sie normalerweise ihren Morgenkaffee trank und Zeitung las, hatte er sich in einem Rollstuhl zum Münztelefon im Empfangsbereich gerollt und sie angerufen, aber Bruni war nicht ans Telefon gegangen.

Erschöpft von der Anstrengung lag er nun auf seinem Bett und grübelte über ihr Schweigen. Jeder andere hätte ihr Verhalten vermutlich für normal gehalten, doch Victor kannte Bruni zu gut. Er war sich absolut sicher, dass etwas nicht stimmte. Sie scherte sich herzlich wenig um Regeln, weshalb ein Kontaktverbot sie nicht abschrecken konnte.

Vielmehr glaubte er, dass sie Himmel und Erde in Bewegung setzen würde, um herauszufinden, wo er war. Was also war das

Problem? Ein erschreckender Gedanke kam ihm in den Sinn: Was, wenn die Sowjets sie entführt hatten, um an ihn heranzukommen? Das war gelinde gesagt weit hergeholt, doch er traute diesen Drecksäcken alles zu. Jemand, der angeblich in der Lage war, einen Mordanschlag auf ihn zu verüben, war auch in der Lage, Bruni etwas anzutun.

Bei diesen Überlegungen drehte sich ihm der Magen um. Hätte er laufen können, wäre er aus dem Krankenhaus zurück nach Berlin gerannt, egal wer oder was ihn davon abhalten wollte.

Die Tür öffnete sich und Glenn kam in seiner üblichen Unbekümmertheit ins Krankenhauszimmer spaziert. „He Mann, kümmern sich die Krankenschwestern gut um dich?"

„Sie quälen mich mit Leibesübungen."

„Ich habe gehört, du kommst bald hier raus?"

„So sagt man. Aber selbst dann habe ich strenge Bettruhe."

„Ich kann mir Schlimmeres vorstellen", sagte Glenn mit einem anzüglichen Grinsen, obwohl er, seit er sich in Zara verliebt hatte, nur noch leeres Gerede von sich gab und seinem Ruf als Frauenheld nicht mehr gerecht wurde.

„Nicht ohne Bruni an meiner Seite."

„Apropos. Zara hat einen Brief von Marlene bekommen."

„Was schreibt sie? Was ist mit Bruni? Geht es ihr gut?"

„Na ja, die Sache ist die." Glenn setzte sich auf die Bettkante. „Sie fragt, ob Bruni gut angekommen ist."

„Wo angekommen?"

„Na, hier."

„Hier? Wieso hier?"

Glenn tippte mit dem Finger auf Victors Stirn. „Hat der Unfall dein Gehirn beschädigt? Natürlich deinetwegen."

Vermutlich hatte Glenn recht, Victors Kopf arbeitete in der Tat langsamer als üblich. „Aber sie weiß doch gar nicht, wo ich bin. Also warum sollte sie herkommen? Und wie überhaupt? Wegen der Blockade können Westberliner doch gar nicht in die anderen Zonen reisen."

„Lass mich doch mal ausreden!"

„Gut, ich bin ja schon still."

„Zara war verständlicherweise sehr besorgt und es ist ihr schließlich gelungen, Marlene anzurufen. Und jetzt kommt der Clou: Bruni hat Berlin vor fast zwei Wochen verlassen. Du kennst bestimmt diese Blockadebrecher, die zwischen der sowjetischen Zone und Westberlin hin- und herfahren? Von so einem hat sie sich mitnehmen lassen."

„Vor zwei Wochen?", fragte Victor, der vor lauter Sorge um seine Verlobte kaum noch atmen konnte. „Die Fahrt dauert höchstens zwei Tage."

„Das hat Zara auch gesagt."

„Glaubst du, ihr ist etwas passiert? Vielleicht ein Unfall? Ob die Sowjets sie verhaftet haben, um an mich heranzukommen?" Victor hatte das Gefühl, als würde ihm das Blut in den Adern gefrieren.

„Davon hätten wir schon längst gehört. Allerdings fürchte ich, du musst eine andere Möglichkeit in Betracht ziehen."

Victor sah Glenn misstrauisch an und fragte sich, was er mit diesem kryptischen Satz wohl meinte. „Und das wäre?"

„Erschieß mich nicht. Ich bin nur der Bote."

„Sehr witzig. Sieh mich an. Glaubst du, ich bin in der Lage, irgendwem ein Härchen zu krümmen?" Victor rollte mit den Augen. Selbst wenn er seine Dienstwaffe bei sich gehabt hätte, war er in seinem derzeitigen Zustand für niemanden eine Gefahr.

„Zara war ziemlich überrascht, als sie das erste Mal von dir und Bruni gehört hat. Sie hätte nie geglaubt, dass Bruni in der Lage ist, jemand anderen als sich selbst zu lieben. Und dann habt ihr euch Hals über Kopf ineinander verknallt."

„Bruni hat sich bis zum Schluss dagegen gewehrt, aber sie hatte keine Chance." Victor grinste, als er sich daran erinnerte, wie er ihr den Hof gemacht hatte, seit er sie zum ersten Mal bei ihrer Darbietung von *I'm in the Mood for Love* auf der Bühne gesehen hatte. Wahrscheinlich hatten sämtliche Männer im Publikum dasselbe geglaubt, aber tief im Herzen wusste Victor, dass er es war, an dem ihr Blick während der gesamten Vorstellung gehangen hatte.

„Ich meine, vielleicht habt ihr beide unterschiedliche Erwartungen an eure Beziehung."

„Was faselst du eigentlich?"

„Ist es dir jemals in den Sinn gekommen, dass sie dich benutzt haben könnte, um Deutschland zu verlassen?", fragte Glenn.

„Niemals."

„Du wärst nicht der Erste."

„Bruni hat eine Menge Fehler. Lügen und Sichverstellen gehören nicht dazu."

„Sie ist dafür bekannt, immer nur auf den eigenen Vorteil bedacht zu sein."

Victor setzte sich im Bett auf. Er erinnerte sich, wie Bruni das selbst von sich behauptet hatte. Mehrmals sogar. Sie hatte von Anfang an klargestellt, welche Anforderungen sie an einen Liebhaber hatte und dass Victor diese nicht erfüllte. Er hatte nämlich weder den Rang noch die finanziellen Mittel, um ihr den Lebensstil zu ermöglichen, den sie sich wünschte. Aber sie hatte sich geändert und zugegeben, sich in ihn verliebt zu haben. „Sie liebt mich wirklich. Warum sonst sollte sie die gefährliche Reise durch die Sowjetzone auf sich nehmen, nur um mich zu sehen?"

„Wenn sie dich so sehr liebt, warum ist sie dann noch nicht hier aufgekreuzt?"

Bevor Victor antworten konnte, spähte eine Krankenschwester herein. Als sie Glenn sah, sagte sie streng: „Es tut mir leid, Sir, Sie müssen jetzt gehen. Wir bringen gleich das Mittagessen. Die Besuchszeit ist vorbei."

„Ich komm dich wieder besuchen, sobald es mein Dienstplan zulässt." Glenn winkte und ließ Victor mit seinen Gedanken allein.

Wie alle anderen hatte auch Glenn sich von Brunis hübschem Gesicht täuschen lassen. Er wusste nicht, was sie durchgemacht hatte, um so zynisch zu werden, und würde nie verstehen, dass sie und Victor wahre Liebe füreinander empfanden.

Am Nachmittag setzte sich Victor wieder in den Rollstuhl und machte in der Hoffnung auf Zerstreuung einen Ausflug zum Wasserspender.

Es war das erste Mal, dass er sich so weit vorwagte. Als er eine traurige Gruppe notdürftig zusammengeflickter Männer erreichte, lief ihm der Schweiß in Strömen über den Rücken. Die meisten von ihnen gehörten zum Flugpersonal und hatten eine unsanfte Landung überlebt, und einige vom Bodenpersonal hatten die Stabilität ihrer Knochen an Ersatzteilen oder vollgeladenen Kisten getestet. Drei von ihnen saßen um einen Tisch, auf dem zwei Würfel lagen.

„Spielt ihr *Craps?*", fragte Victor sie nach dem beliebten Glücksspiel.

„Magst du mitspielen?", bot ein Mann mit einem bandagierten Kopf an.

„Würde ich gerne, ich langweile mich zu Tode."

„Bist du neu hier?"

„Nicht wirklich. Ich bin schon seit fast drei Wochen hier, aber bin noch nie so weit von meinem Zimmer weg gewesen."

„Du siehst ziemlich übel aus. Ist dein Vogel abgestürzt?"

Die Frage war Victor peinlich, denn sein Unfall hatte sich nicht während des Dienstes ereignet, sondern nach einer durchfeierten Nacht. „Nein, es war ein Unfall mit Fahrerflucht."

„Was, hier? Wer macht denn so was? Ich meine, die Deutschen haben ja nicht mal Autos."

In Anbetracht der Warnung, dass er niemandem seinen Aufenthaltsort verraten dürfe, gab er lieber keine weiteren Erklärungen ab. „Ich bin übrigens Victor."

Während des Würfelspiels war er geistesabwesend. Deshalb entschuldigte er sich nach einer Weile und rollte hinüber zu den großen Fenstern, von denen aus er das Flugfeld mit den startenden und landenden Maschinen überblicken konnte. Er vermisste die Arbeit an dem grässlichen Matschfeld namens Tegel. Verdammt, er vermisste sogar die verrückte, bedrückende Atmosphäre in Berlin. Und Bruni vermisste er, als sei ihm ein Körperteil amputiert worden.

Die Sonne schien hell am Himmel, nur im schützenden Schatten der Gebäude lagen noch Schneereste. Bald würden die

Tage wieder länger werden und der Frühling Einzug halten. Das würde er nicht mehr miterleben, denn er begab sich schon bald auf den Weg zurück in die Staaten.

Ein scharfer Schmerz durchbohrte sein Herz. Er musste unbedingt vorher eine Heiratserlaubnis beantragen, sonst sah er Bruni womöglich nie wieder. In seine Gedanken versunken wurde er hellhörig, als zwei Männer ein paar Meter weiter eine Kabarettsängerin erwähnten, die aus Berlin verschwunden war.

„... kannst du dir das vorstellen? Es gibt keine Spur von dieser Frau. Ich frage mich, ob die Sowjets dahinterstecken."

„Entführen die etwa immer noch Menschen?"

„Nicht in unserem Sektor. Die Frau hat im französischen Sektor gearbeitet und gelebt. Na ja, du weißt ja, wie gut die Franzosen darin sind, für Recht und Ordnung zu sorgen." Beide lachten schallend.

Victor musste der Sache auf den Grund gehen und rollte sich zu ihrem Tisch hinüber. „Entschuldigt, wenn ich störe, wisst ihr zufällig, wie diese Sängerin heißt?"

„Nee. Ich habe sie nie selbst auf der Bühne gesehen. Bin zu spät dazugekommen, als sie uns schon nicht mehr erlaubt haben, das Flugfeld zu verlassen oder gar in die Stadt zu fahren."

„Reden Sie von dieser Sängerin aus Berlin?" Eine Krankenschwester mit einer Zigarette in der einen und einer Tasse Kaffee in der anderen Hand gesellte sich zu ihnen.

„Ja, genau." Victor sah sie an, begierig darauf, Neuigkeiten zu erfahren.

„Ihr Name ist irgendwas *von Sinnen*. Es ist eine verrückte Geschichte über eine noch verrücktere Frau." Sie schaute sich um, bevor sie sich auf Victor konzentrierte, der gebannt an ihren Lippen hing. „Ihr Verschwinden schlägt hohe Wellen. Eines Tages ist sie einfach nicht zur Arbeit gekommen. Natürlich haben alle gedacht, die Russen hätten sie entführt, aber nein ..." Ihre Stimme wurde zu einem diskreten Flüstern: „Es hat sich herausgestellt, dass sie sich in einen Lastwagenfahrer verliebt hatte. Und zwar nicht in irgendeinen, sondern einen Verbrecher. Dieses deutsche

Bonnie-und-Clyde-Pärchen wurde kürzlich von den Sowjets verhaftet. Wegen Schmuggels, und zwar von ..." Sie machte eine effektheischende Pause und sah die kleine Gruppe von Patienten an, die sich inzwischen versammelt hatte, um sich die Langeweile mit dem neuesten Klatsch und Tratsch zu vertreiben.

„... Kunstwerken. Wie es aussieht, waren die Kunstgegenstände, die die Sowjets im Laster der beiden gefunden haben, vorher von den Nazis aus Museen in ganz Europa beschlagnahmt worden. Das ist eine riesige Sache. Anscheinend gibt es einen Verbrecherring, der Antiquitäten, Gemälde, Wandteppiche, kurzum alles Wertvolle aus Berlin schmuggelt, um es an reiche Leute hauptsächlich in den USA zu verhökern."

„Woher wissen Sie das alles?", fragte Victor.

„Ich habe eine Verwandte in der sowjetischen Zone, die ihren Briefen manchmal Zeitungsausschnitte beilegt, um mir zu zeigen, wie wohlwollend die Russen sind und wie gut sie sich um die einfachen Leute kümmern. Nicht, dass ich irgendetwas von dem Mist glauben würde." Sie nahm einen Zug von ihrer Zigarette und atmete den Rauch langsam aus.

Victor wollte unbedingt herausfinden, was sie noch über Bruni wusste. „Diese Sängerin ist also jetzt im Gefängnis?"

„Pustekuchen. Die beiden sind ausgebrochen."

„Ausgebrochen? Zwei Deutsche, die der sowjetischen Militärpolizei entwischt sind? Wir sollten sie hochleben lassen", sagte ein Patient.

„Sie sind immer noch Kriminelle", antwortete die Krankenschwester. „Anscheinend haben sie auf unschuldig getan und behauptet, ihr Auftraggeber hätte sie reingelegt. Aber anstatt mit den Behörden zusammenzuarbeiten, um den Fall zu lösen, sind sie geflohen."

„Das kann man ihnen nicht verübeln. Wer mit den Sowjets zusammenarbeitet, bringt sich nur noch mehr in die Bredouille. Das wissen wir alle", sagte der Mann mit einem Verband um den Kopf.

„Na ja, jedenfalls sind die Turteltäubchen abgehauen und die

Russen haben sie bisher nicht wieder geschnappt. Die beiden sind spurlos verschwunden. Gerüchten zufolge haben sie heimlich geheiratet und wurden mit einem Koffer voller Geld an der Grenze zur Schweiz gesehen."

„Das kann nicht stimmen ...", protestierte Victor schwach, bevor er den Mund schloss. Seine Landsleute durften nicht erfahren, dass die deutsche Bonnie Parker in Wahrheit seine Verlobte war.

„Wer weiß das schon? Jedenfalls sind sie wie vom Erdboden verschluckt." Die Krankenschwester schaute auf die Uhr an der Wand. „Tut mir leid, Jungs. Ich muss wieder an die Arbeit."

Victor rollte sich zurück zum Fenster und blickte aufs Flugfeld. Trotz seiner panischen Flugangst wünschte er sich, er könnte aufstehen und in eines dieser Flugzeuge nach Berlin steigen. Was die Krankenschwester gerade gesagt hatte, war völliger Quatsch. Bruni war keine Kriminelle. Sie mochte opportunistisch, berechnend, sogar zynisch sein, aber niemals eine Schmugglerin und schon gar nicht jemand, der mit einem Lastwagenfahrer durchbrannte.

Wie viele Punkte auf ihrer Liste für den „perfekten Freund" bekam so einer wohl? Wenn er gut aussah, vielleicht einen von zehn. Bei ihrem ersten Kennenlernen hatte sie ja nicht einmal mit Victor ausgehen wollen, weil er nicht genug Streifen auf der Schulter hatte.

Noch während er den Gedanken verwarf, stellte er sich Bruni in den Armen eines anderen Mannes vor und wollte vor Eifersucht laut schreien. Nein, das würde sie nicht tun. Niemals. Sie war treu. Nicht unbedingt im herkömmlichen Sinne des Wortes, dennoch würde sie niemals einen Freund verraten. Und er betrachtete sich nicht nur als ihren Geliebten, sondern auch als ihren Freund.

Kaum hatte er das Bild beiseitegeschoben, tauchte ein anderes in seinem Kopf auf: Bruni in einem ihrer engen Kleider, mit den übertrieben hohen Absätzen, die sie immer trug. Bei der Vorstellung, dass sie in solchen Schuhen buchstäblich davonrannte, lachte er laut auf. Die ganze Geschichte entbehrte jedes Funkens Wahrheit.

Nur ... Was war ihr sonst zugestoßen? Er gab ein frustriertes Stöhnen von sich. An den Rollstuhl gekettet war er nicht in der Lage, nachzuforschen.

KAPITEL 30

Bruni überlegte, zu welchem Zeitpunkt sich ihr luxuriöses Leben in diese Höllenfahrt verwandelt hatte. Nach Victors Unfall? Als sie den Plan ausgeheckt hatte, ihm nach Wiesbaden zu folgen? Als sie in Ottos Lastwagen gestiegen war? Als sie von der sowjetischen Polizei verhaftet worden waren? Als sie leichtfertig aus dem Gefängnis geflohen waren? Oder doch eher, als sie sich auf diese absolut entwürdigende Aktivität namens Zugspringen eingelassen hatte?

In den letzten Monaten hatte es in ihrem Leben so viele Weggabelungen gegeben, und jede ihrer Entscheidungen schien sie in einen noch tieferen Schlamassel gebracht zu haben. Sie hatte es so satt, wie eine Landstreicherin zu leben, und sehnte sich ihr altes Leben in Berlin zurück.

Schließlich kam sie zu dem Schluss, dass die Katastrophe von dem Moment an ihren Lauf genommen hatte, als sie Victor im Café de Paris zum ersten Mal begegnet war. Ein verträumtes Lächeln überzog ihr Gesicht, während sie sich lebhaft an diesen schicksalsträchtigen Abend erinnerte: Gerade hatte sie ihr beliebtestes Lied angestimmt, als sie bemerkte, wie er sie wie gebannt beobachtete. Das war an sich nichts Ungewöhnliches, doch irgendwie hatte dieser große, breitschultrige Mann mit dem aschblonden Haar, den grüngrauen Augen und dem umwerfenden Lächeln ihr Herz vom ersten Augenblick an höherschlagen lassen.

Sie glaubte nicht an die romantische Vorstellung von Liebe. Für sie war es ein Konzept, das vom Patriarchat dazu benutzt wurde, Frauen zu unterwerfen, damit sie jegliche Ambitionen zum Wohle der Männer aufgaben. Deshalb hatte sie Victor – und ihre Gefühle für ihn – mit aller Macht bekämpft, bis ... Ja, bis sie sich eingestanden hatte, dass er anders war. Seine Liebe zu ihr war weder bevormundend noch unterdrückend; sie war völlig frei von Manipulation und Schuldgefühlen. Bei ihm hatte sie immer das Gefühl, nicht allein auf der Welt zu sein.

Er kümmerte sich um sie, sorgte sich um sie und schätzte sie. Und zwar nicht, weil er ihren Körper für sich haben oder mit ihrer Schönheit Geschäftspartner beeindrucken wollte, oder was auch immer Männer sonst für Motive hatten. Sondern weil sie ihm als Mensch etwas bedeutete.

„Woran denkst du?“ Otto kam gerade von einer seiner sogenannten Erkundungstouren zurück.

„Willst du das wirklich wissen?“

„Du hast so ein glückliches Gesicht gemacht. Ich könnte etwas Aufmunterung gut gebrauchen.“

Sie kicherte. „Zuerst brauche ich etwas zu essen.“

Otto zog einen Laib Brot aus seiner scheinbar bodenlosen Tasche und hielt ihn ihr hin. Sie brach ein Stück für sich und ein weiteres für ihn ab.

„Ich bin mir nicht sicher, ob meine Gedanken wirklich so erfreulich sind. Ich habe mich gerade an den Moment erinnert, als ich endlich jemanden getroffen habe, der mich wirklich liebt, und wie mein gesamtes Leben seitdem in eine Abwärtsspirale geraten ist. Und jeden Tag scheint alles immer nur noch schlimmer zu werden.“

„Tut mir leid.“ Er musterte sie eindringlich und sie spürte eine seltsame Verbindung zwischen ihnen. Nichts Sexuelles, was sie verwunderte, denn es war die einzige Art von Verbindung, die sie bisher bei Männern kennengelernt hatte.

„Es ist nicht deine Schuld", erwiderte sie. „Ich hätte Heinz niemals vertrauen dürfen."

„Das gilt für uns beide." Otto ließ sich neben ihr auf dem zugigen Güterbahnhof nieder, wo sie hofften, einen Zug nach Osten zu erwischen. Trotz ihrer anfänglichen Abneigung gegen den Lastwagenfahrer und Blockadebrecher war ihr inzwischen klar geworden, was für ein ehrlicher Mann er war. Vielleicht nicht im herkömmlichen Sinne des Wortes, dennoch bewunderte sie seinen Mut und die Art, wie er seinen Prinzipien treu blieb.

„Ich habe mich noch nicht dafür bedankt, dass du mich die ganze Zeit beschützt hast." Bruni schämte sich dafür, dass sie ihn nicht so behandelt hatte, wie er es verdiente.

„Nicht nötig."

Otto war ihr ein Rätsel. Ein Halunke, aber liebenswürdig und fürsorglich. Ein Mann, der es gewohnt war, ein raues Leben zu führen, der sich ihr gegenüber jedoch immer von seiner besten Seite zeigte. Sie fragte sich, was wohl dahintersteckte. Selbst nachdem sie so viele Dinge mit ihm geteilt hatte, wusste sie immer noch nicht, wer er im tiefsten Inneren wirklich war.

Sie wollte ihn auch nicht fragen. Gefühlsduselei war nichts, worauf sie sich gerne einließ. Es war am besten, andere Menschen auf Abstand zu halten.

„Gegen Mitternacht fährt ein Güterzug in unsere Richtung", sagte er.

Bruni hatte inzwischen einige Übung im Zugspringen, dennoch war sie jedes Mal nervös und angespannt. Das Einsteigen war der gefährlichste Teil, weil sie ihre Deckung verlassen und die Gleise überqueren mussten, um einen unverschlossenen Waggon zu finden.

Die ersten zwei oder drei Male in Viehwaggons hatte sie sich eingebildet, die Geister der gequälten Seelen zu sehen, die in die schrecklichen Vernichtungslager im Osten deportiert worden waren. Wie die meisten anderen Deutschen hatte sie damals die

Augen vor den Gräueltaten verschlossen. Sie hatte die Zusammenhänge nicht erkennen wollen, selbst als die Zeichen unübersehbar waren: eine Brigade abgemagerter Häftlinge, die nach einem Bombenangriff Trümmer beseitigte, Juden, die auf offener Straße zu Tode geprügelt wurden, Gerüchte über Sklavenarbeit in den Rüstungsfabriken.

Erst nach der Kapitulation kam die volle Wahrheit ans Licht, und im Nachhinein fügten sich alle Teile des Puzzles zu einem schrecklichen Gesamtbild zusammen.

„Hallo Bruni, einen schönen guten Abend und herzlich willkommen. Bist du noch da?", neckte Otto.

„Ich wünschte, ich wäre es nicht."

„Wir werden das durchstehen, das versprech ich hoch und heilig. Und dann kannst du mit deinem Liebsten glücklich bis ans Ende eurer Tage leben."

„Wie kannst du so etwas versprechen?" Die Verzweiflung in ihrer Stimme war selbst in ihren eigenen Ohren unverkennbar.

„Wir sind schon auf halbem Weg nach Hof und die Sowjets haben uns noch nicht geschnappt. Ist das etwa kein gutes Zeichen?"

Sie wusste, dass er versuchte, sie aufzumuntern, aber sie brachte es nicht übers Herz, sich Hoffnungen zu machen. Immer wieder tauchten Erinnerungen an ihre Kindheit auf und rüttelten an ihrer Entschlossenheit, diese Reise fortzusetzen. Es waren nicht nur der Hunger, die Kälte und die bittere Armut; hundertmal quälender waren die Erinnerungen an die Dinge, die ihr Vater ihr angetan hatte. Sie hatte geglaubt, diese Schrecken hinter sich gelassen zu haben, als sie weggelaufen war und sich einen Beschützer nach dem anderen gesucht hatte, von denen jeder die gleiche Gegenleistung verlangte.

„Warum hast du nie versucht, mich zu vögeln?"

Otto schaute verblüfft, ja sogar besorgt, bevor er mit den Schultern zuckte.

„Also, warum nicht?", hakte Bruni nach. „Was willst du dafür, dass du mich beschützt?"

„Nichts. Wir hängen da zusammen drin, nicht wahr?"

„Niemand macht irgendetwas umsonst, also warum schleifst du mich mit? Du wärst so viel schneller ohne mich." Kein Mann außer Victor war jemals mit ihr zusammen gewesen, ohne egoistische Motive zu haben. Wieso sollte es bei Otto anders sein? Wenn er keinen Sex wollte, dann musste es etwas anderes geben, das er als Bezahlung erwartete.

„Bruni." Ottos Stimme riss sie aus ihrer Grübelei. „Ich betrachte dich als Freund und Freunde helfen einander."

„Hört sich das nicht lächerlich an, selbst für dich? Du und ich Freunde? Das ist ungefähr so wahrscheinlich, wie dass die Sonne um Mitternacht scheint."

„Trotzdem ist es passiert. Wir sind beide nicht, was wir vorgeben zu sein."

„Ach, nein?"

„Nicht in unserem tiefsten Inneren." Für einen raubeinigen Lastwagenfahrer war Otto ungewöhnlich scharfsichtig. Womöglich lag es daran, dass er Erfahrung darin hatte, sich vor den Behörden zu verstecken.

„Also, was ist dein großes Geheimnis?" Sie schob die Unterlippe vor, wie um ihn herauszufordern, es ihr zu sagen.

„Weißt du das immer noch nicht?"

Bruni schüttelte den Kopf.

„Ich steh nicht auf Frauen."

Ihre Augen wurden groß wie Wagenräder und der Schock ließ sie sprachlos zurück. Die Anzeichen für Ottos Vorlieben waren deutlich sichtbar gewesen, aber sie hatte die Zusammenhänge nicht erkannt. „Oh."

KAPITEL 31

Otto hatte nie vorgehabt, Bruni sein großes Geheimnis zu verraten. Doch als er erst einmal Farbe bekannt hatte und sich auf ihren Spott gefasst machte, war ihre einzige Reaktion ein einfaches „Oh".

Nach langem Schweigen fügte sie schließlich hinzu: „Nun, das erklärt sicherlich einiges. Ich war wirklich ganz schön blind."

„Du bist nicht schockiert?", fragte er ungläubig.

„Worüber? Über meine Dummheit? Oder über dein tadelloses Schauspiel?"

Ein entferntes Geräusch bewahrte ihn davor, antworten zu müssen. „Das muss unser Zug sein. Mach dich bereit." Bisher hatten sie jegliche unangenehme Begegnung mit den Wachposten vermeiden können, trotzdem war es besser, nicht beim Herumlungern erwischt zu werden. Deshalb hielten sie sich grundsätzlich außer Sichtweite auf, bis der Güterzug eintraf.

Die schrillen Bremsen verlangsamten den Zug, bis er schließlich zum Stehen kam. Sie hatten einige Minuten Zeit, um einen geeigneten Waggon zu finden, während Eisenbahnwagen abgekoppelt und andere angekoppelt wurden. Otto brauchte nicht lange, bis er einen entdeckte, der nicht richtig verriegelt war. „Ich hab einen. Komm."

Das war der gefährlichste Teil, denn sie mussten ungesehen über die Gleise zu dem ausgewählten Waggon laufen. Er schaute nach links und rechts und wartete, bis ein Frachtarbeiter hinter einem der Waggons verschwand. „Jetzt", zischte Otto und sprintete los. Sekunden später erreichte er den Wagen, sprang auf und verlor wertvolle Zeit damit, die klemmende Tür zu öffnen, bevor er hineinschlüpfte.

Bruni war direkt hinter ihm und hielt sich an den Metallgriffen fest. Er packte sie am Rücken ihres Overalls und schwang sie hinein, bevor sie von zwei Frachtarbeitern entdeckt werden konnten, die plötzlich auftauchten.

Otto rang mit sich, ob er die Tür schließen sollte. Da jede Bewegung sie verraten konnte, ließ er sie offen stehen und flüsterte: „Versteck dich in der Ecke, bis wir losfahren."

Seine Augen brauchten eine Weile, um sich an die Dunkelheit zu gewöhnen. Als er endlich etwas erkennen konnte, pfiff die Lokomotive bereits und zog sie aus dem Güterbahnhof. Der Waggon schien abgesehen von einer Schicht Stroh auf dem Boden leer zu sein. Er rümpfte die Nase über den aufsteigenden Gestank. Offensichtlich war der Wagen für Tiertransporte benutzt worden. Hoffentlich befand sich nicht noch eine Kuh oder ein Schwein darin, wahnsinnig vor Angst. Alles blieb ruhig, sodass er die Tür schloss und Bruni riet, sich auszuruhen, bis sie am nächsten Morgen ihr Ziel erreichten.

Dies war die letzte Zugfahrt ihrer Reise. Die nächste Etappe mussten sie zu Fuß über die grüne Grenze zurücklegen.

„Glaubst du, ich sehe ihn jemals wieder?", fragte Bruni, nachdem sie eine ganze Weile schweigend dahingerattert waren.

„Du meinst Victor, oder? Natürlich siehst du ihn wieder. Er haut schon nicht ab. Nächste Woche sind wir in der amerikanischen Zone."

„Aber was dann? Was machen wir, wenn wir erst einmal dort sind?"

„Was meinst du? Du gehst nach Wiesbaden zu Victor und

ich ...“ Er fuhr sich über den Bart, denn er hatte keine Ahnung, was er machen sollte.

„Das ist genau das, was ich meine. Wir haben keine gültige Reise- oder Aufenthaltserlaubnis für die amerikanische Zone. Sie können uns jederzeit verhaften oder sogar den Sowjets ausliefern. Ich möchte wahrlich nicht für den Rest meines Lebens ein Flüchtling sein.“

„Wir finden schon einen Weg.“

„Aber wie?“

„Weiß ich nicht. Lass uns erst einmal ankommen, bevor wir uns über weitere Probleme den Kopf zerbrechen.“ Otto war müde, hungrig und schmutzig. Das letzte Mal, dass er ein richtiges Bad genommen hatte, war vor zwei Wochen bei Felix gewesen.

„Ich bin gerne gut vorbereitet“, sagte Bruni. „Während dieser Reise bin ich zu dem Schluss gekommen, dass ich Ungewissheit nicht besonders mag.“

Er schmunzelte. Keine andere Frau auf der Welt hatte den schwarzen Humor, den sie so oft an den Tag legte. „Na gut. Was schlägst du vor?“

„Wir stellen uns und appellieren an den Gerechtigkeitssinn der Amerikaner. Sowie an ihre tief sitzende Abneigung gegen die Kommunisten. Du weißt schon: Der Feind meines Feindes ist mein Freund.“

„Die helfen uns nur, wenn wir ihnen etwas anbieten können.“ In der Dunkelheit konnte er ihr Gesicht nicht erkennen, aber er hörte förmlich, wie die Zahnräder in ihrem Kopf ratterten.

„Ich fürchte, du hast recht. Was haben wir anzubieten?“, fragte Bruni. „Wir sehen beide aus wie Vagabunden und haben kein Geld.“

„Informationen.“

„Worüber?“

„Keine Ahnung.“ Er kratzte sich am Ohr. „Dass die sogenannten Instandhaltungsarbeiten an der Autobahn nicht echt sind?“

„Das wissen sie schon. Ihre Flugzeuge fliegen doch Tag und

Nacht die Strecke, da müssen sie bemerkt haben, dass es keine Baufahrzeuge und dergleichen gibt."

„Stimmt. Wir müssen was anderes finden." Sein Kopf schmerzte. Es schien, als sei die amerikanische Zone doch nicht der sichere Hafen, den sie sich erhofft hatten.

Der eigentliche Grenzübertritt zwei Tage später war geradezu unspektakulär: Sie überquerten die Grenze einfach irgendwo in einem bergigen Waldgebiet, ohne dass eine Patrouille in Sicht kam.

Otto atmete tief aus und hatte das Gefühl, als sei ihm eine schwere Last von den Schultern genommen worden. Er hatte sein Versprechen gehalten und Bruni in der amerikanischen Zone abgeliefert. Nicht in Fulda, wie ursprünglich geplant, sondern gut dreihundert Kilometer weiter östlich in Hof, nahe der tschechoslowakischen Grenze.

Die Tour hatte ihn alles gekostet: seinen Lastwagen, sein Zuhause, seine Mutter und seine Freunde. Denn eines war klar: Wenn ihm sein Leben lieb war, durfte Otto niemals in die sowjetische Besatzungszone zurückkehren.

„Bist du sicher, dass wir in der amerikanischen Zone sind?", fragte Bruni.

„Ziemlich sicher. Genau wissen wir es erst im nächsten Dorf." Er tastete nach der abgenutzten Landkarte in seiner Tasche, die Felix ihm gegeben hatte, kurz bevor sie zum Güterbahnhof aufgebrochen waren. Trotz seiner Erleichterung wusste er, dass es keinen Grund zum Feiern gab, denn sie konnten immer noch verhaftet und an die Sowjets ausgeliefert werden. Es war unwahrscheinlich, aber doch ein nicht zu unterschätzendes Risiko.

Vielleicht sollte er seine Reise bis nach Genua fortsetzen. Dort konnte er leicht auf einem Schiff anheuern, das ans andere Ende der Welt fuhr. Keiner der Reeder würde Fragen stellen, solange Otto bereit war, hart zu arbeiten.

„Wenn wir im nächsten Dorf ankommen, suchen wir uns ein Plätzchen, wo wir schlafen und uns waschen können", sagte Bruni mit einem wehmütigen Seufzer.

„In dieser Aufmachung? Die werden uns zum Teufel jagen!" Er betrachtete ihr erbärmliches Äußeres. Ihr einst glänzendes platinblondes Haar war verzottelt und schmuddelig grau, auch der gestohlene Overall hatte unverkennbar schon bessere Zeiten gesehen. Ihr Gesicht war genauso schmutzverschmiert wie der Rest von ihr. Die schlecht sitzende Kleidung und der übergroße Pullover ließen sie wie ein verwahrlostes Kind aussehen, das unter einer Brücke lebte.

„Nicht, wenn ich ihnen das hier zeige." Sie tippte auf ihren verbliebenen Ohrring; mit dem anderen hatten sie einen Wachposten bestochen, nachdem ihnen das Geld ausgegangen war.

„Hoffen wir, dass es reicht. Den Menschen im Westen geht es viel besser als denen in Berlin oder der Sowjetzone."

„Gott, wie ich diese verdammten Sowjets hasse! Haben wir nicht genug gelitten? Aber nein, nach so vielen Jahren des Krieges kommen sie und machen alles noch schlimmer."

Es war das erste Mal, dass sie so einen heftigen Wutanfall hatte, sodass er unwillkürlich einen Schritt zurück machte. „He, beruhige dich." Zu seinem Leidwesen hatten seine Worte den gegenteiligen Effekt und sie regte sich so sehr auf, dass sie schließlich in Tränen ausbrach. Unsicher, was er tun sollte, stand er einfach nur mit herabhängenden Armen da und hoffte, dass das Tränenbündel sich bald wieder im Griff haben würde. Er hatte geglaubt, ihre kühle Unnahbarkeit sei unangenehm, doch dieser Gefühlsausbruch war noch viel schlimmer, sodass er sich die zynische Eiskönigin zurückwünschte.

Zum Glück dauerte der Ausbruch nicht lange. Nachdem sie jedes erdenkliche Schimpfwort gegen die Russen ausgestoßen und sich die Seele aus dem Leib geheult hatte, wischte sie sich die Tränen aus den Augen und sagte: „Ich klinge bestimmt wie eine richtige Schreckschraube."

Otto widerstand der Versuchung zuzustimmen, denn auch wenn er nicht viel über Frauen wusste, dann doch so viel: Sie mochten es nicht, wenn man ihnen ihre vermeintlichen oder tatsächlichen Schwächen bestätigte. Stattdessen fragte er: „Wie sollen wir einen Schlafplatz finden?"

Bruni sagte pragmatisch: „Wir klopfen an das erstbeste Haus und fragen."

Es war vermutlich kein guter Plan, aber zumindest war es ein Plan. Nach etwa einer Stunde erreichten sie eine Straße, der sie folgten. Innerhalb weniger Minuten kamen sie an den Rand eines Dorfes. Es war kurz vor Einbruch der Dunkelheit, als sie an die Tür eines einsamen Hauses klopften.

Eine ältere Frau öffnete, doch bevor Bruni und Otto ein Wort sagen konnten, schlug sie ihnen die Tür vor der Nase zu. Kurz darauf hörten sie, wie die Kette vorgelegt wurde, dann dumpfe Stimmen.

„Das hat nicht besonders gut geklappt", ärgerte sich Bruni. „Sie wollte uns nicht einmal anhören."

Er musste sich ein Lachen verkneifen. Hatte Bruni tatsächlich angenommen, dass die Dorfbewohner sie mit offenen Armen empfangen würden? Sie konnten sich glücklich schätzen, wenn niemand seine Hunde auf sie hetzte. „Das liegt vermutlich daran, dass wir wie Landstreicher aussehen. Sie hatte Angst vor uns."

„Das nächste Haus suchst du aus, vielleicht hast du mehr Glück."

KAPITEL 32

Sie passierten weitere Häuser. An keinem von ihnen hielt Otto an. Gerade als Bruni ihn für seine Trödelei schelten wollte, kamen sie um eine Straßenbiegung und befanden sich mitten im Dorf. Im Gegensatz zu Berlin gab es hier keine sichtbaren Kriegsschäden. Entzückende kleine Häuser säumten die Straße zum Dorfplatz mit einem hübschen Brunnen in der Mitte.

Otto steuerte ein Haus mit der Aufschrift „Gasthof" an. Das war eine prima Idee von ihm. Wenn der Besitzer Zimmer vermietete, war er es gewohnt, dass Fremde vor der Tür standen – auch wenn diese normalerweise bestimmt besser gekleidet waren.

Die Tür schwang auf, noch bevor sie anklopfen konnten, und ein Mann in amerikanischer Uniform trat heraus. Bruni gelang es gerade noch, einen frustrierten Aufschrei zu unterdrücken und stattdessen ein charmantes Lächeln aufzusetzen.

„Was wollen Sie?", fragte der Mann, die Waffe an seiner Hüfte ein sichtbares Zeichen seiner Autorität.

Falls sie daran gedacht hatten davonzulaufen, so machte die Haltung des Amerikaners klar, dass dies keine Option war. Blitzschnell schätzte Bruni die Situation ein und kam zu dem Schluss, dass besser sie das Reden übernahm. Also sagte sie mit der heiseren Stimme, die schon so viele Männer zuvor verführt hatte: „Wir suchen einen Ort, an dem wir ein oder zwei Nächte bleiben können."

Ihre Worte bewirkten, dass die Anspannung sichtbar die Kieferpartie des Amerikaners verließ. Dennoch schien er ihnen nicht zu trauen. „Kann ich Ihre Papiere sehen?"

„Natürlich." Sie zog sie aus der Tasche ihres schmutzigen Overalls und wartete, bis er sie an sich nahm, bevor sie mit ihrer sorgfältig einstudierten Erklärung begann. „Wie Sie sehen, komme ich aus Berlin."

„Und Ihre Reiseerlaubnis?", fragte er unbeeindruckt.

„Sie wissen bestimmt von dieser grässlichen Blockade und dass die Sowjets versuchen, uns alle umzubringen?"

Er warf ihr einen ungeduldigen Blick zu und hielt ihr die Hand für die Reiseerlaubnis hin, die sie nicht hatte.

„Ja, also, deswegen bin ich ohne ordentliche Reisepapiere aus Berlin geflohen. Ich wollte einfach nur am Leben bleiben!" Zusätzlich drückte sie eine Träne heraus. Der Mann schien nicht sonderlich beeindruckt zu sein, was sie auf ihr grauenhaftes Aussehen zurückführte. Wer würde schon einer Landstreicherin zu Füßen fallen, die vor Dreck nur so strotzte?

„Und Sie?", fragte der Amerikaner an Otto gewandt, der ihm seine Papiere übergab, darunter den Frachtbrief nach Fulda.

„Fulda? Sie sind ganz schön weit von Ihrer Route abgewichen." Der Beamte sah sich um. „Wo ist Ihr Laster?"

„Die Russen haben ihn gestohlen, deshalb mussten wir zu Fuß weiter. Wir konnten nicht in der sowjetischen Zone bleiben." Bruni klimperte mit den Wimpern, ohne Erfolg.

„Sie werden mich beide auf die Polizeiwache begleiten", war die Antwort, die von einer knappen Handbewegung in Richtung Waffe begleitet wurde.

„Kein Grund für Gewalt", sagte Bruni beschwichtigend. „Wir kommen gern mit. Sie wissen gar nicht, wie froh wir sind, die amerikanische Zone erreicht zu haben. Ihr Amerikaner schätzt nicht nur Recht und Ordnung, sondern seid auch so viel anständiger als diese russischen Unmenschen."

Otto warf ihr einen warnenden Blick zu, den sie bockig erwiderte, um dann stumm die Worte zu formen: „Lass mich das machen."

Die Polizeiwache befand sich auf der anderen Seite des Dorfplatzes, sodass Bruni nicht viel Zeit blieb, um sich eine Strategie zurechtzulegen. Drinnen angekommen fragte sie: „Dürfte ich bitte die Toilette benutzen?"

Der Amerikaner sah sie einen Moment lang an, bevor er eine Kopfbewegung zum Ende des Flurs machte. „Da hinten. Ich werde in der Zwischenzeit mit der Befragung Ihres Begleiters beginnen. Wenn Sie vorhaben zu fliehen, wird es für Sie beide schlecht ausgehen."

„Sir, ich würde nie auf die Idee kommen zu fliehen. Ich bin wirklich froh, den russischen Barbaren entkommen zu sein." Sie täuschte ein Schaudern vor und ließ die beiden Männer zurück, um ihren Plan in die Tat umzusetzen. In dem kleinen Bad zog sie den schmutzigen Pullover aus, wusch sich Gesicht und Hände und kämmte ihr Haar mit den Fingern zu einer halbwegs vernünftigen Frisur. Als Letztes kramte sie in ihren Hosentaschen nach dem wichtigsten Utensil: dem rubinroten Lippenstift, den sie während der gesamten Höllenfahrt wie einen Schatz gehütet hatte.

Nachdem sie sich die Lippen sorgfältig bemalt hatte, schmierte sie noch ein wenig Farbe auf ihre Wangenknochen. Das Ergebnis war nicht perfekt, hoffentlich reichte es aus.

Sie warf dem Spiegel eine Kusshand zu, legte den Kopf schief und öffnete die obersten drei Knöpfe des Overalls, gerade weit genug, dass der Betrachter einen Blick auf den Ansatz ihres Busens werfen konnte, aber nicht so viel, dass es billig aussah. Dann ging sie wieder hinaus in den Empfangsbereich, wo ein junger Soldat sie mit heruntergeklappter Kinnlade anstarrte.

„Hallo, mein Lieber." Sie winkte ihm lächelnd zu, so wie sie es auf der Bühne zu tun pflegte. „Wären Sie bitte so freundlich, mich zu Ihrem Chef zu bringen?"

„Zu meinem Chef?"

„Ja, er unterhält sich gerade mit einem Freund von mir."

„Oh, äh, ja, natürlich." Er war sichtlich beeindruckt, was Bruni in ihrem Plan bestärkte, sich mit Charme aus der Zwickmühle zu befreien.

„Das ist unglaublich nett von Ihnen. Sie können sich gar nicht vorstellen, wie froh wir sind, dass wir es in die amerikanische Zone geschafft haben. Die Russen sind ..." Sie schluckte schwer. „Aber sprechen wir nicht über diese unschönen Dinge. Jetzt bin ich in Sicherheit und das ist alles, was zählt, nicht wahr?"

„Ja, Miss." Der arme Junge war ihr nicht gewachsen.

„Lassen Sie mich Ihnen für all die wunderbaren Dinge danken, die Sie tun." Sie blieb stehen und legte eine herrlich saubere Hand auf seinen Arm.

„Mir?"

„Jeden Tag gegen die Sowjets zu kämpfen und die Menschen in Berlin mit Lebensmitteln, Kohle und Medikamenten zu versorgen."

„Oh ... Aber ich bin nicht ... Ich meine ... Ich bin nicht persönlich an der Luftbrücke beteiligt."

„Das macht es nicht weniger zu einer unvergleichlichen Unternehmung der Menschlichkeit." Sie zwinkerte ihm zu. „Obwohl ich glaube, dass Sie einfach nur zu bescheiden sind."

„Wir sind da." Das Gesicht des jungen Mannes glühte vor Stolz über ihre Schmeichelei.

Er öffnete die Tür zu einem kleinen Büro, in dem der Offizier vom Gasthof und Otto saßen. Die zwei Männer drehten ihre Köpfe zur Tür und die Überraschung über Brunis Verwandlung stand beiden deutlich ins Gesicht geschrieben.

„Vielen lieben Dank." Sie blickte auf das Namensschild auf dem Schreibtisch. „Lieutenant Dickinson, es war herrlich, mich nach dieser grauenhaften Tortur waschen zu dürfen."

„Das kann ich mir vorstellen." Dickinson war immer noch schmallippig. Bruni nahm sich vor, das umgehend zu ändern.

„Ich bin sicher, dieser Herr", sie zeigte auf Otto, „der sich so liebenswürdig bereit erklärt hat, mir bei der Ausreise aus Berlin in seinem Laster zu helfen, hat Ihnen bereits gesagt, dass er ein Schmuggler ist?“

Dickinsons Kiefer spannte sich wieder an und Otto warf ihr finstere Blicke zu. Natürlich hatte der dumme Kerl dem Amerikaner nichts gesagt. Sie unterdrückte einen Seufzer. Jetzt musste sie die Sache selbst in die Hand nehmen.

„Darf ich mich setzen?“

„Bitte.“ Dickinson wies auf den Stuhl neben Otto.

„Kann ich ganz offen sprechen?“, fragte sie, und der verwirrt blickende Amerikaner nickte, wie sie es beabsichtigt hatte. Es kam nicht oft vor, dass angebliche Verbrecher bereit waren, ihre Sünden zu beichten. Bruni jedoch hatte die Erfahrung gemacht, dass das Eingestehen eines kleinen Fehlers ihr später bei größeren Sünden viel Spielraum verschaffte. Darauf setzte sie jetzt.

„Dieser Mann hier, Otto Krause, pendelt ständig zwischen der sowjetischen Zone und Westberlin hin und her, um die Einwohner mit Lebensmitteln, Kohle, Medikamenten und allem, was sonst noch dringend benötigt wird, zu versorgen. Wer weiß, wo wir heute stünden, wenn es nicht so mutige Blockadebrecher wie ihn gäbe, die den heldenhaften Luftbrückenpiloten bei ihrer übermenschlichen Aufgabe helfen. Die Sowjets hätten vielleicht schon bekommen, was sie wollen, und die anderen Siegermächte in die Flucht geschlagen.“ Sie lächelte Dickinson an. „Wäre das nicht entsetzlich? Nicht nur für uns leidende Berliner, sondern auch für den Rest der freien Welt? Es wäre ein Präzedenzfall, den sich niemand leisten kann. Etwas, das die Sowjets ermutigen würde, ihre gierigen Hände auszustrecken und als Nächstes die westlichen Gebiete Deutschlands zu annektieren.“

„Na ja, das scheint mir ein bisschen weit hergeholt“, sagte Dickinson. Ottos Augen wurden mit jedem ihrer Worte größer.

„Und Sie haben vollkommen recht, das zu sagen. Ich bin nur eine Unterhaltungskünstlerin, ich verstehe nichts von Politik. Zufällig kenne ich Dean Harris, den amerikanischen Kommandanten in Berlin, der seit Jahren vor dem Gebietshunger der Sowjets warnt.“

Lieutenant Dickinson kommentierte ihre Bekanntschaft mit dem Kommandanten von Berlin nicht, aber zumindest hörte er auf, die Stirn zu runzeln. Sie ignorierte Ottos finstere Miene und erzählte dem Amerikaner ihre Version dessen, was seit ihrer Abreise aus Berlin geschehen war, wobei sie einige Dinge ausschmückte und andere sicherheitshalber wegließ.

Schließlich bat Dickinson vielmals um Entschuldigung, dass sie über Nacht bleiben müssten, während er die Angelegenheit mit seinem Vorgesetzten in der nächstgrößeren Stadt besprach. Dann bot er ihnen eine Dusche, frische Kleidung und eine richtige Mahlzeit an – mehr, als Bruni erhofft hatte.

KAPITEL 33

„Warum hast du das getan?", zischte Otto Bruni an, als sie in zwei benachbarte Zellen geführt wurden.

„Du solltest mir dankbar sein. Manchmal ist die beste Verteidigung, sich schuldig zu bekennen."

Er verdrehte die Augen und war wieder so weit, ihre hochmütige Arroganz zu verabscheuen. Ihm war die heruntergekommene Landstreicher-Version von Bruni lieber gewesen, doch leider gehörte diese offenbar der Vergangenheit an. Wenige Minuten später kehrte der junge Soldat mit Decken und sauberer Kleidung für beide zurück.

„Miss, ich zeige Ihnen den Duschraum. Ein Handtuch und Seife liegen dort für Sie bereit. Shampoo haben wir leider nicht."

„Ach, es wird so herrlich sein, mir den sowjetischen Dreck von der Haut zu waschen, dass ich das Shampoo gar nicht vermissen werde." Sie schenkte dem Burschen ein strahlendes Lächeln, sodass seine Ohren leuchtendrot anliefen, und spazierte davon, als wäre sie in einem Luxushotel statt in einem gottverdammten Gefängnis.

Otto ließ sich auf seine Pritsche fallen. Ihr Eifer, alles auszuplaudern, würde ihm vermutlich eine jahrelange Gefängnisstrafe einbringen, wenn nicht noch Schlimmeres. Etwa eine halbe Stunde später kehrte eine kokette Bruni mit dem jungen Soldaten zurück, der inzwischen rettungslos in sie vernarrt war und sie nur widerwillig in ihrer Zelle zurückließ, um Otto zum Duschraum zu begleiten.

Dort schrubbte er sich den Schmutz ab, zog sich die bereitgestellte saubere Kleidung an und rief dann nach dem Soldaten, damit er ihn in seine Zelle zurückbrachte. Dort angekommen, stellte er mit Erstaunen fest, dass ein Tablett mit Essen auf seiner Pritsche stand, wohingegen Bruni nirgends zu entdecken war. Mürrisch vor sich hin knurrend aß er die Mahlzeit und nahm sich vor, sich endlich mal richtig auszuschlafen. Am nächsten Morgen konnte er sich immer noch darüber sorgen, was das Schicksal für ihn bereithielt.

Er erwachte vom Klirren der Schlüssel in der Zellentür.

„Stehen Sie auf, der diensthabende Offizier möchte Sie sehen", sagte der junge Soldat vom Vorabend.

Als er das Büro betrat, erwarteten ihn Lieutenant Dickinson, ein weiterer Mann mit dem Rang eines Colonels ... und Bruni. Irgendwie war es ihr gelungen, ein knallrotes Kleid zu ergattern, das ihre weiblichen Rundungen zur Geltung brachte. Sie schenkte ihm ein triumphierendes Lächeln, woraufhin er sie am liebsten mit bloßen Händen erwürgt hätte. Er schalt sich selbst dafür, an ihre Loyalität geglaubt zu haben, denn anscheinend hatte sie die erstbeste Gelegenheit genutzt, ihm in den Rücken zu fallen.

„Ich bin Colonel Scott. Mir unterstehen die *Central Collecting Points* für gestohlene Kunst der Nazis, sozusagen die Anti-Schmuggel-Abteilung." Ottos Herz setzte vor Schreck einen Schlag aus. Hatte dieses verdammte Weib denen etwa auch noch von den Antiquitäten erzählt? Offenbar war genau das geschehen, denn Scott fuhr fort: „Wir wissen über Ihre Fracht Bescheid."

„Ich dachte, dass ich gebrauchte Möbel transportiere", sagte Otto mit niedergeschlagener Stimme.

„Fräulein von Sinnen hat alles gestanden."

Diese dumme Kuh!

„Wir würden Ihnen gerne ein Angebot machen."

Otto horchte auf. „Ein Angebot?“ Vielleicht war noch nicht alles verloren und er konnte sich aus diesem Schlamassel herauswinden.

„Der Schmuggel von gestohlenen Kunstwerken und Kulturgütern aus Berlin ist in niemandes Interesse. Wir sind seit Jahren einem besonders dreisten Schmugglerring auf den Fersen. Wenn Sie uns helfen, die Anstifter zu entlarven, sind wir bereit, Sie gehen zu lassen. Und zwar mit einer Aufenthaltsgenehmigung für die amerikanische Zone und der Löschung Ihres Vorstrafenregisters.“

Otto schnappte nach Luft. Colonel Scott hatte offensichtlich seine Hausaufgaben gemacht und sich über Ottos diverse Gefängnisstrafen informiert. Eine Aufenthaltsgenehmigung und einen Neuanfang angeboten zu bekommen, hätte er sich in seinen kühnsten Träumen nicht erhofft. Es war allerdings nicht ohne Risiko, denn Heinz kannte keine Skrupel.

„Wenn ich Ihnen Namen nenne, werden diese Leute hinter mir her sein.“

„Nicht, wenn wir Ihre Identität geheim halten“, bot Scott an. „Wir können Ihnen sogar eine neue Identität geben, wenn das alles vorbei ist, falls Sie das möchten.“

Ottos Blick wanderte von Scott zu Dickinson und schließlich zu Bruni, die sich in ihrem Stuhl zurücklehnte und das zufriedene Gesicht einer Katze machte, die gerade eine Schüssel Sahne ausgeschleckt hat.

„Das ist ein gutes Angebot. Du solltest es annehmen“, sagte sie. Zweifellos hatte sie das eingefädelt. Er wollte lieber nicht wissen, wie sie es genau angestellt hatte, bedauerte jedoch, dass er sie schon wieder falsch eingeschätzt hatte. Sobald sie allein waren, würde er sich bei ihr bedanken.

Er nickte. „In Ordnung. Ich sag Ihnen alles, was ich weiß.“

„Prima. Sie beide kommen vorerst mit mir nach Nürnberg. Wir wollen nicht riskieren, dass jemand von der Sache Wind bekommt“, sagte der Colonel.

„Colonel Scott, wie können wir Ihnen jemals dafür danken,

was Sie nicht nur für Herrn Krause und mich, sondern für ganz Deutschland getan haben?", schmeichelte Bruni ihm.

„Ich mache nur meine Arbeit. In zehn Minuten brechen wir nach Nürnberg auf."

Otto wartete, bis er und Bruni einen Moment allein waren, bevor er ein aufrichtiges „Danke" hervorbrachte, doch sie winkte ab.

„Ach, Unsinn. Ich muss mich bei dir bedanken. Du hast dich so gut um mich gekümmert, mich entgegen aller Erwartung am Leben gehalten und über die Grenze gebracht."

„Das war das Mindeste, was ich tun konnte", murmelte er.

Sie schüttelte den Kopf. „Ich kenne viele Männer, die mich im Stich gelassen hätten, um ihre eigene Haut zu retten. Du bist ein durch und durch ehrenwerter Mensch. Hoffentlich machst du das Beste aus dieser zweiten Chance. Halt dich fern von zwielichtigen Geschäften und Gestalten wie Heinz Schuster."

Sich von Heinz fernzuhalten, war nicht schwer, denn wenn alles vorbei war, würde dieser für längere Zeit hinter schwedische Gardinen wandern. Der andere Teil, nämlich ein ehrliches Leben zu führen, war viel schwieriger. Dennoch war Otto entschlossen, Felix' gutem Beispiel zu folgen, der es geschafft hatte, seine kriminelle Vergangenheit hinter sich zu lassen. „Ich verspreche, dass ich denselben Fehler kein zweites Mal mache. Ich hoffe, du und dieser Victor werdet glücklich miteinander. Er ist ein echter Glückspilz."

„Du wirst auch jemanden finden. Die Zeiten ändern sich." Sie küsste ihn auf die Wange. „Gib nur nie die Hoffnung auf. Sieh *mich* an, ich habe nicht an die Liebe geglaubt und doch bin ich hier, nachdem ich die gesamte verdammte Sowjetzone durchquert habe, um meinen Liebsten zu finden."

KAPITEL 34

Victor schnappte sich seine Krücken und humpelte den Flur hinunter zum Münztelefon. Er wartete, bis das Fräulein vom Amt den Anruf verband. Zur Abwechslung funktionierten die Telefonleitungen einmal.

„Café de Paris", antwortete eine schroffe Stimme.

„Guten Tag, ich möchte mit Fräulein von Sinnen sprechen", sagte Victor.

„Das würden wir alle gerne."

„Wie meinen Sie das?"

„Sie ist verschwunden. Sollte Sie jemals bei Ihnen auftauchen, richten Sie ihr bitte aus, dass sie sich hier nie wieder blicken lassen braucht. Sie ist hier nicht willkommen."

„Warten Sie", flehte er in den Hörer, doch die Person am anderen Ende hatte die Verbindung bereits unterbrochen. Er drückte den Knopf, und das Fräulein vom Amt meldete sich wieder. „Bitte verbinden Sie mich noch einmal mit dem Café de Paris."

„Einen Moment bitte." Statik und Stille kamen aus der Leitung, bis die Stimme der Telefonistin einige Sekunden später sagte: „Es tut mir leid, mein Herr. Die Leitungen scheinen im Moment nicht in Betrieb zu sein. Bitte versuchen Sie es später noch einmal."

Victor legte verzweifelt den Hörer auf. Bruni war weder in Wiesbaden aufgetaucht noch war sie nach Berlin zurückgekehrt. Die ganze Sache war ihm ein Rätsel. Auf seinen Krücken humpelte er zurück in sein Zimmer, die Rufe seiner Mitpatienten nach einem Würfelspiel ignorierend.

„Da bist du ja!" Glenn stand im Zimmer und wartete auf ihn.

„Oh, hallo."

„Ich bin gekommen, um mit dir zu feiern, dass du aus dem Krankenhaus entlassen wirst." Glenn hielt eine Flasche Whiskey hoch.

„Was gibts da zu feiern?" Victor ließ sich erschöpft aufs Bett plumpsen.

„Welche Laus ist dir denn über die Leber gelaufen?"

„Keine."

„Du bläst also nur zum Spaß Trübsal?"

„Arschloch."

Glenn grinste. „Sieht so aus, als müsste ich meinen Whiskey allein trinken."

„Wehe. Danke fürs Vorbeikommen." Victor hatte Mühe, sich aufzusetzen. „Vielleicht hilft das Zeug ja."

„Magst du mir sagen, warum du so schlecht gelaunt bist?", fragte Glenn, nachdem beide einen Schluck aus der Flasche genommen hatten.

„Bruni."

Glenn zuckte mit den Schultern.

„Ich habe im Café de Paris angerufen. Die haben keine Ahnung, wo sie ist. Sie ist einfach eines Tages verschwunden. Hat Zara denn nichts gehört?"

„Nee, Mann." Glenn reichte Victor die Flasche. „Ich bin sicher, es gibt eine Erklärung ..."

„Und welche sollte das bitte sein? Wenn sie die Absicht gehabt hätte, herzukommen, wäre sie doch schon längst da. Vier Wochen? In der Zeit kann man die Strecke zu Fuß zurücklegen." Ob das nun stimmte oder nicht, war ihm egal.

„Vielleicht hatte sie einen Verkehrsunfall?"

„Selbst in der sowjetischen Zone hätte man ihre Verwandten verständigt." Victor nahm einen weiteren großen Schluck der hochprozentigen Flüssigkeit und genoss, wie sie seine Kehle hinunterbrannte.

„Hast du nicht gesagt, dass sie keinen Kontakt mehr zu ihren Eltern hat?"

„Sie hätten ihre Freundinnen anrufen können oder ihren Arbeitgeber oder die französischen Behörden in Berlin." Victor erinnerte sich plötzlich an den Brief, den er Glenn gegeben hatte. „Hat deine kleine Freundin den Brief überbracht?"

„Sie war zweimal dort, niemand hat aufgemacht. Also hat sie den Umschlag unter der Tür durchgeschoben. Ich denke mal, dass Bruni den Brief auf jeden Fall bekommen hat."

„Warum hat sie dann nicht geantwortet?"

„Weiß der Geier."

„Weil sie mich nicht liebt, deshalb!", platzte es aus Victor heraus und er trank noch einen großen Schluck Whiskey. Er hatte gute Lust, die ganze Flasche zu leeren und zu vergessen, dass die Welt und eine gewisse platinblonde Frau überhaupt existierten.

Glenn schien hin- und hergerissen zwischen Bedauern für seinen Freund und dem Wunsch, ihn aus seiner niedergeschlagenen Stimmung zu reißen. Nach einem langen Seufzer sagte er: „Wenn du meinen Rat willst: Vergiss sie. Sie ist vor einem Monat verschwunden und nicht einmal ihre besten Freundinnen haben ein Lebenszeichen von ihr bekommen. Na, und dann ist da noch dieser Zeitungsartikel, dass sie mit einem Lastwagenfahrer durchgebrannt ist."

„Vielleicht musste sie untertauchen?", jammerte Victor.

„Bruni? Warum sollte sie das tun?"

„Weil jemand hinter ihr her ist?" Victor spürte einen Funken Hoffnung.

„Ein versetzter Liebhaber?" Glenn lachte herzhaft. „Tut mir leid, dass ich so unverblümt bin. Sie hat einfach einen anderen Kerl gefunden, der ihr was versprochen hat, was du ihr nicht geben kannst. Sie ist nicht gerade dafür bekannt, besonders sentimental zu sein, oder jemand, der sich bis über beide Ohren verliebt. Zara sagt, dass für Bruni Beziehungen nichts weiter sind als ein angenehmes Geschäft, von dem sie sich einen Vorteil erhofft. Jedenfalls darfst du das Krankenhaus verlassen und es ist nur eine Frage von wenigen Tagen, bis du in die Staaten zurückkehrst."

„Ich weiß." Victor nuckelte am Whiskey, bis Glenn ihm die Flasche wegnahm.

„Langsam, mein Freund. Ich will nicht schuld sein, wenn du an Alkoholvergiftung krepierst. Echt, vergiss sie einfach. Das ist das Beste."

Victor nahm Glenns Rat nicht zur Kenntnis, ebenso wenig wie seinen Aufbruch wenige Augenblicke später. *Es ist vermutlich am besten so. Bruni will nur das Beste und sie wird sich bestimmt nicht an einen Mann mit einem steifen Knie binden wollen. Wer weiß schon, was mich zu Hause erwartet? Ohne mich ist sie besser dran.*

Am Nachmittag kam der Arzt, um ihm seine Entlassungspapiere auszuhändigen. „Vergessen Sie nicht, Ihre Übungen zu machen. Wenn Sie fleißig sind, werden Sie wieder längere Strecken gehen können, wenn auch am Stock."

„Na, da habe ich ja was, worauf ich mich freuen kann", sagte Victor in sarkastischem Ton.

Der Arzt verengte seine Augen. „Sie sollten dankbar sein, Lieutenant. Ich habe unzählige Männer gesehen, denen es viel schlechter ging. Ihre Verletzung ist ein Kinkerlitzchen im Vergleich zum Verlust einer Extremität – oder des halben Gesichts."

„Ich weiß, Doktor. Danke, dass Sie mich zusammengeflickt haben."

„Viel Glück." Der Arzt ließ ihn allein, doch anstatt zu dem kleinen Spind zu humpeln, um seine Sachen in den Seesack zu stopfen, ließ sich Victor aufs Bett fallen und starrte an die Decke, bis er wieder die Tür hörte. *Können diese Leute mich denn nicht in Ruhe lassen?*

Eine mollige deutsche Krankenschwester mit blonden Haaren kam mit einem strahlenden Lächeln herein. Victor wusste, dass sie erst vor Kurzem ihren Liebsten geheiratet hatte, einen amerikanischen Soldaten, der in Wiesbaden stationiert war. Und genau so sah sie auch aus: euphorisch.

„Ich dachte, Sie sind schon fertig, Lieutenant Richards", sagte sie übermäßig vergnügt.

„Bin ich nicht."

Sie mochte jung sein, doch schien sie ausreichend Erfahrung mit niedergeschlagenen Patienten zu haben und ignorierte seine schlechte Laune. „Gut, dann packe ich Ihre Tasche. Unten wartet ein Jeep auf Sie."

„Wie Sie wollen." Er sah zu, wie sie zielstrebig seine wenigen Besitztümer einpackte. Sein ganzes Leben, reduziert auf einen Seesack. Wenige Minuten später war sie fertig, schob einen Rollstuhl vor ihn hin und gab ihm ein Zeichen, sich hineinzusetzen. „Ihre Kutsche ist vorgefahren."

„Ich kann selber gehen."

„Oder ich kann Sie schieben."

Es war nicht ihre Schuld, dass er diese miese Laune hatte; sie hatte alles getan, was sie konnte, um Victor zu helfen. Gemeinsam fuhren sie mit dem Aufzug nach unten, wo wie versprochen ein Jeep auf ihn wartete. „Da ist Ihr Wagen."

Sie half ihm einzusteigen und reichte ihm die Krücken. „Gute Heimreise."

„Vielen Dank. Für alles."

„Gern geschehen." Ihr strahlendes Lächeln war das Letzte, was er sah, bevor sie den Rollstuhl umdrehte und ins Gebäude zurückschob.

Im Hauptquartier angekommen, bestand er darauf, allein zum Büro seines Vorgesetzten zu gehen, auch wenn es eine Ewigkeit dauerte und er schweißgebadet ankam.

„Herein", antwortete dieser auf Victors Klopfen.

„Sir, Sie wollten mich sprechen."

„Ja. Richards, ich komme gleich zur Sache." Der Colonel nahm ein Bündel Papiere zur Hand und hielt sie hoch. „Das sind Ihre medizinischen Entlassungspapiere. Möchten Sie immer noch in die Staaten zurück?"

„Ja, Sir." Ohne Bruni gab es nichts, was ihn in Deutschland hielt.

„Nun, dann habe ich gute Neuigkeiten für Sie. Eine C54 soll zur Generalüberholung in die USA zurück. Wenn Sie möchten, können Sie einen Platz auf diesem Flug haben."

„Das würde ich sehr zu schätzen wissen, Sir", sagte Victor ohne große Begeisterung. Er hatte ein Leben geplant, zu dem auch Bruni gehörte. Ohne sie erschien ihm alles trist und sinnlos, auch wenn er diesen Gedanken niemals in Gegenwart seines Vorgesetzten äußern würde.

Der Colonel zeigte auf Victors Seesack. „Ist das Ihr gesamtes Gepäck?"

„Ja, Sir."

„Gut. Melden Sie sich in der Gästekaserne und sagen Sie, dass Sie ein Bett für die Nacht brauchen. Der Abflug ist morgen um Punkt sechzehnhundert."

„Jawohl, Sir, und danke."

„Wir haben den Unfallverursacher nicht ausfindig machen können, aber alles deutet auf die Sowjets hin. Es ist für alle Beteiligten das Beste, wenn Sie Deutschland verlassen."

„Da bin ich mir sicher." Victor stand stramm und salutierte dem Colonel, der den Gruß erwiderte. Dann verließ er das Büro und humpelte langsam über das Gelände zu den Gästeunterkünften, wo er sich auf das ihm zugewiesene Bett fallen ließ und sofort erschöpft einschlief. Im Traum fand er Bruni, aber jedes Mal, wenn er versuchte, ihre Hand zu ergreifen, begann sie zu verblassen.

Als er am Morgen aufwachte, überlegte er, ob er Glenn aufsuchen sollte, um sich zu verabschieden, widerstand jedoch der Versuchung. Es war das Beste, mit allem und jedem zu brechen, das ihn an seine Zeit in Deutschland – und damit an Bruni – erinnerte. Wenn er irgendwann ein glückliches Leben mit einer anderen Frau führen wollte, musste er sämtliche Brücken hinter sich abbrechen. Also schrieb er nur einen kurzen Brief:

Hallo Glenn,

wie Du vielleicht schon weißt, bin ich in die Staaten zurückgekehrt und freue mich darauf, ein neues Leben zu beginnen. Vielen Dank für Deine Hilfe und Freundschaft. Ich wünsche Dir viel Glück mit Zara.

Victor

Vier Jahre war er in Deutschland gewesen. Es war ihm wie eine lange Zeit vorgekommen. Doch jetzt lag alles hinter ihm. Er war auf dem Weg nach Hause, fest entschlossen, *sie* zu vergessen.

KAPITEL 35

Endlich! Bruni erreichte Wiesbaden – in einem Personenzug. Eine Ewigkeit schien vergangen zu sein, seit sie in Berlin in Ottos Laster geklettert war. Sie fragte nach dem Weg zum Haus der Familie Gardner, wo Zara als Hausmädchen lebte und arbeitete. Als Bruni sich näherte, spielte Zara mit zwei Kindern im Garten Ball und bemerkte sie zunächst nicht.

„Zara“, rief Bruni winkend.

„Bruni!“, schrie Zara freudig auf. „Um Gottes willen, du lebst und bist hier!“ Sie eilte zu ihrer Freundin, um ihr das Gartentor zu öffnen, und umarmte sie stürmisch.

„Ja, ich bin da.“

„Ihr müsst ein paar Minuten ohne mich spielen, in Ordnung?“, rief Zara den Kindern zu, bevor sie Bruni ins Haus zog und fragte: „Wo um alles in der Welt warst du bloß? Wir haben in den Nachrichten gehört, dass du mit einem Lastwagenfahrer durchgebrannt bist. Victor hat im Café de Paris angerufen, und ihm wurde gesagt, du seist ohne ein Wort verschwunden. Sie sind ziemlich sauer auf dich und haben ihm gesagt, dass sie dich nie wiedersehen wollen.“ Zara unterbrach ihren Wortschwall, um Luft zu holen.

Damit hatte Bruni gerechnet. Mit Herrn Schuster war nicht zu spaßen. Ein solches Verhalten würde er nicht einmal von seiner Starsängerin dulden. Doch ihr war das egal, denn sie würde Deutschland sowieso bald den Rücken kehren, um mit Victor in Amerika zu leben. Ein warmes Gefühl durchströmte sie beim Gedanken an ihn.

„Das ist alles wahr, wenn auch vielleicht nicht so, wie du denkst. Apropos Victor, hast du ihn gesehen?“

„Ich nicht, aber Glenn. Er war bis vorgestern im Krankenhaus und durfte keine zivilen Besucher empfangen.“

„Dann wurde er entlassen? Wo ist er jetzt? Ich will ihn sofort sehen.“

Zaras Gesicht wurde ernst. „Er ist schon abgeflogen.“

„Abgeflogen? Wohin denn?“ Brunis Sicht verschwamm. Victor hatte Flugangst. Wieso um alles in der Welt sollte er freiwillig irgendwohin fliegen?

„Du musst das verstehen. Er war todunglücklich, als er gehört hat, dass du mit diesem Lastwagenfahrer durchgebrannt bist.“

„Ich einen Lasterfahrer heiraten? Ich bin doch nicht mit ihm durchgebrannt! Er sollte mich nur über die Grenze bringen ...“ Brunis Gehirn versuchte, die Nachricht zu verarbeiten. Es konnte nicht wahr sein. Das würde er nicht tun. Niemals. Doch nicht ihr Victor! „Bitte sag mir, dass du den Unsinn nicht geglaubt hast. Ich meine, *ich* mit einem Lastwagenfahrer? Warum sollte irgendjemand, der mich kennt, so etwas für bare Münze nehmen?“

„Du warst so lange Zeit verschwunden, niemand hat von dir gehört. Die Leute zählen eins und eins zusammen“, meinte Zara.

„Was für ein erbärmlicher Schlappschwanz!“, schrie Bruni und stampfte mit ihrem glänzenden Stöckelschuh auf. „Ich habe soeben einen Monat meines Lebens zum Fenster hinausgeworfen, um ihn zu sehen, und was macht diese miese Ratte? Packt seine Sachen und haut ab ins Land der unbegrenzten Möglichkeiten! Verlässt mich aus einer Laune heraus, nur weil ein dummes Klatschblatt dreiste Lügen über mich verbreitet! Was glaubt er eigentlich, wer er ist?“

Zara stand schweigend da, bis Bruni mit ihrer Schimpftirade fertig war. „Möchtest du einen Kaffee?"

„Ja, zum Teufel! Ich hoffe, du hast richtigen Kaffee. Ich kann für heute keine weiteren schlechten Nachrichten gebrauchen." Bruni öffnete ihre Handtasche, um eine Zigarette herauszufischen. Dabei dachte sie liebevoll an Colonel Scott, der sie als Gegenleistung für ihre Hilfe beim Auffinden der gestohlenen Kunstwerke mit neuen Kleidern, Schuhen, Accessoires und Make-up ausgestattet hatte.

„Du musst dich bitte beruhigen. Mrs. Gardner mag es nicht, wenn in ihrem Haus geflucht wird." Zara brühte den Kaffee auf, während sich Bruni die Zigarette anzündete. Victors Verrat hatte sie tief getroffen.

Bevor sie in Selbstmitleid zerfließen konnte, fragte Zara: „Was ist wirklich passiert, nachdem du Berlin verlassen hast?"

Bruni öffnete den Mund, um ihrer Freundin die Wahrheit zu erzählen, und klappte ihn dann wieder zu. Sie hatte Colonel Scott absolute Diskretion versprochen, sonst hätte er sie in Nürnberg festgehalten, bis die Schmuggler gefasst waren. Also erfand sie eine fantastische Geschichte darüber, wie Otto ihr versprochen hatte, sie nach Wiesbaden zu bringen, und wie sein Lastwagen eine Panne hatte und sie bei seiner Mutter unterkommen mussten. Sie ließ es spannend und unwahrscheinlich klingen und merkte, dass Zara ihr kein Wort glaubte.

„Lass gut sein. So eine Fantasiegeschichte brauchst du mir nicht zu erzählen. Es spielt auch keine Rolle. Ich zumindest bin unglaublich froh, dass du hier bist."

„Ich auch."

Zara stellte zwei Tassen Kaffee und einen Teller mit Brownies auf den Küchentisch. Gerade als sie sich setzte, entdeckte Bruni den Ring am Finger ihrer Freundin. Sie griff nach Zaras Hand und fragte: „Ist es das, wofür ich es halte?"

Zara errötete und hielt die Hand hoch, sodass der Ring im Sonnenschein leuchtete. „Glenn hat mich gefragt, ob ich ihn heiraten will, und ich habe ja gesagt."

„Ich freue mich für dich." Bruni zog Zara in eine weitere Umarmung. „Du hast eine gute Wahl getroffen. Hoffen wir, dass dein Schatz nicht auch beim ersten Zweifel an eurer Beziehung seine Sachen packt und nach Amerika abhaut."

„Es tut mir so leid."

„Du brauchst mich nicht zu bedauern. Ich bin nur froh, dass Victor sein wahres Gesicht vor der Hochzeit gezeigt hat." Das war natürlich gelogen, aber Bruni wäre lieber tot umgefallen, als zuzugeben, dass sie bis ins Mark erschüttert war. Nachdem sie ihren Kaffee ausgetrunken hatte, sagte sie: „Ich gehe jetzt besser. Deinen Arbeitgebern wird es nicht gefallen, wenn ich dich von deinen Aufgaben abhalte."

„Was hast du vor?"

„Ich steige für ein paar Tage in einem Hotel ab und denke über meine Optionen nach. Solange die Blockade besteht, kann ich nicht nach Berlin zurück, und niemand weiß, wie lange das der Fall sein wird."

„Daran habe ich gar nicht gedacht." Zara begleitete Bruni nach draußen, wo die Kinder noch immer im Garten spielten. „Soll sich Mrs. Gardner nach einer Stelle für dich umhören? Sie hat sehr gute Beziehungen."

„Deine Arbeitgeberin und ihre Freundinnen haben sicherlich andere Vorstellungen von einer angemessenen Anstellung als ich", kicherte Bruni.

„Da hast du wahrscheinlich recht. Warum treffen wir uns nicht morgen nach dem Abendessen? Wir gehen etwas trinken und ich stelle dir ein paar Leute vor, die vielleicht helfen können. Das Nachtleben in Wiesbaden ist nicht zu unterschätzen."

„Das klingt nach einem guten Plan." Bruni winkte zum Abschied.

Dann ging sie zur Kaserne, um ihr Glück zu versuchen und etwas über Victor in Erfahrung zu bringen. Doch sie fand nur heraus, dass Lieutenant Richards in die Staaten abgereist war, und nein, man wusste nicht, in welche Stadt, und man hatte auch keine Adresse.

Es war fast so, als hätte es ihn nie gegeben. Ihre gesamte Zukunft lag in Scherben. Als sie außer Sichtweite der Wachposten war, stampfte sie wütend mit dem Fuß auf und schrie: „Du bist für mich gestorben, Victor Richards, du elendes, verräterisches Schwein! Ich hoffe, du wirst niemals glücklich werden und das, was du mir angetan hast, für den Rest deines Lebens bereuen!"

Nach ihrem Ausbruch fühlte sie sich ein wenig besser. Sie ging ins Stadtzentrum auf der Suche nach einem schönen, aber bezahlbaren Hotel. Bestimmt fand sie bald eine neue Arbeit und einen neuen Gönner, doch vorerst musste sie jeden Pfennig dreimal umdrehen.

KAPITEL 36

Im letzten Monat war Otto täglich im amerikanischen Militärhauptquartier in Nürnberg gewesen. Er war von mindestens einem halben Dutzend verschiedener Geheimagenten befragt worden, die mehrfach jedes einzelne Detail mit ihm durchgegangen waren, das ihm über die Operation bekannt war.

Otto hatte erfahren, dass Heinz Schuster einer der Köpfe des Schmugglerrings war, und konnte es kaum erwarten, sich an dem Mann zu rächen, der sein Leben fast ruiniert hatte.

Eines Tages wurde Otto in das Büro von Colonel Scott gerufen, der nach einer knappen Begrüßung direkt zur Sache kam: „Wir haben sie, die ganze Bagage. Alles in allem etwa zwei Dutzend Männer. Wir sind ihnen zu einem Lagerhaus in Berlin gefolgt, das bis unters Dach mit Schmuck, Kunstwerken, Gold, Antiquitäten und was noch alles vollgestopft war. Fast ausnahmslos unbezahlbare und einzigartige Stücke, die von den Nazis in ganz Europa zusammengestohlen wurden."

„Das ging ja schnell", sagte Otto.

„Ohne Ihre Informationen wäre uns das nicht gelungen."

„Ich bin froh, dass ich helfen konnte."

„Es gibt noch eine Sache, die wir von Ihnen brauchen, danach ist Ihre Rolle bei dieser Operation offiziell beendet."

„Was denn?"

„Ich möchte, dass Sie den Mann identifizieren, der Sie mit dem Transport der beiden Ladungen mit Möbeln und Kunstgegenständen beauftragt hat."

Otto lief es kalt über den Rücken bei der Vorstellung, Heinz zu begegnen. Solche Leute waren Stehaufmännchen, die immer wieder auf die Beine kamen. Deshalb wollte er ihm lieber nicht von Angesicht zu Angesicht gegenübertreten.

Scott schien Ottos Zögern bemerkt zu haben und fügte hinzu: „Keine Sorge, er wird Sie nicht sehen. Wir haben einen halbdurchlässigen Spiegel, sodass Sie ihn zwar sehen können, aber nicht umgekehrt."

Ein Stein fiel Otto vom Herzen. „Gut, dann bin ich dabei."

„Wir werden sechs Männer aufreihen, und Sie geben mir bitte die Nummer desjenigen, der Sie für den Transport der Möbel angeheuert hat. Verstanden?"

Otto nickte und folgte dem Colonel in einen anderen Raum, wo drei amerikanische Offiziere bereits warteten. Einer von ihnen wiederholte die Anweisungen und fragte Otto erneut, ob er verstanden habe. Dann musste er schwören, wahrheitsgemäß zu antworten.

Als Nächstes ging das Licht hinter einer der Wände an, die sich daraufhin in ein durchsichtiges Fenster verwandelte. Sechs Männer wurden hereingeführt und an der gegenüberliegenden Wand aufgereiht.

Ottos Blick blieb sofort an Heinz hängen, der zwischen den anderen stand und versuchte, gelangweilt und desinteressiert zu wirken. Er konnte Otto nicht täuschen; in Heinz' Augen flackerte Angst.

„Der da ist Heinz Schuster, die Nummer drei. Er hat mich beauftragt, Möbel nach Fulda zu bringen."

Die vier Offiziere im Raum waren ausgesprochen zufrieden, und derjenige, der ihm zuvor die Anweisungen gegeben hatte, sagte: „Gut, das sollte genügen. Vielen Dank für Ihre Hilfe."

„Gern geschehen."

Colonel Scott winkte Otto, ihm zu folgen, und bot ihm einige Minuten später einen Stuhl in seinem Büro an. „Nochmals vielen Dank für Ihre Mitarbeit."

„Das war übrigens nicht meine Idee. Sie können sich ja denken, dass es jemandem mit meiner Vergangenheit schwerfällt, den Behörden zu trauen."

Scott grinste. „Nun, dann sollte ich mich wohl bei Ihrer Freundin bedanken. Sie ist ein helles Köpfchen."

„Das kann man wohl sagen."

„Haben Sie schon entschieden, wo Sie Ihr neues Leben beginnen möchten?"

In den vergangenen vier Wochen hatte Otto viel darüber nachgedacht. Da er keine Präferenzen bezüglich des Ortes hatte, wollte er dorthin gehen, wo es Arbeit gab. „Ja, Sir. Ich habe vor, mein Glück im Ruhrgebiet zu versuchen. Ich habe gehört, dass für die Kohlebergwerke jede Menge Fahrer gebraucht werden. Wenn ich eines kann, dann Lastwagenfahren."

„Das ist eine gute Wahl. Es ist *das* aufstrebende Industriegebiet in Deutschland und Sie haben recht: Es fehlt an Arbeitskräften. Es wird einige Tage dauern, bis meine britischen Kollegen die Genehmigungen für ihre Zone ausgestellt haben. Sie wissen schon, Eigenständigkeit und so."

Drei Tage später saß Otto im Zug nach Essen, ausgestattet mit vierzig D-Mark, neuer Kleidung und einer Daueraufenthaltsgenehmigung für die amerikanische und britische Bizone.

Er nahm sich vor, seiner Mutter Geld zu schicken, sobald er wieder auf eigenen Füßen stand. Vielleicht konnte er sie eines Tages sogar zu sich holen.

KAPITEL 37

Vier Jahre später

„Die bezaubernde Brunhilde von Sinnen wird bei ihrer ersten USA-Tournee Jung und Alt auf ihren Konzerten begeistern. Karten können an den Veranstaltungsorten erworben werden. Warten Sie jedoch nicht bis zur letzten Minute. Im ganzen Land waren ihre bisherigen Konzerte stets ausverkauft."

Victor hielt inne und starrte sein Küchenradio an. Einen Moment später meldete sich die Stimme des Radiosprechers erneut.

„Fräulein von Sinnen hat sich liebenswürdigerweise bereit erklärt, hier in der Sendung ein Lied für uns zu singen. Der Äther gehört ganz Ihnen, meine Liebe."

„Danke, Jack. Dieses Lied ist für alle Männer und Frauen, die die Liebe ihres Lebens bereits gefunden haben, und für all jene, die noch auf der Suche sind."

Brunis unvergleichliche Stimme erfüllte den Raum, als sie dasselbe Lied anstimmte, das sie damals an dem Abend im Café de Paris gesungen hatte, an dem Victor sie das erste Mal gesehen hatte: *I'm in the Mood for Love.*

Voller Nostalgie stimmte Victor ein. Dabei erinnerte er sich an jede kostbare Minute, die er mit der einzigartigen Frau verbracht hatte, der noch immer sein Herz gehörte. Obwohl er sich wahrlich bemüht hatte, war es ihm nie gelungen, sie zu vergessen oder auch nur eine ernsthafte Beziehung mit einer anderen Frau zu führen.

Als das Lied endete, sehnte sich sein ganzes Wesen nach ihr. Bruni war in den Staaten und jetzt, da er ihre Stimme gehört hatte, musste er sie unbedingt wiedersehen.

Es war eine törichte Idee. Er wusste, wie sehr sie sich in der Bewunderung von Männern auf der ganzen Welt sonnte. Mit Sicherheit hatte sie längst einen gefunden, der ihr während der letzten Jahre das Bett gewärmt hatte. Trotzdem hoffte er, dass sie ihm die Erklärung geben würde, nach der es ihn dürstete, seit er den Zeitungsartikel über sie und den Lastwagenfahrer gelesen hatte.

Er rief beim Radiosender an und brachte endlich die Details ihrer Tournee in Erfahrung, nachdem er von Person zu Person weitergereicht worden war. In zehn Tagen gab sie in seiner Stadt ein Konzert. Eilig kaufte er am Veranstaltungsort eine Karte, doch je näher der Termin rückte, desto mehr Zweifel kamen ihm.

Am Abend des Konzerts entschied er, zu Hause zu bleiben. Er wollte sich nicht zum Narren machen und sich nach einer Frau verzehren, die ihn ohne ein Wort verlassen hatte. Doch nur wenige Augenblicke später änderte er seine Meinung erneut. Er würde hingehen und ihr beim Singen zuhören. Sie brauchte nie zu erfahren, dass er einer der Männer im Publikum war.

Er zog seinen besten Anzug und seine beste Krawatte an, hielt an einem Blumenstand und ließ sich einen Strauß roter Rosen geben. Nach reiflicher Überlegung schrieb er „Von einem alten Freund aus Berlin" auf die Karte und überreichte das Bukett dem Kartenabreißer am Veranstaltungsort, der versprach, dafür zu sorgen, dass Fräulein von Sinnen es erhielt.

Als Victor das Meer von Blumensträußen sah, das darauf wartete, in ihre Garderobe gebracht zu werden, verließ ihn wieder der Mut. Er erwartete sowieso nicht, Bruni abseits der Bühne zu begegnen, er wollte lediglich ihre bezaubernde Stimme noch ein letztes Mal hören, bevor er dieses Kapitel seines Lebens ein für alle Mal schloss.

Während der Vorstellung fühlte er sich um Jahre ins Café de Paris zurückversetzt, wo er sie so oft hatte auftreten sehen. Ihre verführerische Altstimme umspülte seine Sinne wie der edelste Whiskey, sanft und stark zugleich.

Er beobachtete, wie sie über die Bühne und die Treppe hinunter tänzelte, dem Publikum in der ersten Reihe die Hände schüttelte. Sie zog den letzten Refrain des Liebesliedes in die Länge, während sie am Publikum vorbeischritt und auf der anderen Seite wieder auf die Bühne stieg. Den letzten Ton hielt sie für eine gefühlte Ewigkeit. Für den Bruchteil einer Sekunde begegneten sich ihre Blicke und er glaubte, darin ein Wiedererkennen zu sehen, obwohl das unmöglich war.

Das Publikum spendete stehende Ovationen, unwillkürlich sprang er zusammen mit allen anderen auf, klatschte und forderte eine Zugabe, die sie großzügig gewährte. Victor vergaß alles um sich herum und erinnerte sich daran, wie sie auf seinem Schoß gesessen und ihm süße Worte ins Ohr geflüstert hatte. Ein wohliger Schauer lief ihm über den Rücken. Er bemerkte kaum, dass die meisten Konzertbesucher den Saal bereits verlassen hatten.

Von dem starken Verlangen beseelt, Bruni in die Arme zu schließen, ging er auf die Bühne und glitt hinter den schweren schwarzen Vorhang. Magisch angezogen, folgte er dem Klang von Stimmen und fand sich in einem schmalen Gang wieder, von dem mehrere Türen abgingen. Unsicher, was er eigentlich tat, hielt er inne. Vom anderen Ende des Flurs kam jemand auf ihn zu, fast vollständig hinter Blumensträußen verborgen, blieb vor einer Tür stehen und klopfte. Nachdem die Frau die Blumen übergeben hatte, ging sie denselben Weg zurück, den sie gekommen war.

Bevor ihn der Mut verlassen konnte, ging Victor mit einem leichten Hinken, das sich stets verschlimmerte, wenn er nervös oder müde war, zu der Tür und klopfte.

Bruni saß in einem Morgenmantel aus rosa Satin vor einem großen Spiegel, um ihr Make-up aufzufrischen. Sie war von ihrem zweistündigen Auftritt zwar erschöpft, aber in Hochstimmung. Das Publikum war fantastisch. Dort oben zu stehen und von Tausenden von Zuschauern bejubelt zu werden, war ein Nervenkitzel, der mit nichts zu vergleichen war.

Ein vergleichbares Hochgefühl hatte sie nur ein einziges Mal in ihrem Leben verspürt: als sie mit Victor zusammen gewesen war. Doch der hatte sie wie eine heiße Kartoffel fallen gelassen, weil er das Gewäsch geglaubt hatte, sie sei mit Otto durchgebrannt. Selbst vier Jahre später schmerzte ihr Herz noch immer.

Sie zuckte die Achseln. Die Vergangenheit konnte man nicht ändern. Victor hatte ihr das Herz gebrochen und sie hatte es mehr schlecht als recht wieder zusammengeflickt, bestärkt in ihrer Überzeugung, dass man Männern nicht trauen konnte und dass sie auf sich allein gestellt besser dran war.

Marlene und Zara hatten beide versucht, sie zu überreden, auf ihrer Amerika-Tournee nach Victor zu suchen. Dagegen hatte sie sich mit aller Macht gewehrt, denn sie könnte es nicht ertragen herauszufinden, dass er glücklich mit einer anderen verheiratet war.

Nein, nein und nochmals nein. Es war besser, nicht zu wissen, was aus ihm geworden war.

Ein Klopfen an der Tür unterbrach ihre Überlegungen und sie sagte: „Herein." In Erwartung einer weiteren Blumenlieferung machte sie sich nicht die Mühe, sich umzudrehen, sondern trug stattdessen Lidschatten auf.

Als der Besucher nichts sagte und sie auch keine Schritte hörte, drehte sie sich langsam auf ihrem Drehstuhl um – und erstarrte. Ihr Verstand musste ihr einen Streich spielen: Das konnte keinesfalls Victor sein.

Doch er war es, leibhaftig, bis hin zu dem verschmitzten

Ausdruck seiner Augen und sogar noch besser aussehend, als sie ihn in Erinnerung hatte.

Es dauerte eine Ewigkeit, bis sie sich von dem Schock erholt hatte. Schließlich gelang es ihr zu fragen: „Bist du der Freund aus Berlin?"

Sein Blick ging zu den Rosen, die in einer Vase neben ihr standen, und er nickte. Sie erhob sich und blieb einige Meter von ihm entfernt stehen. Keiner von beiden sagte ein Wort. So sehr sie ihn auch dafür hasste, dass er sie damals verlassen hatte, konnte sie nicht verhindern, dass ein überwältigendes Gefühl der Freude in ihr aufstieg.

„Deine Vorstellung heute Abend war hervorragend", sagte er schließlich. Seine tiefe Stimme spülte über sie hinweg und drohte, sie mitzureißen.

„Du warst im Publikum?" Sie durfte jetzt nicht ihren klaren Verstand verlieren, durfte sich keinesfalls wieder in ihn verlieben. Also schlang sie die Arme um ihre Mitte und trat einen Schritt zurück.

„Ja. Ich habe letzte Woche von deiner Tournee im Radio gehört und wollte dich unbedingt sehen."

„Wieso? Du hast mich damals eiskalt abserviert." Wut stieg ihr die Kehle hoch, als die Erinnerung an den Schmerz auflebte. Sie dachte an den Kummer und die Verzweiflung, die sie nach ihrer Tortur empfunden hatte, als sie endlich in Wiesbaden angekommen war und erfahren hatte, dass er bereits abgereist war.

„Weil du ... Bist du glücklich mit ihm?" Victor rang die Hände, anscheinend genauso aufgewühlt von dem Wiedersehen wie sie.

Ihre Augen weiteten sich vor Empörung. „Sag bloß, du hast dieses Gewäsch geglaubt? Ausgerechnet du? Der einzige Mann auf der Welt, dem ich je mein Herz geöffnet habe? Du hast es mir herausgerissen und bist darauf herumgetrampelt!"

Eine Vielzahl von Emotionen spiegelte sich auf seinem Gesicht wider: Schock, Trauer, Bedauern, Scham. Jahrelang hatte sie gehofft, dass er nie wieder glücklich sein würde. Er sollte erkennen, dass sie zu verlassen der größte Fehler seines Lebens gewesen war. Doch nun lösten sich all diese Rachegefühle in Luft auf.

„Bruni, ich ... Nach meinem Unfall war ich in einer sehr schlechten mentalen Verfassung. Als du verschwunden bist, war ich krank vor Sorge. Und dann ... Dieser Zeitungsartikel ... Bitte, ich muss wissen ... Was ist damals wirklich passiert?“ Als sie ihre Lippen zu einer dünnen Linie zusammenpresste, fiel er auf ein Knie, hielt das andere Bein leicht zur Seite gestreckt und flehte: „Ich weiß jetzt, dass ich ein Narr war, dich kampflos gehen zu lassen.“

„Arschloch wäre eine passendere Beschreibung“, sagte sie kalt. Sie war gerührt von seiner Geste, doch so leicht würde sie ihm nicht verzeihen.

„Egal, wie du mich nennst, es ist sicherlich gerechtfertigt.“

„Komm, steh auf. Was ist mit deinem Bein?“

„Seit dem Unfall ist das Knie steif. Ich kann es nicht mehr als dreißig Grad beugen.“

„Möchtest du ein Glas Champagner? In Erinnerung an die guten Zeiten, die wir miteinander hatten?“ Sie musste sich ablenken, sonst hätte sie sich ihm wie ein schmachtendes Hündchen an den Hals geworfen.

„Ja, gern.“

Bruni führte ihn zu einem Couchtisch mit zwei Plüschsesseln und schenkte Champagner in zwei Gläser ein. „Worauf wollen wir anstoßen?“

„Wie wäre es mit dem dämlichsten Mann der Welt, der die einzige Frau, die er je wirklich geliebt hat, gehen ließ?“

Ihre Hand zitterte leicht, als sie ihr Glas hob und einen Schluck nahm. „Du willst also wissen, was sich wirklich abgespielt hat?“ Er nickte. „Gut, ich sags dir. Ich wurde damals zur Verschwiegenheit verpflichtet, aber ich denke, wir sind weit genug von Deutschland weg; und inzwischen ist das sowieso alles Schnee von gestern.“

Sein Blick war auf ihr Gesicht geheftet und mit jeder Sekunde, die verstrich, wuchs ihr Bedauern über die verlorene Zeit. Hätte sie doch nur auf ihre Freundinnen gehört und nach ihm gesucht.

„Ich habe Berlin für dich verlassen, weil ich Angst hatte, dass ich dich nie wiedersehe, wenn du nach Hause geschickt wirst, bevor ich mit dir gesprochen habe. Und genau das ist passiert", sagte sie bitter, stürzte ihr Glas Champagner hinunter und füllte es wieder auf. „Die Reise verlief nicht wie geplant. Otto, der Lastwagenfahrer, auf den du so eifersüchtig bist, wurde überlistet und dazu gebracht, gestohlene Kunst zu schmuggeln. Die Sowjets haben ihn erwischt und uns beide ins Gefängnis geworfen."

Victor schluckte schwer und seine Ohren röteten sich. „Mein armer Liebl... Ach, Bruni. Ich bin so ein Idiot."

„Stimmt." Sein Eingeständnis verschaffte ihr eine gewisse Befriedigung, allerdings nicht in dem Maß, wie sie es sich jahrelang ausgemalt hatte. „Es gelang uns zu fliehen, gefolgt von einer beschwerlichen Reise durch die sowjetische Zone, ständig auf der Flucht vor der Polizei. So etwas möchte ich nie wieder durchmachen müssen oder mich auch nur daran erinnern. Schließlich kam ich nach Wiesbaden – genau einen Tag, nachdem du abgeflogen warst."

„Es tut mir so leid." Victor sah aufrichtig zerknirscht aus. Zurecht, wie sie meinte, denn er hatte ihrer beider Chance auf Glück und wahre Liebe weggeschmissen, weil … Ja, weswegen eigentlich? „Ich war so ein Simpel. Ich hätte Vertrauen in dich haben sollen."

„Ja, hättest du", sagte sie und schenkte sich das dritte Glas ein.

Er nahm ihr die Flasche aus der Hand und strich ihr über die Wange. „Mein wunderbarer, tapferer Liebling. Kannst du mir verzeihen?"

„Ich bin mir nicht sicher, ob ich das kann. Du hast mir das Herz gebrochen. Ich war am Boden zerstört. Es hat Monate gebraucht, bis ich mich wieder aufgerappelt hatte ... Niemand hat es damals gewusst oder auch nur geahnt. Mein Leben hat sich ohne dich so sinnlos angefühlt. Es hat Tage gegeben, an denen ich einschlafen und nie wieder aufwachen wollte."

Seine Stimme zitterte, als er sagte: „Ich kann nur wiederholen, wie leid es mir tut. Ich war so unglaublich dumm. Dafür gibt es keine Entschuldigung. Ich hätte wissen sollen, dass ich auf mein Herz hören muss statt auf das Zeug, das in den Zeitungen stand. Ich war so eifersüchtig, dass ich nicht klar denken konnte. Dich zu vergessen schien die beste Lösung, deshalb bin ich in die Staaten zurückgekehrt, um ein neues Leben zu beginnen. Aber ich bin kläglich gescheitert. In den letzten Jahren habe ich dich jeden einzelnen Tag vermisst."

Statt einer Antwort schloss sie die Augen. Als sie sie wieder öffnete, rann eine Träne ihre Wange hinab. „Warum hast du nie nach mir gesucht?"

„Weil ich Angst hatte. Ich konnte den Gedanken nicht ertragen, dass du mit einem anderen Mann glücklich geworden bist."

„Und warum bist du heute gekommen?"

„Ganz ehrlich? Eigentlich wollte ich nicht kommen. Ich war mindestens ein Dutzend Mal drauf und dran, es sein zu lassen. Aber dann habe ich mir gesagt, dass ich deine Stimme nur noch einmal hören will und dass du nie davon erfahren würdest. Doch in dem Moment, als ich dich auf der Bühne gesehen habe und du unser Lied gesungen hast, war es, als hätte es die letzten Jahre nie gegeben. Ich war plötzlich wieder im Café de Paris, wo ich dich das erste Mal gesehen habe. Ich musste mit dir reden, herausfinden, ob du glücklich bist."

„Bin ich nicht." Tränen flossen ihr übers Gesicht, eine für sie völlig untypische Gefühlsregung.

„Darf ich dich bitte wieder glücklich machen? Gibst du uns eine zweite Chance?" Er wartete nicht auf eine Antwort, sondern zog sie in seine Arme. Sie protestierte nur der Form halber, bevor sie sich an ihn schmiegte und ihre Tränen seine Jacke durchnässten.

„Ich liebe dich, mein Schatz", sagte er.

„Ich liebe dich auch. So sehr. Du hast mir das Herz zerrissen."

„Wie kann ich das wiedergutmachen?"

Bruni löste sich aus seiner Umarmung. „Ich weiß nicht, ob ich das ein zweites Mal durchstehen kann."

„Das brauchst du nicht. Ich werde nie wieder an dir zweifeln. Die letzten Jahre waren so entsetzlich, ich möchte nie wieder ohne dich an meiner Seite aufwachen." Victor machte einen zaghaften Schritt auf sie zu, wischte ihre Tränen mit dem Daumen weg, senkte dann den Kopf und küsste sie.

„Ich habe nie einen anderen geliebt. Immer nur dich", murmelte sie gegen seine Lippen.

ANMERKUNGEN DER AUTORIN

Liebe Leserin, lieber Leser,

vielen Dank, dass Sie **Eine Fahrt ins Ungewisse** gelesen haben. Wenn es Ihnen gefallen hat und Sie über meine Neuerscheinungen auf dem Laufenden bleiben möchten, melden Sie sich einfach unter dem folgenden Link für meinen Newsletter an. Ihre E-Mail-Adresse wird nicht weitergegeben und Sie können sich jederzeit wieder abmelden.

https://marionkummerow.de/

Viele von Ihnen haben mir geschrieben, wie sehr sie Bruni und ihre unbekümmerte Art lieben, und wollten wissen, was aus ihr und Victor geworden ist. Ich hatte bald die perfekte Geschichte für Bruni im Kopf, denn ich wollte, dass sie genau das durchmachen muss, was sie am meisten hasst. Dinge, die sie sich so sehr bemüht zu vermeiden: die schlimmen Seiten des Lebens, mit denen sich alle anderen Menschen in Berlin arrangieren mussten.

Wie sonst auch ist dieses Buch entstanden, indem ich verschiedene Schnipsel wahrer Begebenheiten zusammengefügt habe. Einer davon war ein Zeitungsartikel vom Januar 1949, in dem das Hauptquartier der US Air Force in Europa die Aufdeckung eines riesigen Schmugglerrings bekannt gab. Dieser soll Juwelen, Edelmetalle und hochwertige Industrieprodukte im Gesamtwert von mehreren Millionen US-Dollar aus Deutschland ins Ausland verschoben haben.

Heinz Schuster bot sich aufgrund seiner exponierten Stellung im Café de Paris als Drahtzieher an. Dann las ich in Frank L. Howleys Memoiren *Berlin Command* (er war amerikanischer Kommandant in Berlin während der Luftbrücke und meine Inspiration für Dean Harris) über seine Begegnung mit einem Deutschen, der ihm den Schmuggel von Lebensmitteln vorschlug. In Kapitel 6, in dem Heinz Dean aufsucht, können Sie nachlesen, wie sich dieses Gespräch abgespielt haben könnte.

Und da war auch schon die nächste Idee: Wenn Dinge nach Berlin hineingeschmuggelt werden, gibt es auch einen Weg, sie aus Berlin hinauszuschmuggeln. Jetzt brauchte ich nur noch ein Gegenüber für Bruni. Otto war perfekt, denn er ist all das, was sie nicht ist, und er fordert sie auf eine Weise heraus, wie es niemand sonst könnte.

Leider habe ich weder über die Blockadebrecher noch über die Kunstschmuggler irgendwelche Primärquellen gefunden, sodass dieser Teil zumeist Fiktion ist. Was jedoch der Wahrheit entspricht, sind die zunehmenden Spannungen zwischen Ost und West, die Unterbindung jeglicher Transporte, nicht nur zwischen den Westzonen und Berlin, sondern auch zwischen Ost- und Westdeutschland, sowie die Verschärfung der Restriktionen in der sowjetischen Zone, wo der Stalinismus eingeführt und jegliche Kritik am System verfolgt wurde.

Meine Lektorin fragte mich, warum weder Bruni noch Victor nacheinander gesucht haben. Die einfache Antwort lautet: Es war praktisch unmöglich. Wir können die damaligen Bedingungen nicht mit den heutigen vergleichen, wo jede Information nur einen Klick weit entfernt ist.

Selbst in Deutschland, wo das Rote Kreuz lange Listen mit Tausenden von Vermissten sammelte, konnte es Jahre dauern, bis verschollene Familienangehörige gefunden wurden. In Amerika gab es keinen solchen Suchdienst. Außerdem gab die US-Armee nur sehr ungern Informationen über ihre Soldaten heraus. Dies geschah in der Regel, um sie vor Unterhaltsforderungen zu schützen. Männer, die ein uneheliches Kind zeugten, wurden flugs in die USA versetzt, und die Kindsmutter erhielt keinerlei Auskunft über den Verbleib des Erzeugers. Es gibt unzählige Geschichten von Kindern, die erst Jahrzehnte später erfuhren, wer ihr Vater war.

Nochmals vielen Dank, dass Sie **Eine Fahrt ins Ungewisse** gelesen haben. Ich würde mich sehr freuen, wenn Sie sich die Zeit für eine Rezension nehmen würden.

Marion Kummerow

BÜCHER VON MARION KUMMEROW

Liebe und Widerstand im Zweiten Weltkrieg

- Band 1: Unnachgiebig
- Band 2: Unerbittlich
- Band 3: Unbeugsam

Kriegsjahre einer Familie

- Prolog: Gewagte Flucht
- Band 1: Blonder Engel
- Band 2: Dunkle Nacht
- Band 3: Tödlicher Ehrgeiz
- Band 4: Agentin wider Willen
- Band 5: Beherzte Rettung
- Band 6: Tollkühner Aufstand
- Band 7: Enorme Opfer
- Band 8: Bittere Tränen
- Band 9: Enthüllte Tarnung
- Band 10: Glücklich Vereint
- Band 11: Heftige Strafe
- Spin-off: Nicht ohne meine Schwester

Schicksalhaftes Berlin

- Band 1: Eine Zeit des Aufbaus
- Band 2: Eine Stadt der Hoffnung
- Band 3: Ein Spielball der Mächtigen
- Band 4: Eine Fahrt ins Ungewisse

Margaretes Weg

- Band 1: Ein Licht der Hoffnung
- Band 2: Am Ende dunkler Tage

KONTAKTINFORMATIONEN

Ich freue mich über jede Zuschrift:

Twitter:
http://twitter.com/MarionKummerow

Facebook:
http://www.facebook.com/AutorinKummerow

Website
https://www.marionkummerow.de

www.ingramcontent.com/pod-product-compliance
Lightning Source LLC
LaVergne TN
LVHW091241190726
843491LV00001B/87

* 9 7 8 3 9 4 8 8 6 5 4 8 1 *